惡林

THE THICKET

Joe R. Lansdale

喬・蘭斯代爾——著
聞若婷——譯

獻給泰瑞．李．藍克福特（Terrill Lee Lankford）

驀然回首，我們的人生彷彿寓言。

——佚名

1

那天爺爺走出屋外，載我和妹妹露拉去搭渡船時，我完全沒料到不久之後，我會碰上比已經降臨在我們身上的厄運更糟的事，或是我會跟一個耍槍的侏儒、一個奴隸之子還有一頭壞脾氣大豬結伴同行，更別說找到真愛和殺人了。不過那都是千真萬確之事。

一切都是因水痘而起。它像一頭脫逃的騾子在全國奔竄，對鄰近我們家的辛吉蓋特鎮更沒手下留情。它以滲汁腫包的死亡之姿出現在那座小鎮，奪走的性命之多，足以讓它被稱為一場瘟疫。其中兩名死者是我們的父母，而他們兩人這輩子從沒生過病。反倒是我，小時候體弱多病，後來才健壯起來，而露拉也一向有點瘦巴巴的，但我們兩個都沒感染。到了這時候我已是健康的十六歲少年，她則是含苞待放的十四歲。那隻老水痘好像瞎了一隻眼似的，就這麼掠過我們。它偷襲媽和爸，害他們發高燒，讓他們全身長水疱，當他們努力呼吸時，聽起來像壞掉的手風琴。更糟的部分是，我們得坐視他們死去，完全束手無策。我們甚至不敢碰他們，擔心會被傳染。

水痘進入鎮上的大街小巷，好像在搜刮錢財。屍體先是堆疊在屋外，然後裝上騾車，迅速掩埋。某些沒人認識的屍體則火化，因為有些旅人剛好經過這座小鎮，就染病而死，來不及留下自己的姓名或是原本的目的地。最後警長只好在進入小鎮的路口豎立告示牌，說沒人能離開小鎮將疾病散布出去，也沒人能進入小鎮，以免得病。

有些人在屋宅四周和屋內點起燻煙，認為這樣可以阻擋水痘，可是沒有用——這只是把空氣搞得煙霧瀰漫，讓已經染病的人呼吸更加困難。

我們住在小鎮外圍，我一直覺得是補鍋匠把病菌帶過來的，就好像它是他貨車上的一件器具般帶到我們家。我認為當爸與他握手，跟他買了個煎鍋後，一切都覆水難收了，他和媽隨即病倒。雖然就我看來，那個補鍋匠身上倒是沒有半個水疱。

我馬上騎著騾子去鎮上找醫生。他來出診，一眼就看出挽救他們就像試著讓油畫活過來。他無能為力，但仍然給了他們兩顆藥丸，只是為了表現出他已盡力而為。兩三天後媽和爸的狀況真的很糟糕了，於是我又騎去鎮上，看能不能再讓醫生來一趟，結果醫生自己已經染病而死，甚至早已入土為安，有人在他墳前留了一罐燻煙。我之所以知道，是因為我騎進鎮上時就看到公墓那有罐煙，騎出鎮時又看到一次，但出鎮時才知道那是誰的墓。我猜那個人以為燻煙能防止病菌從屍體身上擴散吧。很難理解別人真實的想法，因為這場水痘不只害死一大票人，還把活著的人嚇到失去理智，而我自己的頭腦也不能說完全清醒。

我回到家時，媽和爸都已經死了，露拉在院子裡哭，一手握著她掐死的雞，雞翅膀還在無意識地拍動。雖然爸媽已經死在屋內，她仍準備做晚餐。我和露拉這陣子都住在屋外的樹下，以免染上水痘，我們也在屋外煮食和用餐。爺爺常會來察看媽和爸的狀況，因為他不會被傳染。他年輕時已經得過水痘又好了，不會再得了。他是在溫德河山脈附近，跟夏安族原住民待在一起時得病的，那裡離我們現在位於東德州的家很遠。他之所以得病，原因和夏安族一樣——有白人為了惡作劇而送他們沾染病菌的毛毯。他是傳教士，所以和他們住在一起。他和奶奶都染上水痘，也都活下來了，幾年後在德州吉爾默附近，奶奶被一頭受到驚嚇的乳牛踩死，當時她想要擠牛奶，正在安撫牠。水痘沒能奪走她的命，但是不想被擠奶的乳牛成功了。

我對奶奶幾乎沒有印象，那頭乳牛幹掉她的時候，我應該才五歲左右，露拉三歲。根據家族中流傳的說法，爺爺斃了那頭乳牛並把牠給吃了。我猜他覺得把凶手做成牛排，也算是血債血償了吧。我從未聽他用悲傷口吻提起奶奶或乳牛之死，不過他和奶奶的感情似乎挺好的，而且我聽說直到那天之前，他和乳牛沒有任何過節。

媽和爸去世那天，我進屋望著他們，但我不敢站太近，也不敢碰任何東西。他們看起來好可怕，全身長滿水疱，抓過的部位血淋淋的，有些中間凹下去的水疱還破開流血。我騎著我們那頭疲憊的老騾子去找爺爺，他的住處離我們不遠，於是他穿上他沾滿灰塵的西裝外套、戴上帽子，駕著騾車陪我一起回家。他載了幾袋園藝用的石灰，還有他早已釘好的兩個松木箱，因為他相當確定會有什麼結果。他也打包了幾袋行李放在騾車上，不過當時我不知道那是幹嘛用的，也慌亂到忘了問。在那當下，就算有頭粉豬叼著一副紙牌從空中飛過，我也不會有太大的反應。

我和爺爺幫媽和爸挖了墓穴。由於爺爺不會染上水痘，所以他負責將他們滾到乾淨床單上，拖到屋外，抱進棺材，然後在他們身上撒石灰。我協助他用繩子把棺材垂降到洞裡去。我們在填土的時候，他說他覺得石灰能抑制住病菌，避免它由屍體擴散傳染給別人。我不確定。我猜想兩公尺厚的泥土應該頗有幫助。

我們安葬好他們之後，爺爺拿著聖經在他們墳前講了一番道，但我無法告訴你他引用的是哪一節經文，我腦中一片空白，而露拉看起來心思已經飄到一個沒人找得到的地方。打從我看到她拿著死雞以來，她就沒說過半句話，順帶一提，我們後來把那隻雞丟到土溝裡了。爺爺講完道之後，便放火燒了房子，接著趕我們坐上騾車出發，我們的老騾子用一條繩子拴在車後。

「我們要去哪啊？」我問，回頭望著我們燃燒的家。我只說得出這句話。露拉窩著身體，完全不說話。不認識她的人肯定以為她是個漂亮的啞巴。

「嗯，傑克，」爺爺頭也不回地說，「我們不會回去那棟燃燒的房子了，這是可以確定的。你們要去堪薩斯跟你們的泰絲爾姑婆住。」

「我好像根本沒見過她。」露拉說，這件事讓她從恍惚中清醒，也終於說得出話了。她猛一開口，害我忍不住微微驚跳，爺爺好像也是。

「我對她沒什麼印象。」我說。

「就算如此，你們還是要去跟她住。」爺爺說，「她還不知道這安排，不過我想最好還是別讓她有時間回想一些事。我們就給她個驚喜吧。主要因為我也打算待在她家，這確實會是個『驚喜』，但是為了別弄得她一下子招架不住，我會晚點再過去。其實我一向不喜歡泰絲爾，媽媽總是對她特別偏心，不過悲劇會促成意料之外的夥伴。」

「你確定這是最好的方法？」我說，「突然出現在人家門口？」

「或許不是最好的方法啦，」他說，「不過我們就用這方法。我再告訴你們兩件事吧。我早料到事情會變成這樣，所以除了這兩頭拉車的騾子之外，我已經把所有牲口都賣了，而你們有你們爸爸的騾子，現在還有你們爸爸和我的地契，它們就存放在席爾維斯特的銀行裡。我沒放在離你們家最近的鎮上銀行，是因為我想說那裡水痘疫情嚴重，實在太混亂了。我找一個叫考頓．勒多的律師都安排好了，等你們準備好的時候，他會把土地賣個好價錢，然後把錢分給你們兩個，當然會先扣掉他的佣金。我不知道這要等多久，不過等小鎮發展起來時，我那塊地可是上好的土地，而小鎮絕對會發展起來的。你們爸媽的地也不錯，只要等水痘疫情過去，沒人在意他們是怎麼死的，地價也會上來的。你們都聽懂了嗎？」

我們都說聽懂了，不過露拉似乎又像個氣球一樣飄走了。在正常情況下，她本來就常胡思亂想，總是研究雲的形狀，好奇植物為什麼是綠的之類的，而且不接受「上帝就是把它做成這樣」這個答案。她總在尋找更宏大的真理，彷彿真有這種東西似的。爺爺常說如果地上有個洞，她就一定要假設洞裡有東西，而且牠待在裡頭是有原因的，而且牠有一段故事，即使她根本看不到牠。她絕對不接受那個洞可能是空的，而且就算裡頭有東西，牠也可能沒想過自己為什麼或如何進到洞裡。「遇上凡事都要問理由的女人，可得要小心了。」爺爺說。

爺爺現在伸手到西裝外套裡取出一份文件，說：「關於地產的事，你們需要的文件就只有這個而已。我去了堪薩斯就不打算回來了，你們或許也不會回來，不過你們可以用信件跟那個律師處理事情，非這樣不可。」

我接過他給我的文件，摺起來，塞到連身服的口袋深處。

「那文件你可得收好了。」爺爺說。

「我會的。」我說。

「上頭寫的是你們兩人的名字，不過要是其中一人被殺死或自然死亡，財產就全歸另一人。要是你們兩個都死了，嗯，我猜如果我還活著的話，錢會回到我這裡，要是我們全都死了，大概泰絲爾會接收全部吧。雖然我考慮過捐給鎮上其中一間教會，但他們全是浸信會的，應該下地獄。我本來想說也許可以在自己的土地上創一間循道會，現在也甭提了，就算我沒搬走，也沒那個精力了。不過我指定你為執行人，傑克。你賣掉任何一塊土地或全部土地的錢，露拉都有份，但負責做決定的人是你，因為你是長子也是男人，或未來會是。」

嗯，或許你會覺得我看起來對父母去世的事處之泰然，但我向你保證並非如此。從兩三天前開始，我算是有些心理準備了，而且最近周圍有太多人死去，所以我猜，比起某天早上起床之後，我突然發現他們沒有生病的徵兆就暴斃，我對這件事的接受度確實算是比較高吧。我們甚至老早就收拾出一批衣物放到爺爺家，以防他們沒能撐過去。那些衣服應該沒有沾上水痘病菌，並且遠離房屋。我現在意識到那些衣服仍在他幫我們打包的行李中，與我們可能需要的其他東西裝在一起。爺爺把爸媽直接用床單包起來放進墓穴埋掉了。聽起來很冷血，但他是個務實的人。

不過，在我內心深處——而且我確信露拉、甚至爺爺，也跟我一樣——我仍努力讓心靈和腦袋接受事實，亦即他們已經被如此殘暴且迅疾地帶離我們。我好像乾枯到流不出淚似的。我想要哭，卻哭不出來。露拉也是。我們帕克家的人就是這樣，事情怎麼來，我們就怎麼承受。至少表面上看起來是如此。不過稍微刮我們一下，很快就能發現底下是軟的。我們是那種有淚不輕彈的人，可是一旦開始哭，你最好準備迎接大洪水以及成對牛羊不斷擠向前一般的心理負擔。

所以我們就坐在震到屁股都麻了的騾車上，像是被石塊砸到頭似地呆若木雞。老騾子拴在車後。露拉坐在車斗，我和爺爺並坐在駕駛座，他咂著舌頭號令兩頭騾子，對牠們的態度頗為和善，與我所習慣看到的情況不同。爸總是臭罵騾子，用難聽的字眼稱呼牠們。他沒有惡意，他對那些騾子很好，出言不遜只是他的相處模式，騾子也明白，沒往心裡去，牠們比馬要聰明多了。兩匹馬加起來也比不上一頭老騾子的頭腦，對著馬罵髒話有可能會把牠們弄得發神經。

「我是這麼想的，」爺爺說，「我可以脫隊幾天，讓你們去泰勒搭火車，你們再北上去堪薩斯。我會給你們找到泰絲爾的方向指引，不過你們到當地之後四處打聽一下她家在哪也沒壞處，因為其實我並不是記得很清楚她住在哪裡。我可以駕騾車去，反正沿路有些地方我想瞧一瞧。我想這是我人生中最後一趟旅行了吧。更何況，我也不想花錢買三張車票。」

他願意買兩張車票我都很訝異了。爸爸總說爺爺的小氣正如同俗話說的「皮繃得死緊」，而且他緊到每次眨眼包皮都會翻開的程度。媽媽說奶奶總是想要某些小東西，而爺爺就是不肯買。他把家裡所有東西都維護得挺好，所以沒什麼東西需要換新；有些工具他是買二手貨，卻因為他保養得宜，看起來比新的還要好。如果你想買一樣東西，卻無法發揮實際用途或吃下肚，他就覺得你並不需要它。這包括奶奶想要的全新遮陽帽和洋裝。我猜想既然媽和爸都去世了，他醒悟到他得一路忍受我們，直到抵達堪薩斯，也許光為了獲得寧靜安詳以及獨處的愉快，買兩張車票也是值得的。

「你不覺得你應該寫封信給她嗎？」我說，我仍在想著泰絲爾姑婆，「讓她知道我們要去？」

「等我寫好信寄出去收到，你們兩個搞不好已經得水痘了。不了，少爺。你和你妹妹今天就得離開這裡。」

「是的，先生。」

「幾天前他們還好端端的。」露拉說。這句話突然迸出來，就像從石榴中擠出來的一顆種子。

「這種事就是這樣。」爺爺說。與他並肩坐在騾車座位上，我能感覺到他微微顫抖，這是到目前為止他唯一顯露出整件事對他有絲毫衝擊的跡象。我想，對於一個埋葬了好幾個孩子、在一些喪禮講道、屠宰動物果腹、在夏安族部落見到死神，並且歷經水痘而倖存的男人而言，他對死亡的看法是根深蒂固的；再說還有奶奶被乳牛踩死那件事。他是個神職人員，總相信會在天堂再次見到所有人。這是一種堅定不移的信念，在任何情況下都能給他安慰，他教我用這種方法應付這世界，別用我自己的腦袋瓜子想太多，因為我可能想出雖然正確但令人不開心的其他結論。

我們在行進時，我發現西北方的天空變得比較暗，空氣裡出現甜甜髒髒的雨味，像是淋溼的狗。我們抵達薩賓河時，天空已經烏雲密布，而且渡口的橋被燒毀了。河流兩側都只剩幾片焦黑破損的木板。這不是一條大河，但河面夠寬、河水也夠深，通常仍然需要橋，除非遇到真的大旱。

再往下游走八公里左右有一處水淺的渡口，但我們不需要繞遠路，因為現在有一艘渡船取代了那座橋。我們看到它在對岸。那是一艘頗寬的渡船，能載運好幾匹馬，船夫是個大塊頭，他沒戴帽子，像我一樣一頭紅髮。他正在等一輛兩匹大白馬拉的貨車離開渡船，等貨車下船後，他關好柵門，開始拉勾在滑車裝置上的繩子，讓渡船回到河的這一側。

那艘渡船是新的，才造好不久，而船夫為它吃了不少苦頭。他的動作讓我感覺他對流程並不熟練，像是才剛改做這一行。我們等著他過來這一側。等他好不容易到了，他用某種木頭煞車器卡住繩子，然後將艙口放倒在河岸上。他下船踩到堅實的土地上，但他的步態像是跨著兩條木腿在走路，進一步加深他是新手的印象。爺爺把韁繩交給我，下了車，走過去找他。我聽得到他們對話的內容。

「橋怎麼了？」爺爺問。

「燒掉了。」船夫說。
「這我看得出來。什麼時候的事？」
「噢，差不多一個月前吧。」
「怎麼搞的？」
「著火了。」
「我知道它著火了，但是怎麼著火的？」
「不好說。」
「會有人重新蓋一座橋嗎？」
「我不會。」船夫說。
「我想也是。多少錢？」
「二十五分。」
爺爺瞪著船夫，好像他剛問他想不想被戳眼睛。「二十五分？你一定誇大其詞了吧。」
「沒有。」船夫說，「不覺得是。如果誇大其詞的意思是我報了個不真實的價格，那我並沒有這樣，完全沒有。」
「根本是攔路搶劫。」爺爺說。
「不是，先生。這是搭我的全新渡船過這條河的費用。」船夫撓著紅髮說，「你不想付錢，可以再走八公里到淺水處過河。不過那樣的話，你得先穿過一片難走的土地才能到一條小路上，然後才能接到一點六公里外的大路。對騾車來說可是很費勁的喔。」
「我現在就要過河，」爺爺說，「不是八公里之後。」
「嗯，那你現在就得付二十五分錢了，不是嗎？你也許可以讓騾子游過去，但是河水對貨車來說太深了，要讓貨車浮起來的話，就得砍樹綁在貨車兩側，你應該不想花這麼多時間和力氣。再說了，我猜你沒有斧頭，我也不提供租借服務。所以現在你還剩其他選擇：走八公里去淺水處，或是調頭回去。」船夫伸出手心。
爺爺把帽子往上推，露出他狂野的灰髮。「好吧，但我要表達抗議，而且我要警告你，上帝可不喜歡賊！」
「這是過路費——我可沒偷沒搶，只不過是你不想花到這個價位罷了，而且需要過河的又不是上帝，是你。好了，你到底要不要上船？」
爺爺在口袋裡掏摸，彷彿探入什麼黑暗的礦坑，要取出全世界僅存的煤炭，接著他抽出手，將掌心裡的二十五分錢用力拍在船夫手裡，然後回到騾車來。看起來這筆過路費令他難過的程度，還超過稍早親手埋葬兒子和兒媳。
他爬上騾車，仰望天空，呆坐了一會兒。「我想我們是可以多走八公里路，但暴風雨看起來很快就會來臨，所以我們付了他獅子大開口的費用，就讓上帝去審判他吧。」
「好的，先生。」我說。
「我猜他為了造渡船而燒了橋。」爺爺望著船夫說道，「他看起來像是會做那種事的人，你不覺得嗎？完全不敬畏上帝。」

「我不知道耶，先生。」我說，「你說是，應該就是吧。」

「我說是，但我們需要過河。等我們上了渡船，你要留心船夫，跟他保持距離。我覺得他有很多頭蝨。」

爺爺咂舌命令騾子，並控轡將騾車駛向渡船。當他坐在那兒沉思的時候，有個騎著栗色馬的壯漢上了渡船。我們聽見他在和船夫討論船費。跟爺爺相比，他似乎很快就判定花這筆錢是值得的。等我們下到岸邊時，我看到有兩個騎著馬的男人沿著樹木夾道穿過田地往河岸來。雨雲的影子像骯髒的苔蘚覆蓋著他們。看來這艘渡船要被人跟馬和我們的貨車給擠滿了。

爺爺的騾子綁在渡船前端的欄杆上，貨車後車輪用木塊卡住以免滑動。我那頭用來騎乘的老騾子貝絲仍拴在貨車後頭，我和露拉站在牠附近——但沒有離太近，因為牠有個習慣是像牛一樣側踢，要是牠覺得你離牠屁股太近，就會想給你狠狠來一腳。我不確定牠是不是懷疑我們打算在牠後頭幹什麼勾當，但我想快速聲明，我們並不是貝絲第一任飼主。

騎在馬上的壯漢已經下來了，他把栗馬牽到前端，綁在我們拉車的一頭騾子旁邊。他走過來我們身旁，看著露拉說：「妳真是天底下最漂亮的小妞，對吧？」

其實我並沒有提過露拉的外表，我猜現在應該提了。她身材高瘦，一頭紅髮，秀髮從漂亮的藍色旅行帽底披瀉而下，帽子一側縫著一朵黃色假花。她脖子上戴著一條銀星項鍊，那是我在鎮上的雜貨店買給她的。店裡還有其他廉價飾品，它們是銀花和小愛心，我想她也會喜歡吧，不過去年她曾把我拉到屋外，指著夜空說：「傑克，你看到那顆星星了嗎？它是我的了。」這句話對我而言簡直跟波卡舞曲一樣莫名其妙，也許更加莫名其妙，但我記在心裡，後來有一天我去鎮上，手邊剛好有點閒錢，就買給她了。她從不摘下來。我很得意送了她這東西，也喜歡陽光照在它上頭、使它在她頸間閃爍的樣子。她身穿淺藍色洋裝，上頭有可以搭配那朵花的黃色滾邊，腳上是黑色高筒綁帶靴，像輪軸潤滑油一樣有光澤。這是爺爺事先從屋子裡拿出來的衣服，還沒被水痘汙染。她打扮成這樣，看起來既像少婦又像個孩子。她美得像幅畫，但那男人說的方式讓我不安。也許是因為他的笑容，還有他視線在她身上游移的樣子。沒什麼確鑿的證據或可以指明的問題，但莫名地讓我想要盯著他。

露拉只說了聲「謝謝」，便端莊地低下頭。

壯漢說：「那對騾子看起來也挺俏的。」在我聽來，這算是間接證明他剛才的稱讚不乾不淨。

我想爺爺並沒有聽到這些話，他還在鑽牛角尖，跟船夫交涉，想要拿回一部分的錢。交涉失敗後，爺爺說：「既然如此，我們還在等什麼呢？」

「等那兩個騎馬的人。」船夫說。

「不如你先帶我們過河，再回來接他們？」

「那等於做白工。」船夫邊說邊撓抓他的紅髮，然後察看指甲，確認是否逮到了什麼有趣的生物。

「我們付了我們的二十五分錢，」爺爺說，「我們應該要渡河。況且再多兩個人，這艘船的負載量就很勉強了。」

壯漢說：「他們是我朋友，我們都等著吧。」

「我們沒有義務等。」爺爺說。

「是沒有，」壯漢說，「但我們要等。」

「我覺得我們該等，」船夫說，「我覺得我們該等。」

好，我要說明一件事。爺爺很魁梧。他已是個七十歲左右的老人，但仍然很有威嚴，滿頭曾為紅髮的濃密灰髮，像獅子鬃毛一樣圍繞他的頭。他蓄著顏色像髒棉花的大鬍子，使他看起來更像一頭公獅，即使戴著帽子的時候也是如此。他的臉總是紅彤彤的，彷彿隨時都快要情緒失控，他說那是他的愛爾蘭膚色。他肩膀很寬，外貌強悍，做了一輩子的粗活。而且他散發著一股「老子知道馬怎麼吃蘋果」的態度，不只是因為他人高馬大又經驗老到，而是因為他真心且長久地相信上帝與他同在，而且對其他人都沒有同等的青睞。我猜想他這念頭來自擔任牧師，自認為被授予人生的特殊知識，而等他上天堂時，他會與上帝本人一同唱聖歌，也許他們兩個還會面帶微笑互相依偎，講些高雅的笑話給對方聽——當然那代表不會提到女人或是茅坑。

而如此高大又有氣勢的爺爺，在望向騎栗馬的壯漢之後，就像是踮著腳尖通過柔軟地毯的老鼠一樣安靜了。他跟我一樣，在壯漢身上看出什麼令他不安的事物。爺爺在很多時候都能管住嘴巴，但是當他急著想照自己的意思行事，或是為了錢而焦慮，他會變得聒噪和憤怒，就像剛才那樣。看著那個壯漢使他整個清醒過來，變得跟石頭一樣沉默。我能理解原因。那壯漢跟爺爺一樣龐大，年齡卻頂多只有他的一半。他的五官看起來像被一隻暴躁的馬戲團猴子拿石塊和棍子加工過，滿臉是疤，鼻子歪了，一眼眼皮半垂，所以他的眼神看起來一直都很鬼祟。我相當確定曾有人試著割他喉嚨，因為他頸間有一道橫向疤痕，有些地方呈鋸齒狀。他說話時，聽起來像含著滿嘴圖釘在漱口。他戴著一頂舊圓頂硬帽，雖然有點畫蛇添足，但他在帽子上黏了一根白色長羽毛。他的黑西裝看起來很新也很貴，不過依照合身程度判斷，感覺是借來的。想要把西裝外套扣起來的話，得有人先洩掉他體內至少五公斤的空氣，再用一群騾子的力量才能從兩側把衣襟合攏。

爺爺喉嚨發出聲音，那大概是他對壯漢做出的僅有反駁，然後他一手擱在貨車上，眺望著河面，彷彿期望耶穌會踩著河水而來。空氣有種滯重感，表示暴風雨快要到了，天空暗得像醉漢的夢境。戴圓頂硬帽的壯漢對爺爺說：「你常常能稱心如意，對吧？」

爺爺轉頭看著他。我想他在這時候是想息事寧人的，但帕克家的傲氣讓他吞不下去。「我認為每個人都該講求效率、把事情做好，即使是埋葬親人這種事。我今天才埋了我的兒子和兒媳。」

「你大概認為你的慘事讓你很特別，而我應該在乎是吧。」戴圓頂硬帽的壯漢說。

「不是，」爺爺說，「我沒這麼想。我只是回應你的提問而陳述一項事實罷了。」

「我又沒問你是不是埋了什麼人。我說你常常能稱心如意。」

「大概我剛好在想埋他們的事，就順口說出來了。」

「你有什麼想法，留在自己心裡就好了。」壯漢說，「我今天早上才剛去過一場喪禮。快要結束時我騎馬過去，所有人正要離開，掘墓的是兩個黑鬼，他們正要把洞蓋起來。我拔出槍——」說到這他把外套往後撩，用指尖摸了一下左輪手槍已泛黃的骨質槍托，那把槍朝向後方插在槍套裡，「命令他們停止原本的動作，把棺材抬出洞，撬開蓋子。果不其然，那傢伙穿了一身好西裝，比我原本穿的衣服好多了，所以我叫黑鬼脫掉他的衣服，讓他們給他換上我的。反正神不知鬼不覺，而我得到一身本來要在地底爛掉的好西裝，兩個黑鬼也撿回一命。」

「你幹嘛跟我們說這個？」爺爺問。

「因為我要你知道你在跟什麼樣的男人打交道。」

「一個盜墓者？你很得意嗎？我完全沒打算跟你打交道，先生。」

「重點是，你這老混蛋，我根本不喜歡你。我不喜歡你的長相，我不喜歡你的口氣。」

「我們還在對話是白費力氣，」爺爺說，「對於一個坦承不諱的盜墓者，我除了告誡你會為這罪過付出代價，也實在無話可說了。」

「我猜你指的是上帝吧。」壯漢說。

「大概是吧。」爺爺說。

「我看你就是那種哭哭啼啼的懦夫，會跑去跟官府告我的狀，我覺得你就是那種人。我不認為你會等上帝做任何事，我覺得你會找警察抓我。」

「你不想被人告狀，就不該自己把罪狀說出去。」爺爺說。

「是這樣嗎？」壯漢說。他顯然是刻意來找碴的。

我想爺爺察覺到苗頭不太對，所以他說：「聽著，那是你的事。我並不認同你的行為，但那是你的事。別把我扯進去就是了。」

「我看你只是嘴巴這麼說而已。」壯漢說，「我看你現在話說得漂亮，等我們一過河，你就會跟警察說我剛才說的事。」

爺爺沒回答。他轉身靠在貨車上，望向河面，側對著壯漢。他將右手插進外套口袋，沒抽出來。我知道他在那個口袋裡放了一把雙發式掌心雷手槍，而他其實密切注意著事態的發展，若是有必要，隨時準備開槍。我看他拔過一次槍，大概兩、三年前吧，在鎮上對著一個有威脅性的醉鬼，見到槍足以讓那個惡霸清醒過來，沿著大街逃之夭夭。因此我知道爺爺做好了準備，卻也看得出他垂下的另一手在微微顫抖。那大概源於憤怒更甚於恐懼。不過我想到他剛才或許太強出頭了，他自己也知道，現在只想度過這一關。我也明白，正如那壯漢所言，等我們過了河，爺爺就會找警察通報盜墓事件。當然，那搞不好不是真事，只是壯漢為了激怒爺爺而吹的牛皮，不過從西裝不合身的程度來看，我想故事是真的。我覺得他說的是實話，還很為此自豪，像是他完成了一趟特殊的治裝任務。

我轉頭看另外那兩個騎馬過來的男人，因為我聽到他們的馬蹄聲了，雖然風勢已經變大，也開始挾帶雨絲，而且一直都在變得更強勁。我回頭看河面，發現雨幕穿過樹林而來，正往河面射出雨點，接著雨點轉為猛烈，河水開始稍微波動，渡船也隨之上下搖擺。那兩個人騎到船邊，我把他們看了個仔細。有一個男人又矮又胖，戴了頂窄邊氈帽，臉上的毛髮很多，嘴巴似乎因為缺牙而陷入口腔。他的眼珠像是兩顆嵌在頭部的黑色漿果。另一個男人是高大寬肩的黑人，體格結實，有如磚塊和牢靠的灰泥。他戴著大墨西哥帽，帽簷有細繩吊著一顆顆骯髒的棉球。他的年紀或許並不比胖男人小，不過因為牙齒都還在，所以看起來好像比較年輕。那口牙又白又健康，笑得好像有什麼逗趣的事似的。他們兩人的衣服看起來都像在豬圈裡打過滾、又拿去讓山羊撒過尿。我能清楚聞到他們的味道，因為風很大，而雨又讓他們的臭味都飄散出來。兩人都大剌剌地秀出手槍。黑人那把山胡桃木柄手槍塞在槍套裡，老式武器，像是廉價西部小說裡描寫的那種；胖子的腰帶裡則插了把比較新式的自動手槍，被他的肚腩給擠得挺出來。

兩人牽馬上船，渡船立刻顯著下沉，使得所有東西突然間都變重了。河水從渡船四周潑上來，船身搖來晃去。

「你應該讓那兩個人在這一邊等，先帶我們過河。」爺爺說，「他們太重了。」

「他們不必在任何地方等。」壯漢說，「他們沒問題。」

「我覺得可以。」船夫望著河面和雨水說，不過從他的表情看得出來，他其實沒什麼把握。我現在像爺爺一樣認定，他確實是渡河方面的新手，甚至連基本常識都不足。儘管如此，我仍以為最後能化險為夷。這時候的我還是個樂觀的陽光男孩。

胖子看著我大笑。他說：「船夫先生，這你兒子啊？」他指的自然是我。他的聲音很怪，因為他的口腔很空，每個字都黏在一起。

「從來沒見過他。」船夫睨著我說。

「他跟你一樣有一頭火紅頭髮哪，」胖子說，「你們兩個應該拿帽子把頭髮遮住。你也知道那句話吧：我寧可自殺，也不要紅髮。」胖子微微竊笑，霍地轉身看著露拉，她開始發抖，不知道是因為淋了雨還是害怕，還是兩者皆有。胖子咧開嘴微笑，但是因為沒牙，看起來像地面塌出一個坑。「當然了，凡事總有例外。」

「開船吧。」壯漢說。

「我說了，太重了。」爺爺說。

「你要是嫌太重，」壯漢說，「你可以連同騾子把貨車往後推，現在就下船。」

「我受夠你了。」爺爺說。

「是嗎？」壯漢說，他撩開外套，再次讓爺爺看他的左輪手槍。

「我已經看過了。」爺爺說。

「那你應該當一回事才對。」壯漢說。

「有槍壯膽你倒是挺強悍的。」爺爺裝作手無寸鐵的樣子，但我知道他握著口袋裡的掌心雷手槍。

「嗯，這個嘛，」壯漢說，「不用槍，該做的我照樣做得到。肥仔。」肥仔當然就是那個胖子了，他走過來，壯漢把槍交給他。肥仔退後，拿著槍靠在貨車上，用狗準備舔油膩平底鍋的眼神看著露拉。露拉扠起雙臂橫在胸前，把寬寬大大的遮陽帽當作雨傘似地遮擋上半身。這是白費力氣，因為雨水已經把她帽子整圈都沖塌了，也浸溼她的頭髮，直到髮絲像一縷縷的血沿著她臉頰和肩膀往下流。

「各位男士，」船夫說，「我們忘掉所有不愉快吧。」

「你給我閉嘴。」壯漢說，「其實呢，你可以開船了。這不會花我太多時間的。」

「是的，先生。」船夫說，他關上坡道，開始操作絞盤。他甚至試著吹口哨，也許想說能讓氣氛輕鬆一些，不過效果不彰，所以才吹幾聲他就停了。

就在此時，壯漢朝爺爺猛揮出一拳。爺爺低頭閃避。他閃得快速而輕鬆，當他直起身時，他左手疾射而出，揍上壯漢的臉。這一拳打得很重，壯漢噴出鼻血，流過他的嘴和下巴，又被雨給沖走。

「唷，你這老王八蛋，」壯漢摸著鼻子說，「看來你不只是會說大話是吧？」

「你可以弄個清楚。」爺爺微笑說道，踩穩腳步。

「你好像他媽打斷我鼻子了。」壯漢說。

「你過來，我看看能不能弄直一點。」爺爺說。

這時候我們已經在河上了，船夫拚命操作著曲柄和滑車，河水不停從船邊潑進來。肥仔和黑人饒富興味地在一旁看戲。露拉不發一語，但從她的表情明顯看得出來，她正努力用意志力協助我們趕快到對岸、繼續上路。

壯漢又出手了，爺爺有如舞者一般避開另一記重拳，然後往前跨步，再度快手劈中他，並追加一記右拳，緊接著身子一矮，左拳打向壯漢肋骨，右手上勾拳揍他下巴，打得他跌坐在地。整個過程快得就像毒蛇攻擊。

雨水同樣迅速地變得跟掘井工的屁股一樣冰，湧上船邊的河水也愈加洶湧。河水把壯漢潑溼了，也浸透了他盜墓得來的西裝。

「希望我不會太缺乏挑戰性，」爺爺低頭看著壯漢，「今天有點累人，我的狀況可能不太好。」

「你這死老頭。」壯漢說。他站起身，踉蹌後退一步，說道：「肥仔！」

肥仔馬上將左輪手槍拋給他。

「你個小人。」爺爺罵道，抽出口袋中的掌心雷手槍，扣下扳機。掌心雷砰地發射，壯漢的左肩向後一歪，不過只像是稍微被扯了一下似的。壯漢舉起左輪開槍。子彈重擊爺爺，使他一屁股坐到地上。渡船劇烈搖晃。河水從船邊湧入，漫到爺爺身上，他坐直身體，一手摀著流血的腹部。

「爺爺！」露拉尖叫一聲，奔過去幫忙扶他坐直。

肩膀滲血的壯漢又朝他舉起槍。

我說：「你已經打到他了，他受重傷了，放過他吧。」

「我也要斃了你。」他怒瞪著我說，「然後我想我和夥計們要向你妹妹求愛，只不過我們會直接進洞房，捧花和牧師就省了。」

就在此時，爺爺再次用掌心雷射他。那槍聲像是有人在彈響指。子彈射中壯漢的大腿，令他單膝跪地。「天殺的，」壯漢說，「你又用那玩意兒咬我一口。」

肥仔和黑人撲向爺爺，但那時爺爺已經斷氣了，全身癱軟，只靠露拉撐坐起來。接著我又聽見啪啪聲，原來是渡船的繩索開始磨斷了。好像還嫌不夠慘似的，有個嗥叫般的聲響，像是某隻狼的腳掌被捕獸夾夾住，那是風把河水颳起來變成水龍捲的聲音。那道水龍捲沿著薩賓河寬闊的河心長驅直入，使得河水迴旋起伏，並扯碎兩岸的樹木。接著它撞上渡船，繩子終於全數解體，我們統統飛入空中。

在我落水前，我所記得看到的最後一幕，是我的騾子從我頭頂飛過去，好像牠長出翅膀，決定不等我們，自己先走一步了。

2

我被捲進水底時，以為自己就要沒命了。各種亂七八糟的東西都往我身上砸來，我漸漸暈厥，但這時河水又把我頂了上去，於是我用力地吸著空氣，感覺肺都快把胸腔撐爆了，接著我又被拖到水下一兩回，最後我發現自己身不由己地躺在河岸上。應該說半躺在岸上，我的腿還泡在水裡，不過上半身算是陷在岸邊的一個凹洞中。

這時我看到那個水龍捲了，滿小的，但像野貓一樣凶猛，它從我眼前掠過，扭轉的黑水中有風和河水和貨車碎片。它微微拎起我的腿，像是想拽著我一起走，但我設法抓住岸邊凸出的樹根，牢牢攀著不放。我的身體浮起來了，感受到吸力，不過我沒放開那些粗樹根，後來水龍捲繼續往前，我就被迫鬆手了。我奮力爬向前，從我的巢穴邊緣往外窺看，看到那個水龍捲橫過河流，改變方向，登上陸地，朝四面八方噴出樹木碎屑。它發出一聲彷彿受了傷的最後嗥叫，然後就像出現時一樣快地消逝了，在樹林中原地塌落，化作沙沙的葉片和殘枝以及一灘泥水。

我摸了一下頭。有點流血，不過考量到剛才發生的事，這點傷根本不算什麼。我小心翼翼地離開巢穴，爬到岸上。我只能用爬的，我站不起來，感覺自己像剛出生的小貓一樣脆弱。我坐在岸邊望向河水。雨還在下，不過雨勢不大。

貨車和渡船碎片從眼前漂過，我看到船夫的屍體也在其中。他面朝下浮在擾動的河水裡，右手臂彎在背後，如果肩關節沒脫臼的話，是沒辦法擺出這種姿勢的。他的手掌也向上折，手指頭都在扭動，彷彿他是刻意把手放在背後做出友善的揮手動作，不過讓他手指頭扭動的並不是他，而是河水。翻騰的河水帶著他繼續往前、滅頂、消失蹤影。我試著起身，又必須坐下來。感覺天空跑到了下面，而陸地在上。

這時我感覺有一雙手搭在我肩膀上，我抬頭看到身旁有個男人和少婦。搭我肩的是那男人，他身形單薄，戴了頂幾乎把他整個頭都吞掉的大帽子。就算他頭上戴的是水桶，看起來也不會比現在更蠢。他說：「小子，你還好吧？」

「不是很好。」我說。

「我懂。」他說，「我都看到了。我和瑪蒂達。」

「沒錯，」女人說，「我們看到了。」

她和他一樣全身溼透。她沒戴帽子，有一頭黑髮，長臉，下巴也比一般人多了些額外的面積。而她瘦到要是再少一盎司肉，衣服再薄一點，我就能看到她的脊椎骨，或許還包括她背後的鄉間景色。

「它直接把那整艘見鬼的船吹沒了。」男人說。

「有人逃過一劫嗎？」我說。

「我不知道有誰死了，」男人說，「但有三個男人、一個女孩和幾匹馬到了對岸。一個胖子和一個大塊頭騎一匹馬，一個黑人和一個女孩騎另一匹馬。我想她並不願意跟他們一起走。」

「你們有看到一個老人的屍體嗎？」

「沒有，」男人說，「我們沒有。不過那裡的樹上有一匹栗色大馬。」他指著。我朝那方向看去，看到河岸邊一棵破碎的榆樹上，有一條馬腿從樹葉間垂下來。

「所以他們才兩人共騎一匹馬。」我說。這不算什麼天啟式的結論，不過我還是說出來了。

「應該是吧。」他說。

「你有看到騾子嗎？」我問。

「在渡船上的時候有看到，」他說，「後來在河裡也看到一下子。有一隻飛過空中，另外兩隻在水裡。後來就沒看到了。前一秒還在，下一秒就不見。我猜牠們在河底跟鯰魚在一起吧，或者照那大風颳的樣子看，晚點你會在你屁眼裡找到一隻呢。」

女人發出像馬的竊笑聲，男人為此十分得意，他也輕輕笑起來。我自己可沒什麼心情開玩笑。

「你認識對岸的那些人嗎？」瑪蒂達問。

「我認識我妹妹露拉，還有我爺爺。他中槍了，他在水龍捲撞過來之前就死了。那些男人擄走我妹妹，我得救回她。」

「等你游到河對岸，徒步追去，他們早就遠到你追趕不上了。而且現在河水還很湍急，我看就連鱷魚都游不過去。這事你最好還是去找警察幫忙。你能站起來嗎？」

我發現有他攙扶我是能站，但腿還是軟得很。

「我們應該帶你去什麼地方，」男人說，「我和我老婆來試搭新的渡船，順便去對岸野餐，反正閒著也是閒著嘛，你懂吧。我們剛才在山坡上看，打算等那個船夫送完你們之後再搭船，結果就看到那個龍捲風。」

「我從沒見過龍捲風，」瑪蒂達說，「不管是陸地上或水上。」

「我看過三、四個，」男人說，「但沒看過這麼小的，而且就直接沿著河跑。這真的挺稀罕的。我有一次聽幾個黑鬼提到這種事，說河上有龍捲風，我以為只是黑鬼在胡謅。」

「感覺好不真實。」瑪蒂達說。

「它非常真實。」我說。

男人拍拍我肩膀。

回去辛吉蓋特鎮找警察是沒用的，因為鎮上水痘肆虐，兩端的出入口都有武裝警衛在看守。我想了一下，說：「如果能麻煩你們帶我去席爾維斯特，那就太感謝了。我知道那不是最近的城鎮，但它不像辛吉蓋特一樣處於封鎖狀態。我很想給你們酬謝金，但我身上一點錢也沒有。」

「那不成問題。」男人說，對我露出一排像馬一樣的大牙。「席爾維斯特不過在幾公里外罷了，一點也不麻煩。見鬼了，小子，我們就是從席爾維斯特來的呢。你叫什麼名字？」

「傑克。」我說。

「我叫湯姆。」他說。

他們的貨車停在山坡上，那輛車有篷蓋，像是老式的篷車。從我坐的位置回頭看，就能看到它。他們一人一邊扶著我，帶我到貨車旁。接著他們放下後車板，讓我坐在上頭。他們分給我一些三明治和裝在大水果罐裡的熱茶，堅持我該吃喝一番。這是我們南方人的作風：發生悲劇時，首要之務是吃東西配茶或咖啡。

不過確實有幫助。等我恢復幾分力氣（儘管仍然精神委靡），我請他們帶我去席爾維斯特，我想找警長報案。我也想找到爺爺，但我知道在風暴來襲前，那顆子彈已奪去他的性命。他的屍身被沖到不知何處讓我心如刀割，可是露拉遭人綁架，現在分秒必爭，我必須做出抉擇，而我選了活著的人。

他們載我到鎮上，要讓我在警長辦公室下車。我們進到鎮上時，可以明顯看出先前發生了一些狀況，因為鎮上看起來像有人把一箱貓倒扣之後又放出來。鎮民倉皇奔走，銀行那裡也很忙碌。我看到銀行對街是爺爺跟我提到的那個考頓·勒多的律師事務所，玻璃櫥窗上用白漆清楚地印著他的姓名和業務。但我現在無法關心那件事，只是摸了摸連身服口袋，感覺一下裡頭溼掉的文件。現在實在有太多事情吸引我的注意力了，例如停在銀行門口的貨車，有一雙靴子從它的尾端伸出來，不論靴子的主人是誰，他的其他部分都被一張髒汙的防水布給蓋住了。街道很髒，有許多溼溼的痕跡。銀行前的木板道上有幾灘深色液體，看起來像是變黑的血。再過去幾步的距離有一匹死馬。銀行大門旁有一塊板子，斜靠在牆邊。有個死人被固定在板子上，街上有個男的已經架設好一部柯達照相機，是有個像手風琴眼睛的那種機型。他在給死人拍照。即使隔著一段距離，我仍看得出那死人被射得很慘。他的頭顱已殘缺不全，不過奇妙的是，他仍戴著某種淺邊帽；帽子一側微微抬高，而他被打殘的就是那一側的頭，耳朵也不見了。他的衣服都破了，被乾掉的血弄得硬邦邦的。他的頭部兩側都有釘子釘在木板上，一條繩子綁在釘子上並經過他下巴；就是這繩子撐著他不掉下來。他們把他一條手臂彎在胸前，並讓他拿了把槍，使他看起來像準備開火的樣子。但他實際上就是個死人。

「見鬼了，」湯姆說，「這裡出了某種亂七八糟的事。」

我當然好奇，不過我自顧不暇。我向湯姆和瑪蒂達道謝，往警長辦公室裡走，他們則駕著貨車咔啦咔啦離開。警長辦公室的門整個敞開，有個沒比我大多少的傢伙站在一張辦公桌後頭，將一個抽屜裡的東西全倒在桌上。後側有個囚室，裡頭關著個粗壯的金髮男人。他坐在帆布床上，頭上纏著條破布，布裡頭有血跡滲出。他一腿上了夾板，整張臉又青又紫，像是一隻花斑獵犬。

我對那個正在清空抽屜的人說：「我要找警長。」

「別關上門，」他說，「我不想讓別人以為我把它擋住了。」

我不確定他在說什麼，也沒要他解釋清楚。我只是走向桌子，又問了一次警長在哪。

「你可以到停在對街那輛貨車後頭的防水布下找到他。」

「你是誰？」

「副警長，」男人說，「或該說本來是。我要閃人了，我要帶走我的東西，還有一部分警長的東西。他不會在乎的，他沒有家人，人緣也不怎樣。」

我看著他擱在桌上的東西。都是些小裝飾品和沒用的廢物，除此之外還有兩塊警徽和一串鑰匙。我說：「既然你是副警長，我是來通報一樁罪案的。而且我需要你盡快召集一支民兵團。」

他抬頭看著我。「是喔？嗯，我要辭職了，再過五到十分鐘就會有一群人拿著繩子衝進那扇門，來找這串鑰匙，而那個傢伙——」他用下巴指了指金髮男，「會被吊在繩子底下，舌頭吐出來，拉滿褲子的屎。」

「你又不能確定。」囚室裡的男人說。

「你是指褲子上的屎、舌頭吐出來，還是繩子的部分？」副警長說。

「都是。」男人說。

「我有個表哥因為女生甩了他、跑去嫁給木匠，就上吊自殺，」副警長說，「繩子要了他的命，其餘部分則是自然反應。」

「你應該保護我才對。」男人說。

副警長用手指戳了戳桌上的一塊警徽，對金髮男說：「戴這塊警徽的人才要保護你，但我已經不是那個人了。我大概不想被你這種人射死，或是為了保護你而中彈吧。不用了，先生。副警長這活兒我是再也不做了。我在考慮學當理髮師。」

「但是我要怎麼辦？」金髮男說，語氣像是受到不公平待遇的小孩子。「你不能把我丟在這裡，任由他們逮到我。」

「要是你沒決定搶銀行，還殺了警長，你現在的處境或許就不一樣了。」前副警長邊說邊關上抽屜。「你有這麼想過嗎？」

「不是我對警長開槍的。」囚室裡的男人說。

「嗯，這一點就由你和鎮民們去講清楚好了。」前副警長說。

「為什麼我這麼倒楣？」他說，「其他人都溜之大吉，直接騎馬走了。我卻被逮捕。」

前副警長伸手取下他後方牆上木釘上的帽子，將桌面大部分雜物掃入帽子裡，留下鑰匙和警徽。他把帽子放在桌上，望著金髮男。

「你的馬跑得慢，吃了一顆子彈，就這麼簡單。但是運氣差的人不只有你。你們這夥人至少還有一個沒跑掉，而他的屍體，殘缺的屍體，就在外頭的一塊板子上，你很快就能在另一個世界與他相會了。等你見到他，跟他說狄克向他問好，感謝他槍法這麼爛，否則我就會跟加斯頓警長一起躺在貨車上了。」

「我這輩子沒半點好運。」男人說，「這次更是衰中之衰。我天生就走霉運。有些人就是這樣，我是其中之一。」

「這個嘛，」自稱為狄克的男人說，「有一件事是肯定的：今天不是你的幸運日。」

「我必須找到執法人員，」我說，「我爺爺被一個喉嚨有疤的男人謀殺，我妹妹也被他和另外兩個男人綁架了，一個是黑人，一個很胖。」

「你說的是割喉比爾、黑鬼彼特和肥仔沃斯，就是他們，再加上外頭木板上的男人以及這個亡命之徒，搶了銀行、殺了警長，又朝我開了一槍。那一槍差點打中我，讓我醒悟到我非得改行不可。」

差不多在這時候，一大群男人擠到門口。其中一人看起來特別生氣，他戴著黑色窄邊帽，打扮得很正式，好像準備上教堂。他說：「別想阻止我們，狄克。我們已經鐵了心了。」

「我已經不是執法人員了。」狄克說。他戳了一下桌上的鑰匙。「其中一把是囚室的鑰匙，你們自己找吧。」

狄克拿起裝滿小雜物的帽子，往門口走去，站在門口的男人讓他通過。他們望著我，但沒人對我說任何話。像要去教堂的男人走過來抄起桌上的鑰匙，走到囚室前。在那之後，事情進展得很快。金髮男開始嚷嚷，起身站到帆布床上，彷彿躲到高一點的位置他們就抓不到他了；他一腿上了夾板還能這麼做，甚至挺矯健的，因為他已經害怕到極點，搞不好還能帶著夾板爬上牆壁。他大聲祈求耶穌救他。耶穌並沒有現身，有鑑於那傢伙參與了什麼事，也不能怪耶穌。他們打開了囚室，抓住他的速度比你說出「穀倉失火了我的寶寶在裡面」還要快。

「噢，上帝啊。」他們把男人拖出來時他大叫，「可憐可憐鮑比·歐戴爾的靈魂吧！我媽媽不是這樣教我的，我很後悔自己走上歪路的那一天。」

「那是絕對的。」其中一個男人說。

他們把他拖到街上，他齜牙咧嘴，上了夾板的腿一跛一跛。我跟過去，設法從人群間鑽到前方。我朝掙扎的男人喊道：「那個叫割喉的傢伙要去哪裡？你的同夥。」

男人完全沒理我，因為他的心思全放在自己即將像洗好的衣服一樣被掛起來。他們半拖半扛地把他弄到街邊的一根路燈旁。燈柱上向外延伸出一根根短金屬棍，算是某種梯子的作用。有個矮個子男人把一綑繩子掛在肩頭，像松鼠一樣靈敏地爬上燈柱。他將繩子拋掛在燈柱頂端的一根金屬棍上，讓另一端垂下來。地上的一個人接住繩頭，很快做好了繩圈並套在鮑比·歐戴爾的脖子上。

「太長了。」人群中有人叫道，而那個有如橡樹上一片枯葉般攀在燈柱頂端的矮小男人馬上調整長度，直到所有人都滿意為止。除了脖子上套著繩圈的男人之外。穿著上教堂服裝的男人拿著一條皮帶走上前，把鮑比·歐戴爾的雙手綁在背後，當鮑比抱怨他被弄痛時，有人叫道：「沒差啦，你馬上就沒感覺了。」

剛才我被推回人群裡，現在又再度硬擠向前，奮力掙扎到湊近犯人旁邊。他已嚇到面如死灰，黑眼睛瞪得老大，左右瞟視，像個努力回想自己家在哪裡的醉漢。他的表情呆滯，說起話倒十分清晰。「我想我是逃不掉了。我希望大家知道，這不是我媽的錯。」

「我操你老媽。」先前對鮑比．歐戴爾表示他的手不用被綁多久的男人現在說道。

「欸，你不用講這種話吧，」鮑比說，「沒這個必要。」

「是沒必要。」人群中那男人說。

大約在這時候，另一個男人從暴民中衝出來，狠狠給了犯人的太陽穴一拳。這一拳把鮑比打倒在地。他隨即被一大票人拉起身扶正，簡直像是用飄的恢復站姿。

有個壯漢握住掛在金屬棍上的繩子末端用力拉，使得鮑比頸間的繩圈收緊，將他拎到必須踮腳。

「這不是正確做法，」鮑比說，頭上裹的破布底下還在出血，「這不是執行吊刑的正當程序。我還沒有受審呢？」

「你現在就在受審了。」握著繩子的壯漢說。

「你們不是要吊死我，而是要勒死我。」

「你總算懂了。」壯漢說，接著好幾個人分別握住一段繩子，開始邊後退邊拉。鮑比．歐戴爾升了上去。

當他被拉到離地約三十公分的高度時，那群男人就將繩子末端纏繞在燈柱上並綁緊。他們綁完的時候，繩子稍微滑動，男人被垂降到鞋尖幾乎碰到地面的程度。他猛烈踢踹，試著伸長腳踩地，但那是不可能的。他踢得太用力了，以致於一只靴子脫落飛入人群，砸中一個小男孩的胸口。

男孩衝向前說道：「你們看到了沒？他踢我！」

於是他跑過去打鮑比，軟弱無力的一拳，打在那個被勒住脖子的男人胸口。接著男孩趕緊跑開，因為鮑比這次真的打算踢他了。以一個被繩子吊住、正緩慢窒息的人來說，這一腳還真夠嗆，我心裡有點希望他踢中了。

當鮑比像皮納塔玩具一樣在空中不停旋轉，男人們幾乎是輪流上前去打他。有些人撿街上的土塊丟他，粗暴的言語更是近乎不間斷地出口。吊著的男人舌頭伸得好長，幾乎能舔到他自己的下巴了。過了一會兒，他扭擺了一下，像是蛇努力擠過狹窄的通道，然後就不動了。他們仍繼續毆打他。

「吊死他還不夠嗎？」我叫道。

「我猜那不是你的錢吧。」穿著上教堂服裝的男人說，接著就有人揍了我後腦勺一拳。接下來我所記得的是嘴裡有土的味道，我想努力看清楚，但我只看見有靴子朝我走來，然後有半晌工夫我什麼都看不見了，只記得爺爺中槍，還有那場該死的暴風雨。

我醒來時，天已幾乎全黑，我仍躺在街上。有個溼溼的東西在頂我，等我能凝聚心神和視線，才看出那是一頭肚子上有幾撮白毛的大黑豬。我馬上坐起身，大豬小步蹭過來。這是隻大豬公，應該有到兩百七十公斤，獠牙又長又硬，就像鶴嘴鋤的尖端。其中一眼似乎垂得較低，彷彿考慮要脫離整隻豬的其他部位、自己去什麼地方似的。這畜牲的口氣混雜著玉米和牛屎味，牠的豬鼻子上就沾著牛屎，而現在我臉上也有了。

「別再快速做什麼動作，」有個嗓音說，「牠不太喜歡突發狀況，也許會決定啃掉你的臉。」

我慢慢轉頭，看到有個黑人站在我身後，嘴裡叼著玉米梗菸斗。他正拿一根黃磷火柴在他油膩的褲子上擦火，好把菸斗點燃。一把鏟子的柄部由他腋下凸出來，鏟子插在地上，他靠在上頭。他的個頭比割喉還要魁梧——結實又雄壯，四肢有如樹幹。被他黑色掌心護住的火柴火焰，看起來像一隻小小的螢火蟲。他有一口好牙齒，他用它們咬緊菸斗來點菸。他的臉看起來像絲一樣滑順，跟煮了很久的咖啡一樣黑。

「你認識這隻豬？」我邊說邊寸步退離牠。

「很熟。」他甩滅火柴說道，「直到不久以前，我和牠一直是拉特里吉農場後頭一小塊住處的室友。我在那兒工作，而牠喜歡跟在我屁股後頭。牠本來是頭小野豬，我撿到牠。當時一群狗正準備把牠大卸八塊。牠想跟牠們打，但牠才不過像是吃了滿肚子包心菜的老鼠那麼大。我趕跑那群狗，帶牠回家，本來打算把牠養大後再吃掉牠。但我和牠還挺合得來，就讓牠待下來了。我們偶爾會鬧彆扭，不過整體而言，我們相處愉快。牠比任何狗都聰明。」

「你們幸福快樂真的令人欣慰，」我說，「可以叫你的豬退後一點嗎？」

「牠不是我的。」黑人說，「我剛才說的是牠跟我住。我有時覺得牠知道我曾經考慮吃掉牠，知道要是有個什麼變化，我還是可能吃掉牠。我想牠對我也抱持一樣的心態。」

現在我坐起身，才意識到有個咚咚的聲音。我望向聲音來源，原來是那個死人想踢卻沒踢中的男孩。他拿著根棍子，正在打被吊死的男人。他不疾不徐，好整以暇地擺好棍子的角度再揮出去。他打得很扎實，聲音很響，害我聽了都覺得有點痛。當然，鮑比．歐戴爾已經死透了，身上有一層被丟擲土塊而沾上的塵土，臉上還布滿瘀青，好像他曾經趴在做薄煎餅的模子上。

「你給我停手，」我對男孩說，「他都已經死了。」

「那他不會太在意了。」黑人說。

「這是不對的。」我說。

「很多事都不對。」黑人說。他抽著菸斗，看男孩拿棍子發洩。他對他說：「好了，夠了吧。」

男孩沒停手。

黑人從地上撿了塊大小適中的石頭，咻地一聲丟出去。它擊中男孩耳朵上方，打得他仆倒在地，棍子也脫手而飛。黑人繼續抽他的菸斗。男孩撐著地慢慢抬起上身，然後跪坐在地上搖搖頭。

黑人又撿起一塊石頭。男孩轉頭看著他。

「你幹嘛丟我？」男孩說。

「要是你不站起來滾開，馬上就要再挨一下了，」黑人說，「我會叫那隻豬去咬你。」

男孩趕緊爬起身跑掉了，不過他跑的時候身體微微傾向剛才被石頭打中的那一側。大豬追了他一段路，然後噴著鼻息朝我們跑回來，好像在笑似的。

「你剛才給那小孩來的一下打得挺重的。」我說。

「所以是怎樣？」黑人丟下石頭說道，「你關心的到底是死人還是活人？」

「我關心我妹妹，」我說，「她被綁架了，我爺爺被謀殺了。」

「是喔？」黑人說，「呃，你大概去找過那邊的警察了？」

「副警長辭職了，警長死了。」

我沿著街道望去，發現放著警長屍體的貨車已經不在了，木板上的男人和死馬也是。

「警長很英勇，」黑人說，「我在那裡的雜貨店轉角看到整個過程。我正從店後的小巷走出來，子彈就像冰雹風暴一樣齊發。我想那些搶匪以為會很簡單吧，但是並沒有。雙方都開了很多槍。不過逃走的人把錢帶走了。他們在街道盡頭那裡兵分兩路，我猜是在別的地方會合吧。」

「在河邊搭渡船。」我說。

「噢，你是說那個橫過薩賓河的滑車。弄出那玩意兒的龜孫子為了做渡船生意，把橋給燒了。」

「他沒討到便宜，」我說，「爺爺中槍之後，渡船馬上就被一道水龍捲給撞上。我差點淹死，剩下的乘客就是逃走的銀行搶匪，他們把我妹妹擄走了。」

「她這下可不妙啊，」黑人說，「因為其中一個是割喉比爾。而且黑鬼彼特好像也跟他們在一起。他們有登上報紙，多半都在北方搶銀行。他們是有懸賞的逃犯，賞金還很高呢。報上說比爾小時候曾經跟著詹姆斯兄弟法蘭克還有傑西[1]混。他喜歡幹這一行，已經為非作歹將近三十年，中間偶爾會跑去幹些別的小奸小惡。至於那個胖子我就完全不認識了。有些廉價小說以割喉比爾為主角，不過把他寫成英雄之類的。他們才不是什麼英雄。」

「我只知道肥仔這名字，」我說，「他們是這樣叫他的。副警長，應該說前副警長，好像知道他是誰。不過那也沒用了，他已經辭職另外找工作了，大概會去當理髮師吧。」

「嗯，理髮師這一行滿穩定的，因為很多人喜歡剪個俐落的髮型還有把鬍子刮乾淨，又不想自己動手。」黑人說。

我試著站起身，但雙腿使不出力，不得不坐回去。這時我身上撒落一把泥土，我才知道自己昏倒時曾被人用土塊亂砸過，更別說拳打腳踢而造成的全身痠痛了。我猜那小孩也用棍子招呼過我幾下。

「這件事唯一的好處是那艘渡船沒了。」黑人說，「我可不喜歡過河還得付錢，本來明明有一座好端端的橋。不過你不得不承認，他能想出這個渡船主意還挺聰明的。要是我有想到的話，搞不好也會下手。」

「我得去找我妹妹，」我說，「我得想辦法找到警察。」

「我只能祝你好運了，小子，」黑人說，「沒有哪個警察會想惹上那夥人，至少在發生過這裡的事之後不會。警長很英勇，下場就是蓋著一塊防水布，躺在貨車後頭走完最後一段路。那個副警長啊，槍戰才剛開始，有顆子彈朝他那裡飛過去，就馬上像兔子一樣逃命。要是他的速度再快一點，他的衣服都要被他落在原地了。」

「他先前告訴我，他算是醒悟到執法工作不適合他。」我說。

「我想也是。」黑人說。

我再度試著起身，這次黑人揪住我腋下拉了我一把。

「你也許可以找個德州騎警幫忙，」他說，「他們凶惡得很。不過等你找到人，你妹妹的狀況可能不會太好，而且他們騎警也不太靠得住。」

「還有什麼選擇嗎？」

「你可以雇個賞金獵人或追蹤高手。」

「你有認識的嗎？」

1 此處指的是法蘭克・詹姆斯（Frank James, 1843-1915）和傑西・詹姆斯（Jesse James, 1847-1882）。這對兄弟在南北戰爭期間一同加入非正規游擊隊，戰後則繼續合夥從事不法勾當，在中西部搶劫銀行和火車等，儘管手段凶殘，卻博得全國的知名度，甚至有不少支持者。

「這個嘛，我接過這類工作。我有白人血統，有黑人血統，也有科曼奇印第安血統，最後那部分讓我懂得追蹤技巧。是我母親和她的族人教我的，他們連藏在湖底一塊石頭底下的屁都找得到。其實我沒那麼神啦，不過夠用了。我是說，我已經很強了。所以說我是能找到他，但如果三寸丁不跟我一起去，我是不接這活兒的，而我不知道他願不願意去。我們兩個都要先拿到錢才會出發。我們也可以帶著豬一起去，牠會幫忙追蹤。嗯，其實不會，不過我習慣有牠陪了。我收的錢要值得我付出汗水和豬肉。我可是冒著像警長一樣下場的風險，我幹活兒是要有酬勞的，而且要比他的工資高。」

「麻煩的就在這裡，」我說，「我沒有什麼大錢。」

「那你有多少小錢？」他問。

這時我突然心生一念。我在連身服口袋掏摸爺爺給我的文件。儘管我身上都乾了，文件仍是溼的，所以我小心翼翼地把它取出來。它是摺起來的，而且用的是厚實的好紙，所以沒被水給泡爛。我說：「等這個乾了以後，這是證明我擁有土地的文件。如果你和那個叫三寸丁的老兄願意幫我找到妹妹並救她回來，還有抓住那些有罪之人，為我死去的爺爺報仇，我就簽名把土地過戶給你們。之後你們要把土地賣掉或幹嘛都可以。」

「你說的是地主之類的土地嗎？」

「我是地主，我簽名把地過戶給你和三寸丁，你們就變成地主了。而且有權利進行這道程序的男人就在這座鎮上。但是除非我救回妹妹，我不會簽任何文件。你們完成任務，這份文件和土地就屬於你們，任憑你們處置。」

「有多少土地？」

「分兩個地方，」我說，「一塊是一百英畝，我爺爺的舊土地，另一塊二十五英畝，我爸媽的地，不過它是很好的農地。爺爺的地比較差一點。」

「農地的品質要看你怎麼照顧它，」黑人說，「你得懂得分解糞肥的正確方式，而我懂。有塊地由我負責，我種的玉米高到只有鳥才能看到頂端。我是幫拉特里吉老頭種的，但他死了，他老婆不喜歡我。過去她的家族考克斯家族是我們族人的主人，後來時局變了，老頭能夠接受，她卻不能。以前他們能免費從我族人身上獲得的勞力，現在得拿穀物和一些薪水來跟我換，她可不高興。我來鎮上想找份新工作，就遇上那幫人搶銀行。我想說可以靠埋葬他們掙幾文錢吧，我已經零零星星幹這差事好多年了，因為在農場賺的錢並不多。噢，我偶爾會去外地追蹤還有打雜工，像是挖墳。埋屍體每次通常能賺二十五分錢；至少這是我收到的價碼。我做過好幾回了。白人挖墳的話，一具屍體可以收到五十分錢。好像他的挖法有什麼不同，比我用二十五分錢挖出來的坑要高級似的。」

我決定別提我父母剛死於水痘，而他們被埋在裝滿石灰的棺材裡，我怕這有損土地價值。

我說：「那你願意接案了？」

「這得看我們能不能說服三寸丁加入。只要他答應，我就接。我一定要有他這樣的人當掩護才行。我猜那些人全都有懸賞金在身，尤其是割喉比爾。如果一切順利，我和三寸丁可以大賺一筆。要是出了什麼意外，嗯，我們可能弄丟自己的命，還有你的命。而你看起來有夠菜，他們甚至可能宰你兩次。」

「你們把我妹妹救回來，幫我逮住殺死爺爺的人，讓他們接受制裁，我就把兩筆土地都過戶給你們。此外，如你所說，抓到那些敗類也可能有賞金可領。」

他摩挲下巴。「我們需要補給品，但我猜我們只能用偷的了。」

「等一下，」我說，「我可不想自己也做起違法勾當，最後被吊在鮑比旁邊。我不要偷東西，我們帕克家的人不是這樣做事的。」

「到目前為止，你們帕克家的人做事的方式只是害自己被殺、被綁架還有被打昏在街上。你這開場白沒什麼說服力啊，年輕人。」

「我不要偷東西，」我說，「我不能。我爺爺是牧師，要是他躺在墳墓裡，聽了也會氣到坐起來的。只不過他在薩賓河底某處，或是被沖到某個岸邊了。想到他被卡在河底的樹根旁，有鯰魚在吃他，我就好想吐。」

「這樣吧，」黑人說，「我們先去找三寸丁，看他怎麼說，然後再討論補給品的事。也許他根本不參加呢？我們先去找他吧。你說你叫帕克？」

「傑克．帕克。」

「我叫尤斯塔斯．考克斯，我們可能算是遠房親戚。」

「怎麼會？」我說。

「想到你可能有黑人血統，你好像有一點不爽啊。嗯，白人小子，你放心，是我身上有一部分你的血統。考克斯家族娶了帕克家族的女人，而四十五年前左右，考克斯家的一個男孩和我母親製造出我——我要補充說明，她是被強迫的——而我母親是科曼奇族的有色人種，所以我就在這了。因此我們可能是親戚。」

「是或不是我都不在乎，」我說，「我只想救我妹妹，我們一直在浪費時間。」

「趴在這裡吃土的人可不是我啊，表弟。」他說，「不過現在都快要天黑了，你也做不了什麼了。也許我們可以去找三寸丁，跟他聊一聊。然後我就能給你個確定的答案了。如果我們幫不了你，你只能自求多福，因為我也沒什麼別的建議可以提供。如我所說，我得有對的搭檔才行，而恕我直言，你根本未成年呢。」

「十九歲。」我說。

「騙鬼。」他說。

「嗯，我可能比較接近十七歲。」我說，仍然在灌水。

「在我那個年代，這年紀早就算成年了，但現在可不是。」他說，「你下巴的毛都還沒長出來，大概全身的毛也都沒長出來。非但如此，有些部位還粉嫩得很。你因為趴在街上，脖子後頭還被曬傷，明天早上你就會覺得痛了，甚至不用等到明天早上。我們去看看三寸丁在不在家吧。不過我得先把這傢伙埋了，我已經把另外那個弄進公墓了。」

「木板上那個？」

「就是他。現在我得處理這一個。我得割斷繩子放他下來然後用拖的，因為我沒有馬。」

老實說，光是想像就把我嚇壞了，更讓我驚恐的是，他將鏟子遞過來要我幫忙拿著。他收起菸斗，拔出一把大刀子，踮起腳尖割斷繩子高處。繩子斷掉時，他任由屍體摔在地上，然後握著繩結處開始拖著他往街道另一頭走，大豬小跑步跟著他。過了一會兒，他和大豬停步，兩個都回頭看我。尤斯塔斯說：「你要來嗎？」

我扛著鏟子過去找他們。

尤斯塔斯將屍體拖過一條小巷，從小鎮的樓房後方穿出去，經過一片崎嶇的土地，走向俯瞰席爾維斯特一座山丘上的一排樹木。這段路程可真是艱辛，鮑比．歐戴爾的屍體不斷翻轉，等我們走到樹木那裡時，他剩下的臉皮已經不太能看了。我不打算談在這過程中他的眼睛發生什麼事。

我們總算到了樹木那裡，尤斯塔斯再使了兩把勁將屍體拖過那排樹，眼前是另一道山坡，山坡上有一些十字架。沒有墓碑——全都是十字架，用廉價木條做的陽春東西。等到這時候，太陽已經下山了，所以我是藉著月光看到這一切的，那天是半月，還算夠亮。那些十字架似乎染上了光芒。

山坡上有一座新墳——當然就是他剛才所說的了——他鬆開繩子，開始在新墳旁邊挖土。大豬坐在地上旁觀，彷彿認真觀摩做這工作的正確方法。不一會兒工夫，尤斯塔斯已經在紅土裡挖出約一公尺深、兩公尺長的坑。那時他把鏟子交給我，我開始挖。尤斯塔斯坐在地上靠著一個十字架，傳授我一些訣竅。我挖了很久。尤斯塔斯沒開口說要跟我換手，而大豬當然也不在輪班之列，牠只是來看戲的。

尤斯塔斯說：「這是他們專門埋有色人種、窮鬼和匪徒的地方。我決定不再賺這個錢了，這是好事。有時候墓都挖了，鎮議會卻不肯付錢。他們這樣坑過我一回——在那些高級白人的墓園裡——結果我又把那個女人和她的孩子挖出來，帶去擱在鎮長家門口。因為他們是被火燒死的，死相可不太好看。他們得把欠我的錢付給我，結果他們付得可快了，而且還得付更多，讓我再把他們埋回去。他們是可以另外找人，但他們知道那會惹我生氣。最好別讓我生氣，尤其是別讓我喝醉又生氣，所以我不喝酒。我一喝酒就好像酒瓶裡有惡魔，全鎮的人都知道，那些看黑鬼不順眼的人曾試過要壓制我，但被壓制的人是他們，所以他們只好容忍我了。威士忌這玩意兒會害我誤事。抿一口我很愉快，抿兩口我很暴躁，三口我就發瘋了。也許是我的印第安血統作祟吧，但也可能是我個人的問題。」

他碎唸到這裡時我幾乎已經沒在聽了，我還在糾結他剛才提到女人和小孩的部分。我說：

「你把一個女人和她的孩子挖出來？」

「直接把他們從棺材弄出來。他們死了，所以對他們來說完全沒差。我需要那五十分錢，結果等一切搞定之後，我賺到整整一元呢。對了，雖然你現在有在挖，但我不會把挖墳的錢分你喔。就當作是我去追捕抓走你妹妹的那些人的預付金吧。這樣好了，你留在這再把墓穴的土壓壓實，我去借匹馬來，借到之後來接你。」

這說法聽起來很可疑，但我又覺得事已至此，再多的顧慮也於事無補，不過其實我應該找個機會向他提到耶穌，看能不能讓他改過向善。尤斯塔斯和大豬去進行他們的任務了，留我一個人把工作完成。

我又想到露拉，忍不住全身顫抖。我們一向挺合得來，我甚至會蹲在地上陪她玩娃娃、假裝參加茶會，雖然我根本不記得有哪個親朋好友真的辦過茶會。她是個好女孩，我們不但是兄妹，也是好朋友。不過我記得自己年紀還小的時候，曾不止一次抓著青蛙去嚇她，或是拿著長長一根蒺藜草追她。她是飛毛腿。我對她印象最深刻的一點是她有時候真的很怪，會仔細研究一些東西，或思考沒人感興趣的事物，例如蜂鳥怎麼能向後飛，有翅膀的雞卻又不能真的飛起來。在我看來這似乎不是什麼重要的探究。她總是提出這類疑問，而我總是告訴她如果上帝要我們知道這些答案，祂就會寫下來了。有一回我這麼說時，她望著我回道：「你的意思是聖經是上帝親手寫的，還用英文寫？而且祂什麼都知道，卻完全不提蜂鳥和雞？」

我完全沒想過這種事，在我能如此回應之前，她已經繼續提出其他很可能也是找不出解釋的奇思妙想。

我把墓穴的土壓實，然後無聊地倚在鏟子上。後來我累了，就坐下來。我頸後曬傷的地方開始刺痛，但是除了忍耐之外我什麼也不能做。正當我開始覺得我上了當，被人誆騙白白挖墳，就看到尤斯塔斯騎著馬爬上暗影幢幢的山坡，大豬跟在他後頭小跑步。這馬有馬勒和轡繩，但沒有馬鞍。

他騎上來到我旁邊時，我看到他腰帶裡塞了一把自動手槍。跟肥仔身上是同一種。他說：

「我們最好上路了。」

他伸出手，我握住。他把我拉上馬背。我們小跑出發，大豬跟在旁邊快跑，幾乎沒發出任何喘氣聲。

騎無鞍馬並不輕鬆，有好幾回我差點被顛下馬背。我得摟住尤斯塔斯才能待在上面。這讓我不太自在，因為當時我自認為已經是夠成熟的男人了，不該像個等著吸奶的娃兒巴在他身上。但現實條件就是如此，而我也只能忍受。那隻肉豬就叫大豬，牠跑起來又快又輕鬆，我對牠的速度感到訝異。

等我們到達位於河對岸的目的地時，月亮已經升得很高了。我們在一個淺水處過河，但白天的大雨讓水位變高，河水仍然湍急，雖然不算非常洶湧。

我們騎馬過河時，河水淹過馬肚，然後是肋部，然後漫過我們膝蓋。我們一度踩進坑洞，水一下子淹到馬脖子，我們也都全身泡水。我差點被沖下馬背。我們終於過到對岸，沿著河岸一段陡斜的高坡爬上去。我真的拚死命抓牢。最後我們攀上邊緣，大豬在那裡停了一下，像狗一樣甩水。

尤斯塔斯策馬走向一條比較像給兔子走的小路。沿著小路走了一會兒，夜風把我們吹得半乾，此時眼前豁然開朗。前方有一道碧草山坡，坡頂有個我看不太清楚的東西。我們騎著馬向前時，月光有如酪乳潑灑在上。我發現那是一具架設在山坡上的單筒望遠鏡，朝上對著繁星，有個小孩正在往裡瞧。我們登上坡頂時，我看到他後方有一棟屋宅、畜欄和小穀倉，看起來雅潔有致。

然而離得更近之後，我才驚覺那根本不是個小孩，而是個男人，一個侏儒。

3

我看到三寸丁的第一眼，就是在那座月光照耀的山坡上。早在我們上去前他就注意到我們了，但當他將我們看清楚之後，他便回過頭去繼續朝望遠鏡裡窺看。

尤斯塔斯勒住馬。大豬端坐下來，抬起一腿，像狗一樣用牠的蹄子啪噠啪噠地撓耳朵。

我滑下馬背，屁股跟腿都麻了。尤斯塔斯也下馬，握牢韁繩。他對侏儒劈頭就說：「你想去獵捕一些傢伙嗎？也許順便宰掉他們？為了救這小子的妹妹？」

侏儒有點勉為其難地離開單筒望遠鏡，仔細看了看尤斯塔斯。「這事兒有錢拿嗎？我可是馬上就需要一筆錢了。」

「要繞點彎子，不過可能有油水。」尤斯塔斯說。

「一樁不確定的活兒是吧，」侏儒說，「我不知道耶，這不像牢靠的生意那麼吸引人。」

「沒把話說死喔，」尤斯塔斯說，「起碼不是完全沒機會，對吧？」

「比某些事機會大一點。」侏儒說。

「我們不如到你屋裡去喝杯咖啡，好好討論一番？」尤斯塔斯說。

「已經浪費太多時間了，」我說，「每多耽擱一分鐘，對露拉而言可能都更糟。」

「露拉？」侏儒說。

「我妹妹。」我說。

「噢。嗯，先生，她不是我妹妹，而在我搞清楚這事兒的來龍去脈之前，你總不能期望我就這麼悶頭上陣。」

「那我們走吧，」尤斯塔斯說，「我們來談生意。」

「我看到你們兩個剛才都過河了。」侏儒說。

「對，」尤斯塔斯說，「但我們已經乾得差不多了。」

這時候我已經如我爺爺常說的「被惹毛了」，不過我也意識到，他的脾氣可能正是害死他的禍端之一，不亞於那顆子彈，因此我壓抑住情緒，跟著侏儒朝他的房屋走去，尤斯塔斯牽著偷來的馬，大豬在我們身旁小跑步。

看那侏儒走路感覺很怪，因為他的動作介於成年男人和孩童之間。他頂在肩上的頭顱看起來又大又重，而他的肩膀以身高比例來說特別寬。他沒戴帽子，在夜色中他的頭髮是深色的，甚至可能是黑色。我注意到他臉上有薄薄一層沒刮乾淨的鬍髭，不過三寸丁散發著某種文雅的氣息，像是出身更為優渥的背景。我不知道還能怎麼形容，但這是我的第一印象。彷彿他是個下鄉巡視卻被縮小的皇室成員，而他對此氣憤不已。

我們走到他的小屋時，他先進去，等到打理好馬匹後，我們也進去找他，包括大豬在內。屋內簡樸而狹小，但很乾淨。共有兩個房間，從我們站的位置，我能看到敞開的房門內有另一個房間，裡頭擺了張簡單的木頭小床。外屋另一側則堆了許多書、報紙和雜誌。三寸丁點燃幾盞煤油燈，室內很快就亮起黃光，我這才真的首度看清楚他。他確實是黑髮，臉上長出未刮的黑色短髭。他的眼睛是藍色或綠色──光線不夠亮，我無法確定，不過日後我判定其實是灰色的。他因為在戶外工作而曬黑，在乍看細緻的五官底下有著剛毅的骨架，讓他的臉頰凸出、下巴也外伸。他是個英俊的侏儒，要是有一百八十公分高，絕對會是別人所謂的萬人迷。

鑄鐵爐灶前方擱了個木頭腳凳，他戳了戳爐口裡的木柴，然後點火。他將水桶裡的水倒進一個壺，往裡舀了些咖啡粉，接著放到爐口上煮。他坐到房間中央桌子旁的椅子上，那是唯一的椅子。桌子很矮，我和尤斯塔斯很有默契地盤腿坐在地上，這樣剛好跟三寸丁差不多高。我們隔著桌子望向他。大豬趴在敞開的門邊，頭和肩膀在屋內，下半身晾在院子裡。

三寸丁說：「我得大展身手，也許要追殺某人，所以我需要搞清楚整件事。」

「你確定你做得來？」我說，「你跟我預期中不太一樣。」

「你預期的人比較高？」三寸丁說。

「我不打算騙你。是沒錯，高一點壯一點的人。」

「火藥和彈丸有各種封裝形式，但它們全都是火藥和彈丸，而有些小子彈因為壓縮得很密實，火力特別驚人。你就把我當成壓縮緊密的彈藥好了。」

我有些疑慮，但也走投無路，所以我將事情始末全盤托出，包括爺爺死去並被河流帶走，妹妹被綁架，以及我擁有證明土地所有權的文件。為了強調我所言不虛，我拿出那份文件──

現在已經乾了，因為它其實沒有被河水完全浸溼——放在桌上小心攤開，讓他們瞧一瞧。他們在看的時候，我提醒三寸丁銀行搶案一事，說就是同一群匪徒幹的好事。我告訴他割喉比爾、黑鬼彼特和肥仔應該各有懸賞金，努力用我的三寸不爛之舌說服他。

「我有個想法，」尤斯塔斯說，「是這樣：賊窩裡的壞傢伙可能有一大票，比來到鎮上的更多。而且我猜他們全都是有懸賞金的通緝犯。」

「你是說那裡可能是個寶窟。」侏儒說。

「沒錯。」尤斯塔斯說。

侏儒靠向椅背沉吟。「是有利可圖。」侏儒起身，從櫥櫃取出一個盒子，在裡頭找出雪茄，他抽了根出來，很大一根雪茄。他把雪茄塞進嘴裡，挪開咖啡壺，彎向爐子，臉伸向爐火。紅色火影在他皮膚上蔓開，然後他抽回身子，噴著雪茄煙。他把咖啡壺放回去，回到小椅子上，往半空吐出一團團難聞的藍色煙霧。

「我們要趕快出發了啦，」我說，「她都被擄走將近一天了，他們可能已經離我們好幾公里了。」

「噢，那是肯定的，」三寸丁說，「他們離得很遠沒錯，不過我猜他們會停下來過夜。」

「這你又怎麼知道。」我說。

「你說得對，」他說，「我是不知道。他們也可能連夜趕路，但我覺得我們最好是別摸黑上路。我們在夜裡沒辦法輕易找到他們的行跡，不過等明天天亮，我們就可以了，到時候也能全速前進。」

「我可以自己去找，你們兩個的賞金就泡湯了。」我說。

「你可以啊，」侏儒說，「沒人攔著你。但要是我們決定明天跟上去，我們會很快就追上你，或許就發現你已經踩進兔子洞而弄斷一條腿，或是走錯路而淹死在河裡了。順帶一提，如果沒有馬的話，做這事可是曠日廢時，而你不會有馬的，因為我並不打算借你。」

「尤斯塔斯那匹馬是偷來的，」我說，「我可以騎那匹。」

「喂，你不是說你不想偷雞摸狗嗎？」尤斯塔斯說，「這下你的口氣倒像個老練的偷馬賊。」

「我已經狗急跳牆了。」我說。

「是喔？」尤斯塔斯衝著我笑。

「你不能騎那匹馬，」三寸丁說，「如果你要我們去對付那些人、救你妹妹，我們就等天亮再騎馬出發。」

「尤斯塔斯說他是厲害的追蹤者，能找到河裡石頭下的一個屁，之類的。」

「哪有，」尤斯塔斯說，「我說的是我母親的族人能做到，至少是她印第安那一邊的族人。我也說了我沒那麼厲害。」

「但你也不錯？」我說，「對吧？」

「對。」尤斯塔斯說。

「聽我說，小子。」三寸丁說，「尤斯塔斯並沒有他自以為的那麼強，更完全比不上他所吹噓的程度。舉凡晚上，或暴雨天，或是過了太多天以致於線索變模糊，他都追蹤不了。他母親和他母親的族人做得到，但這種東西不是靠遺傳，是要用教的，而他只學到了一些皮毛。」

「我有兩把刷子好嗎。」尤斯塔斯說。

「對，你是有兩把刷子。」三寸丁說，「我記得有一回你和我追蹤一個印第安叛徒追了四天，最後卻發現我們跟在一個騎著小毛驢的白人老頭後頭跑。恕我直言，尤斯塔斯，你的追蹤能力是有的，但你需要日光還有一些好運，而且你經常出錯。」

尤斯塔斯發出一聲悶哼，我感覺我的心正微微下沉。

「我說得對嗎？」三寸丁問他。

「我有兩把刷子。」尤斯塔斯跳針。

「那是當然的，」三寸丁說，「你有兩把刷子，但那跟神乎其技就是有差嘛。我們可以在天快亮時從這裡出發，先去事發地點，看看有留下什麼記號。不過小子，我得跟你說一件事。你妹妹啊，如果是跟那些人渣在一起，可能已經失去她的花蕾了，你應該懂我的意思吧。」

「我懂，」我很吃力地發出聲音，「我想過這一點。」

我確實想過，這念頭讓我想吐。

「我們的任務是救到她，把搶走她的男人殺光，然後領賞金。」三寸丁說，「我說得沒錯吧？」

我說：「我猜想警方的懸賞條件是不論死活，所以或許不一定要殺人。我個人的條件是只要你們救出我妹妹，就把土地給你們。」

三寸丁和尤斯塔斯看我的眼神，好像我突然褲子一脫就在房間裡拉了一大坨屎。

「或許不一定要殺人？」尤斯塔斯說，「你趁我不在的時候偷喝酒啊？」

「我只是說殺人可能不是必要的。」我說。

「意思是你沒那個膽子？」三寸丁說。

「意思是如果我們能讓他們受審，或許就沒必要殺人。」我說。

「鎮民會讓他們受你今天看過的那種審判：吊在燈柱上。」尤斯塔斯說。

「也許我們可以去別的鎮試試。」我說。

「每個鎮各有自己的管轄範圍，」三寸丁說，「他們最後還是會回到席爾維斯特，因為他們搶的是這裡的銀行。既然我們終究要帶他們去席爾維斯特，而他們在那裡會被處決，不管有沒有審判程序，我們留他們一命就一點意義也沒有。我們先把事情做完，可以替所有人省點時間和顧慮。那群綁匪也很清楚這一點，所以等我們找到他們，他們會利用我們押他們去警察那兒的時間作為脫逃的機會。我可不想煩惱這種事。要是他們死了，就插翅也難飛了。先生，這是很簡單的事實。」

「非必要的話我不想殺人。」我說。

三寸丁往後靠，兩手交握擱在胸前。他仰首望著天花板。「這個嘛，或許有一個選項，」

三寸丁說，「我們可以列入考慮。」

他瞥向尤斯塔斯。尤斯塔斯說：「好喔，我們會把那個想法放進我們的思考菸斗拿來抽的。」

我覺得他或三寸丁的語氣都毫無誠意可言，整件事令我十分無力。我想救妹妹回來，我想討回公道，但我不想任何人喪命。我決定暫且擱下這話題，事到臨頭再說。

「我們需要物資和資金。」尤斯塔斯說。

「你那匹馬是從哪借來的？」三寸丁問尤斯塔斯。

「席爾維斯特，銀行搶案發生的地方。」

「那好吧，」三寸丁說，「我這裡有我們可以騎的馬，所以我們可以在路上把借來的那匹賣掉，如果剛好遇到有人要買的話。而且我應該可以為我們湊到足夠用到那時候的補給品，或許再撐久一點也行。」

「你們要把借來的馬賣了？」我說。

「嗯，」三寸丁說，「我想是沒錯。對。」

「我的霰彈槍在這嗎？」尤斯塔斯問。

「你有留在這嗎？」三寸丁問。

「你明知道有。」

「那就還在這，尤斯塔斯。難道你覺得它可能長腳跑出去蹓躂了嗎？」

「那倒不是，但我想說你可能拿它換東西或是賣了。」

「你知道我為何把它留在這，」三寸丁說，「我才不會賣掉它或拿它換東西，你明知道的。」

尤斯塔斯點點頭。「日子愈來愈難過了，要是我就會。」

「如果你想帶的話，它在後面的房間裡。旁邊還有你那袋霰彈還有做霰彈的材料，你覺得需要的話就一起拿。」

「希望那就夠了，」尤斯塔斯說，「如果我能把那些傢伙趕成一堆，我只要射一發霰彈就能撂倒他們全部人了。」

我們喝了咖啡配麵包盒裡剩的一些玉米麵包，然後尤斯塔斯就到裡屋睡覺了，他拿三寸丁的一些毛毯打地鋪。床鋪則是給三寸丁睡的。三寸丁給了我一床毛毯，我只能與大豬一起睡在較小的外屋。

我對於找三寸丁擔任追捕者仍然心存懷疑。我開始懷疑我中了即將被冒用身分的圈套，這兩個傢伙要殺了我來搶我的地契。雖然我很懷疑他們能不能模仿得了我的簽名，不過只要略微施虐就能使我重複示範簽名，還會邊簽邊發出哼哼唉唉的聲音；我對自己的強悍程度並未抱持任何不切實際的幻想。我只想找到妹妹，向殺了爺爺的惡徒討回公道。對我而言，他們在監獄裡服刑已是足夠的懲罰。

我摺起文件，放回口袋，睡在外屋侏儒矮桌下的地板上，躺在散發乾掉汗水味的毛毯上。半夜時，大豬湊過來靠著我，我必須忍受牠的口臭，感覺有點像在應付一頭幽靈公山羊，因為公山羊喜歡把頭塞到兩腿之間，然後尿在自己的鬍鬚上。我試著禱告，但那些禱詞感覺好空泛，不像在家裡的時候，有家人在身邊，一切都按常規走。那時候禱告的感覺很好，但現在我只覺得空虛。我請求上帝寬恕我信念低落的事，在這種情況下，祂會原諒我的。我試著休息，但沒睡多久，只有短暫地打了幾次盹，讓我感覺比一直撐著不睡更難受。

最後我起身點亮一盞燈，在室內閒晃，看看三寸丁有什麼書。還真是五花八門，不過有一大格是旅遊類，包括馬克．吐溫的一些作品，其中一本《老憨出洋記》我讀過。我瀏覽更多書目，發現很多都包含作了記號的地圖和段落，一些句子用鋼筆畫了底線，內容多半是關於遙遠的異地，很多我前所未聞。我東一點西一點地讀著，不過在這種情況下，什麼也勾不起我的興致。我把燈熄滅，留下睡到打呼的大豬，躡步走到屋外透透氣。空氣又濃又黏，像流了很多汗的馬腿，滿耳都是蟬鳴和蟋蟀聲，還有很多青蛙呱呱叫。

我站在夜色中不經意地朝山坡上望去，發現三寸丁又回到坡頂在看單筒望遠鏡。我還以為他在裡屋睡覺，儘管我幾乎都醒著，卻沒聽見他經過我旁邊走出屋外的聲響。空中滿是螢火蟲，像小精靈一樣繞著他閃動，用牠們小小的黃光在他上方製造出類似光環的效果。

我爬上他的瞭望站，不過故意繞了個大圈，想要從背後偷襲他。我也不確定自己幹嘛做這種事，總之就是做了。等我偷偷摸摸地好不容易爬上山坡，到了他正後方時，他說：「你的腳步像天殺的野牛一樣重。要是有時間的話，我們應該訓練一下。」

「我以為我已經很安靜了。」我說，繼續往前走到他身旁。他仍把眼睛貼在望遠鏡上。

「在野牛裡面你是最秀氣的一個。」他說。

「你真的打算幫我嗎？」我說，「我可是非常認真的，你知道吧。」

「我知道，不過我想你問的其實是另一個問題。你因為我個子小而懷疑我嗎？那是你一開始就提出的暗示，我們剛見面時你說的。」

「我不知道。」我說，「此時此刻，很多事情我都不知道該作何感想了。老實說，我算是被揍了一頓，脖子後頭還曬傷。而且確實，我是有點擔心你是侏儒這件事可能讓任務很難成功。我說了。是你要問的，所以我說了。」

「別人坦率地說出對我的想法比較好，讓我惱火的是撒謊、閃躲還有不敢直視我的那種表情。早在很久之前，我就自在地接受自己的樣子了。嗯，應該說比原本要自在啦。我不會說那種感覺很完滿，像是我可以當作羽毛枕頭陷進去的東西，但我已藉由學著接受我改變不了的事物，將床鋪打造得比以前要舒適許多。我主要的想法是，我的體型屬於別人的困擾，而不是我的困擾，不過我倒是挺需要更容易爬上馬背的方式。好了，所以你對我有疑慮。還有別的問題嗎？」

「尤斯塔斯到底能不能追蹤他們？」

「可以。他比我說的要厲害啦，不過你不能讓尤斯塔斯太自大，因為他會變得自信過頭，而且很奇怪的是，他會因此想喝酒，但是他喝酒就會闖禍。他也忍受不了無聊。他喝了酒就會發酒瘋，所以我才把他的霰彈槍留在這裡。他手邊也最好別放太多錢，所以他經常把一些錢存在我這。但現在我這裡沒有他半毛錢。對他而言，口袋裡的一枚銅板就跟毒蛇似的，他迫不及待要擺脫它，而我正好相反，我錙銖必較。」

「你保管他的槍以免他賣了它換酒？」

「以免他朝眼前任何人和所有東西開槍。他的膚色本來就讓他很容易惹怒別人了，而尤斯塔斯對那些因膚色而欺負他的人可是不假辭色。他有膚色問題，我有體型問題，這就是我們的友情基礎。我們都扛著擺脫不了的負擔。不過如果你懷疑我們是否做得了這工作，我向你擔保我們能，雖然我不保證到最後不會搞得亂七八糟。這檔事在本質上就是亂七八糟的啊，孩子。」

「我已經十六歲了。」我說。

「那很好啊，」他說，「祝你活到十七歲。」

他說這整段話時，眼睛都沒離開過望遠鏡。這時他才轉過頭來說：「你想瞧一瞧嗎？眼睛湊上去就好，手不要碰，免得毀掉我設定好的東西。我已經調整得恰到好處了。」

我過去看。我看到一大塊月亮，月亮上有很多陰影。我問：「那些陰影是什麼？」

「隕石坑。或許是山。我在一本新出的雜誌上看到一則故事，至少對我來說是新出的雜誌。辛吉蓋特雜貨店的一個男人會幫我留下賣不出去的雜誌，免費送我。在那則故事中提到，有個男人只是張開雙臂，希望自己在火星上，他就真的去了火星。他在那裡看到一個奇怪的世界，有各種奇異生物和怪物。我真的很喜歡那個故事，有天晚上站在這裡，我用望遠鏡對準火星而不是月球，考慮做同樣的事。然後我突然驚覺：萬一成功了，我真的去了怎麼辦？那裡會比這裡還糟，有他寫的那些怪物，而我一個人在火星，環境乾燥又沒有樹。我喜歡讀這種故事，但我判定自己並不會喜歡親身經歷，我的煩惱已經夠多了，實在不需要再添上火星人這一項。況且，我很久以前就放棄許願了。或許那些世界上有什麼東西，跟我們類似或是更好的東西。有時候我會幻想這樣一個世界，不是我變得跟其他人一樣高，而是所有人變得跟我一樣高。但這是幻想，不是願望。我又不是傻了。願望是不會成真的，世上也沒有真愛，等我們嗝屁時也不會去快樂狩獵場[2]。」

「我不知道耶。我相信那個，」我邊說邊退離望遠鏡，「至少我相信真愛，我相信它存在，每個人都有命中注定的另一半，你只需要等待他們出現。」

「是嗎？」

2 指的是美洲原住民的死後世界。

「我爸媽以前就很相愛。」

「以前？」

「他們去世了。」

「怎麼死的？」

「有一場疾病，他們兩人都染上了。」我謹慎地避免太仔細說明他們的死因，擔心三寸丁覺得我帶有水痘病菌，隨時會朝他咳嗽。「所以露拉和我才會跟著爺爺去堪薩斯。」

「而他把農地都留給你去賣掉？」

「是啊，他沒打算再回家了。」

「這個假設倒是滿準確的。」

「是啊。」我說。

「你爸媽相處融洽，但在我心裡那並不能證明世上有真愛，或是一見鍾情，或是有人正默默等著你。我都已經四十歲了，還沒找到有雙大長腿的女人，願意讓侏儒固定依偎在她兩腿之間，除非付她錢。所以你說真愛？我看省省吧。我相信世上有習慣成自然，也有人稱之為日久生情，但我不相信一見鍾情，或是我在書上讀到的命中注定的愛情。你們兩人也許能像煮一鍋燉菜般製造出名為愛情的東西，但我不接受愛情就白白等著你去收割，它只存在你的腦子裡。一見就硬，或是利益關係轉變為愛情，這我是相信的，但才沒有什麼命中注定。」

「這種態度好像滿悲觀的，」我說，「覺得一切都是出於意外，或是靠你自己，完全沒有神的計畫。」

「你這麼稱呼它？神的計畫？」三寸丁搖頭，「你說悲觀嘛，嗯，我想這就是人性吧。至於你認為悲觀的部分在於我認為世上沒有真愛，還有一切都不是注定好的，正好相反哪。這可以避免很多失望和錯誤期待。」

「我相信上帝為我們所有人都擬好了計畫。」我說。

「確定的計畫？」

「對。」

「宿命？」

「對。」

「所以那個龍捲風出現把渡船弄沉，你爺爺中槍喪命，你妹妹被擄走，你自己差點淹死，全都是祂的計畫？」

「我相信如此。」

「那還替你妹妹擔什麼心呢？既然這是上帝的計畫，你再著急、忙得團團轉也都沒差別，反正結果早就有了定局。」

「爺爺就不會煩惱很多事，」我說，「只有我會。他信任上帝，他信任上帝的計畫。」

「而上帝可把他整慘了，不是嗎？」

「那是有原因的。」

「而我們當然不會知道是什麼原因。」

「也許以後進了天堂才會知道吧。」

「如果你在鎮上，街道兩頭都有馬在往前跑，跑得很快，你要過馬路時會察看兩側嗎？」

「當然。」

「那你根本不像你所說的有那麼強的信仰。」他說，「既然一切都是宿命，不論你朝哪個方向看，你會不會被馬撞到都不受影響，因為一切都安排好了。」

「這是生活常識。」我說。

「你夠虔誠就不是。」

這番對話害我頭痛，而且讓我聯想到露拉問的那些怪問題。我決定不回答，好結束這場交流。

三寸丁將眼睛湊回望遠鏡。「你知道我怎麼開始對星星、月亮和行星產生興趣的嗎？」

我其實並不關心，不過由於我要找他幫忙，我決定好歹裝作有點好奇。「不知道耶，」我說，「你說說看？」

他轉過來看著我。

「因為一個姓羅威爾[3]的人所寫的書。他寫到火星，寫到他認為火星上有運河，而如果你用單筒望遠鏡觀測——雖然我這一部其實不太能勝任這項工作——你絕對就會明白他怎麼會有這種想法。後來我又讀到我剛才說過的故事，我承認那是虛構的，不過它更加繪聲繪色地激發了我的想像力。我著實努力地東存一點西存一點錢，才訂購了這部單筒望遠鏡。」

「值得嗎？」

「嗯，我覺得值得。」

我們在聊天時，其實我真正的心思只圍繞在我妹妹跟那些禽獸在荒郊野外，其中一人殺了我們的爺爺，而且全都是銀行搶匪、殺人犯，說不準還做過其他什麼。我數度想提起這件事，但我知道說了也是白說，我們今晚是不可能動身的。我理智上也知道，三寸丁和尤斯塔斯在搜尋行跡方面，應該才是專業的。

「你現在滿心希望發生在你身上的事都沒發生，」三寸丁說，「你也希望你妹妹逃走了，她和你會重聚，事情會恢復如昔。嗯，她或許能逃走，這不是不可能，但不是靠你的念力，而是靠運氣和機緣，或許還包括她的良好謀略，以及先發制人。她是個善於謀劃的人嗎？很會動腦？」

「不太算。」我說。

「那就沒辦法了。你只能做好心理準備，我們找到她後救她回來，你要知道事情不會跟以

3 指的是美國商人、數學家、天文學家和作家帕西瓦爾・羅威爾（Percival Lowell, 1855-1916），他提出火星上有運河的想法，並創立亞歷桑那州的羅威爾天文台。

前一樣，你只能盡力而為。況且我們也是有可能救不回她的。不過我能在合理範圍內保證，只要她還活著我們就會找到她，就算她死了應該也找得到，我們也會找到那群人，把你的事給辦了，履行我們的合約。但我要重申，一切結束時，也許不會是什麼快樂大結局。」

「這我明白。」我說。

「或許吧，但年輕氣盛可能把你沖昏頭。我跟你分享一件小事，讓你了解為什麼我不相信願望那一套。生下我的男人給我取名叫雷金納德．瓊斯，有很長一段時間我都以為自己會長到正常身高，成為令他驕傲的兒子。但我沒長到正常身高，他說我是他天殺的侏儒。我母親很愛我，親暱地叫我小雷。我九歲時她去世了。我父親讓我在那個年紀就開始工作，而且是做苦力。他是個惡劣的人。我十歲時他把我租給一個種棉花的農夫，好像我是頭騾子。有天早上我騎著名叫老查理的小花馬去工作時，不小心摔下來，把鼓膜摔破了。那一跤跌得可真慘。我幾乎站不直，整個世界都彷彿傾斜了。我的耳朵流著血，騎馬回家。我父親拿了條皮馬鞭抽我，直到我的血都滲透進衣背。我爬回馬背上，到棉花田，做足一整天的活兒。我過的就是這種日子。努力工作，其他沒有太多事要去想。一年後我父親告訴我，我們要去馬戲團。我難以形容當時我有多興奮，不只是因為我還是個孩子，而我們說的可是我覺得很神祕的馬戲團，更是因為我父親規劃了一趟行程，並且將我包含在內。我們確實去了，但他回家時沒有帶著我。我留下了。他把我賣給馬戲團，開價並不高。你能想像嗎？我不是他期望中的雷金納德，而我慈愛的母親不在了，他便再也忍受不了我，把我像家中的廉價飾品般賣掉。我被當成野獸養在那裡，任憑團長處置。我告訴你吧，我很快就判定馬戲團根本不如我以為的那麼有趣。差得可遠了。」

「我很遺憾。」我說。

三寸丁坐到地上，我也是。

「遺憾是徒勞的，」他說，「木已成舟，況且換個角度看，這其中也不乏一絲幽默。它為我建立了人生觀：絕不全然信任任何人。是有幾個例外啦。我大致上信任尤斯塔斯，不過當他黃湯下肚，不管人類或野獸都不敢信任他。那種時候就連大豬都會找地方躲起來，而大豬可是天不怕地不怕的；我信任太陽會升起和落下，但我也知道總有一天，即使我不在了它照樣會這麼做，我想到這件事心裡總覺得怪怪的。你會嗎？」

「從來沒想過這件事。」我說。

「你不是個思想深刻的人對吧？」

「這我不太確定耶。」我說。

「你很少思考你有沒有在思考的問題。」三寸丁說，並發出有點像狗叫的笑聲，「我在馬戲團的時候，有個叫侏儒華特的男人教我思考這類事情。我不確定我是該感到慶幸，還是沉浸在無知的暗影中其實更幸福。他曾說那些不肯思考自己在做什麼的人，就像是籠罩在愚蠢的暗影中，但他們很享受遮蔭，在那裡頭涼爽又舒適。他和馬戲團是我的教師。我說這些不是要你認為我很有智慧，而是說我們多數人都只是沒想太多地走完人生這一遭——也可能我們會想著等我們死時要去什麼愚蠢的應許之地，心底很清楚那只是我說的那種願望，卻努力說服自己它是真實的，因為我們害怕化作虛無。」

「如我所說，我相信上帝在照看我們。」

「如果祂在上頭，我這輩子祂絕對都往別的地方看。首先，祂讓我一出生就有殘疾，至少在別人眼裡這算殘疾。」

「祂給了你一項挑戰。」

「我不想要挑戰，」他說，「我想要變高。但我獲得的是侏儒華特、其他侏儒，以及馬戲團。不過華特是個知識分子，而他用滿肚子的莎士比亞、但丁、荷馬、詩集和哲學，還有他的實際經驗來教育我。他也教我怎麼扮小丑，怎麼利用自己的矮小身材逗觀眾笑。從那時起我的人生中就沒什麼值得笑的事情，也對逗笑別人興趣缺缺。

「侏儒華特給了我生命中僅有的真實教育，但我痛恨那座馬戲團，痛恨我們的老闆，如果我們所做的也能稱得上正經工作。某一回有隻獅子在被鞭打和被椅子戳了之後，當著一大群觀眾的面殺死馬戲團領班並吃掉他的一部分，那些觀眾在慘劇發生時沒有離場，但是看著獅子吃晚餐時又表現出很不舒服的樣子。對我們這些侏儒小丑而言，那天是個值得慶祝的日子，我們大吃大喝了一番。但是當他們殺了獅子，我們心情又低落了。牠只是做了我們大部分人想做的事，那就是殺掉一個高個子。在不怎麼樣的生活裡，那是痛快的片刻時光。

「然後某一天發生意外，大帳篷著火了。我不確定起火原因是什麼，也許哪個白痴抽完雪茄或香菸然後把它丟向帳篷外壁吧——我也不知道。總之你要了解，為了防雨，帳篷上塗了油和樹脂和蠟，這活兒他們幹得很認真，但這也成了火災時的死亡陷阱。當火勢蔓延到帳篷頂端並且擴散到其他帳篷，油蠟混合所創造出的滾燙燃燒殘餘物就往下滴，燙傷所有動物、男人、女人和小孩。帳篷垮了，裡頭是一片煉獄。我們小丑因為身型嬌小，輕易地從階梯式座位底下靈巧地鑽了出去，不過我的左肩仍然被那滾燙的勞什子留下一個疤。總之，長話短說——仔細想想，這豈不是也有雙關趣味——華特和我從帳篷的一個破洞逃出去，遠走高飛。我們到了外頭的世界。我想其他侏儒小丑仍留在馬戲團，或者被大火吞噬了。我始終不知道答案。然而華特和我已經受夠了，我們行經一個又一個城鎮。我們發現，只要秀出一部分在馬戲團學來的戲碼，大多是靠著體型博君一笑的喜劇，我們就能賺到足以填飽肚子的錢。當初害我們愁雲慘霧的事情，現在卻是我們自立自強的謀生工具，不過我們仍經常在馬廄或戶外過夜，甚至必須淋雨。

「我相信華特是因為天寒和淋雨才會咳嗽至死。一再暴露於惡劣天氣中使他患上嚴重風寒，後來又惡化成更可怕的疾病。諷刺的是，他是在一座墓園裡斷氣的，在一棵樹下。我不知道該怎麼處理他，只能先把他留在原地，當晚找了間商用馬廄[4]偷了把鏟子。我回去把他埋在一

4 此類設施可供飼主短期寄放馬匹，也提供出租馬匹和貨車等服務，常與旅店開在一起。

個現成的墓穴裡，壓在南北戰爭中陣亡的某個士兵上頭。我覺得華特也算是打了一場屬於他自己的戰爭，值得擁有這類的待遇，不過捏著良心說，那塊土地比較軟，而且沒有一堆樹根，所以據我所知，華特依然在那裡長眠，他底下有個士兵的屍體，而我繼續過日子。」

「你知道嗎，」我說，「我看我還是下去睡一會兒好了。」

「你給我聽下去，我正要說到重點。所以我就繼續走，而我正好碰上了『野牛比爾的狂野西部秀』[5]。當時它已經是明日黃花，很快就會併入另一個秀。比爾那時候已經是個可悲的老醉鬼，在手槍裡放霰彈而不是子彈，好提高空中飛靶的命中率。但我加入的時期安妮・奧克利[6]也在，我告訴你，她真是讓人驚豔，優雅又甜美，而且是我見過當世最厲害的步槍手和手槍手。就算她死了，我也不認為會有人能超越她，雖然比利・迪克森[7]確實開過很神的一槍，他用一把夏普斯步槍從將近一點六公里外把科曼奇族戰士打下馬，要了他的命。」

「沒人能從一點六公里外射中別人。」我說。

「迪克森就做到了。那一槍救了一大群野牛獵人的命，在德州西部那裡一個叫阿多比沃斯的地方。後來他還獲頒榮譽勳章，史上有此殊榮的平民可沒幾個哪。不過我剛才在說安妮・奧克利的事——順便聲明，這時候我還不知道真愛只是一句廢話，因為我一見到她馬上墜入愛河。我就好像著火似的，比馬戲團帳篷失火時還熱。雖然她已經結婚了，我仍然有這種感覺。當時的我無知地以為，我的真愛也會是她的真愛，我的感情會有回報。結果並不是這樣。她是挺喜歡我的，但不是男女之愛，不久後由於缺乏持續加溫，我的熱情也就消退了，我成了她的朋友。不過我跟你說件事，你可別說出去：我還是想讓她趴在凳子上，像野蠻人一樣幹她，但那是不可能發生的。

「她教我射擊步槍和手槍，而如我所說，她是最厲害的槍手。比利．迪克森或許能排到第二吧，但我也不是省油的燈。關於槍的事，該做什麼我都辦得到，而在『狂野西部秀』待了一小段時間的坐牛[8]教我用刀。其實也沒什麼難的，只要動作快，戳進人體會流最多血的部位用力劃開，並期盼對方沒帶武器就行。坐牛說最好的策略是偷偷靠近對方，趁他們不注意時出手，我至今都秉持這樣的戰鬥哲學。在好幾次驚險的狀況下，這招都發揮良好效果。我身為軍隊招募過最年輕也是最矮小的偵察兵時，協助追蹤殘存的阿帕契族，這一招就很管用。那份工作是

5 野牛比爾指的是美國士兵、野牛獵人和表演者威廉．科迪（William Cody, 1846-1917），他是美國舊西部的代表人物之一，年紀輕輕就開始在牛仔秀大出風頭。一八八三年他創立了「野牛比爾的狂野西部秀」（Buffalo Bill's Wild West），在全美各地巡迴演出，一八八七年開始至歐洲表演。

6 安妮．奧克利（Annie Oakley, 1860-1926）為美國神射手，十五歲時就在射擊競賽中贏過老手法蘭克．巴特勒（Frank Butler），兩人於一八七六年結婚，一八八五年一同加入野牛比爾的團隊。

7 比利．迪克森（Billy Dixon, 1850-1913）為活躍於德州的美國偵察兵和野牛獵人。內文提到的事件發生在第二次阿多比沃斯戰役（Second Battle of Adobe Walls）時，此為野牛獵人和原住民的地盤之爭。

8 坐牛（Sitting Bull, c. 1837-1890）為拉科塔族（Lakota）原住民領袖，曾帶領族人反抗美國政府的政策。其名源自沉穩慎思的性格。

野牛比爾和安妮・奧克利引薦之下為我爭取來的。後來我受雇於平克頓公司[9]，協助他們破壞一些罷工行動，過程中開槍殺死了一些人。」

「你對他們有什麼不滿？」我問，「他們是暴徒嗎？」

「我對他們的不滿夠拿來辦一場跳樓大拍賣。」他說，「我正在傳達一個重點，而且我鋪陳得很用心，好讓你了解我是怎樣的人，所以我再強調一次，我們還是回歸眼前的話題吧。我能勝任這項任務。尤斯塔斯和我是這任務的不二人選，雖然我們有時候會凸槌，但正常人都會。不過我想把這一點先說清楚：我還不了解你。也許我永遠都沒興趣真正了解你，因為我在乎的人屈指可數。事實上，名單上就只有尤斯塔斯，以及雖然不是人類，不過我也在乎的大豬，但好感度略遜一籌，不是因為牠是動物，而是因為牠的個性捉摸不定。有鑑於尤斯塔斯也做過一些出人意料之舉，你就知道這代表什麼了吧。只要別讓尤斯塔斯拿到威士忌，他對我而言算是夠穩定的了，即使別人可能不認同。我離題了，或許我鋪陳得太長了點。我告訴你這麼多無非是想表達一件事：我不了解你。要是關於那片土地，關於你的所有權，是你為了營救被綁架的妹妹而誆我的謊話，那我不會為你破例，違背我為自己設下的規矩：若是被詐騙或是設局導致該拿的錢拿不到，應該怎麼處理。我會把你當成染上狂犬病的狗一樣宰到死透透，然後棄屍在路邊的土溝裡。我們有共識了嗎？」

我被驚呆了，講不出話來。

他重複一遍。「我們有共識了嗎？」

我把腦袋裡散亂的字詞聚攏，送進嘴裡。「有了。」我說。「很好。現在我建議你去睡吧。黎明總是比你想像得更快來臨，而且我們其實會更早起床，天一亮就要出發。」

我站起身，被恐嚇到有點腿軟。我說：「我根本沒有要詐騙任何人的意思，你這個暴躁的小混蛋。」

侏儒微笑。「那很好啊，繼續保持下去。你進屋的時候，小心別吵醒尤斯塔斯了，他不喜歡那一類的驚嚇。最好也別驚動大豬，他們兩個的個性很像，不過有時候大豬敵意更強一些，而且如我所說——更加捉摸不定。」

我走下山坡，正準備進到屋裡，又改變心意。我繼續往下走了一段路，認真考慮就這麼離開，試著找到銜接大路的小徑，然後回到席爾維斯特去。我覺得如果我這時候抽身，或許上午十點左右能到席爾維斯特，然後也許能為露拉的救援行動做些新的安排——一個不必跟尤斯塔斯、這個侏儒還有一頭好鬥的豬扯上關係的計畫。但我才走了沒多久就來到一塊空地。我聽到小溪的潺潺流水聲，接著便在月光下看到它。我朝溪水走去。我位於小溪的源頭，一縷細細的

9 平克頓公司（Pinkerton）為艾倫．平克頓（Allan Pinkerton）與愛德華．拉克（Edward Rucker）於一八五〇年左右創立的私人保全公司及徵信社，然而其業務繁雜，南北戰爭後亦受雇破壞勞工運動。

清泉。我坐在溪旁，用手接了點水喝，然後突然哭出來。我是說撒開來哭。我跟你說過我們帕克家的作風，在嚴峻的處境下我們很鎮定，或看似鎮定，可是等感覺滲進去，等我們有足夠的時間去思考一件壞事，我們會像發作一樣大哭。我就是這樣。我盡情發洩，還得捂住嘴以免哭號得太淒厲。希望我離得夠遠，別讓那個天殺的侏儒聽見我哭而得意洋洋。在那當下我真希望他死於馬戲團火災，被燒焦還被憤怒的大象踩扁，不然就是被猴子亂棍打死。然後我努力驅散這些念頭，因為我意識到這太違背基督徒的精神了。

至於尤斯塔斯，我對他也沒有什麼善意可言。畢竟他曾挖出被燒死的女人和她的孩子，把他們曝屍在門口，就只為了要錢。我最有好感的一個大概要數大豬了吧，因為我們睡在一起也相安無事，不過其實今夜都還沒過完呢。

哭夠了之後（費了不少時間），我用泉水洗了臉，爬上山坡進入屋內。我鑽回桌子底下，留心不驚醒大豬。我發現牠是個配合度挺高的床伴，雖然體味重了點。牠微微抬起頭，扭一扭背靠向我，發出哼氣的聲音，然後頭又垂向地板。沒一下子工夫，我已聽到這動物熟睡而打起鼾來。

至於我，我無法不去想侏儒對我說的話，那使我想要確保他和我都沒有誤解任何事，不然會導致我像得了狂犬病的狗被丟在土溝裡，結果沒人去救露拉。我就這麼躺著思索發生過的所有事情。我記得爺爺如何跟割喉比爾打架，要不是對方拿槍，他早就被打趴了。我記得那頭騾子從我頭上飛過去，不知怎地，在我亂成一片的腦中，我看到的景象是我騎在那頭騾子背上，牠有翅膀，我妹妹坐在我後頭，摟著我的腰，我們快速地往上飛走，飛進像瑞典人的眼睛一樣湛藍的天空。

尤斯塔斯用工作靴的鞋尖把我戳醒，我起身時嚇了大豬一跳，牠連忙站起來，差點把桌子掀翻。大豬緊靠在我身上，張著嘴巴，露出凶惡的黃牙，口臭濃到讓我忍不住皺眉。牠發出咻咻的喘氣聲，使我心驚膽跳。

我說：「尤斯塔斯，你可以叫牠走開嗎？」

「啊，」尤斯塔斯說，「牠沒生氣，只是不滿意還得由我叫醒你們兩個。牠喜歡自認為隨時都準備好上工，大部分時候也確實是，不過剛才牠睡得可真香。其實我覺得牠喜歡你呢。再過一會兒，等你們兩個睡在一起夠久了，牠可能會想嚐嚐你的香臀。」

我們走到屋外。天色仍是暗的，還有幾顆星辰與半月掛在天空。我朝山坡上望去，但單筒望遠鏡和侏儒已不在那兒。片刻後，三寸丁牽著三匹馬繞過房屋側面走出來。尤斯塔斯已經把借來的馬牽到院子裡，握著牠的韁繩。我看到他腰間插著自動手槍，映著月光閃爍。他還穿著右肩有厚墊的背心，我完全不懂他葫蘆裡在賣什麼藥。

三匹馬的背上都先披上鞍毯再裝上馬鞍，但沒有束緊。馬鞍後頭有鋪蓋捲，鞍袋裝得鼓鼓的，裡頭可能是任何東西。那匹韁繩被尤斯塔斯握住的借來的馬仍未裝上馬鞍，因為買家出現時牠就要被賣掉了。事實上，牠的韁繩現在換成了一條長繩索，作用是牽繩。

三寸丁將其中一匹要用來騎的馬的韁繩交給我，說：「你騎這一匹。但你得負責把馬鞍綁緊。你應該知道怎麼做吧？當心牠對你用『充氣』那一招，牠會把肚子吸飽氣，等你爬到背上，再吐掉空氣害你滑下去。」

「我知道怎麼做啦，」我說，「我是在農場出生的，跟你和所有人一樣都騎過馬。」

「那不能代表什麼。」他說，「很多在農場出生的人都做得不對，他們只是敷衍了事。」

「你不用操心我，」我說，仍為昨晚的事生氣，「你顧好你的部分就行了。」

「那就快動手啊。」他說完便走進屋了。我開始把馬鞍擺正、綁緊皮帶等等的。正如三寸丁所說，那匹馬想把肚子吸飽氣來整我，但我知道怎麼應付。三寸丁出來時拿了把槍管很粗的雙管式霰彈槍，還有兩頂舊兮兮的寬邊帽和一個大袋子。他把霰彈槍交給尤斯塔斯，接著把袋子也遞給他，說：「喏，你的彈藥[10]。」

「你真是個優雅的小白人和紳士。」尤斯塔斯說。

「沒必要出言不遜吧。」三寸丁說。然後他轉向我，給了我一頂帽子，把另一頂按在自己頭上。「我們需要帽子來遮風避雨，還有遮陽。你可以借用我的，反正也不值幾文錢。」

我接過帽子戴上，它對我的頭來說太大了，全靠我的耳朵它才沒蓋住我眼睛。不過我很慶幸有它，因為我頸後的曬傷依然在痛，我不想曬傷得更嚴重。

我瞥向三寸丁打算騎的馬，看到側邊一只護套裡露出步槍槍托，鞍角上垂下一道類似繩梯的東西。

我說：「我需要一把槍。」

「這個嘛，我有這把夏普斯步槍和一把手槍，兩把我都打算自己用。」三寸丁說，「我的靴子裡還有一把掌心雷手槍。要是在我們需要用槍之前我們沒能替你弄到槍，那把就給你用好了。」

「掌心雷手槍？」我說，「爺爺已經用掌心雷射中割喉比爾兩槍了，他也沒死。」

三寸丁大笑。「他射中他了？太妙了。你只說他把他打倒，但他也射中他？這可不是小事啊。我得說你爺爺真有種，超級有種。掌心雷主要是給人在非常近距離的情況下使用的，你得慎選目標。它就像一管炸藥般有能力要你的命，但你得準確地打中目標要害才能殺死他。」

「我正是這個意思，」我說，「我的槍法並沒有多好。如果某個東西被固定住，而且我就站在它旁邊，我可以打中它，但我不是神射手。我應該用尤斯塔斯的霰彈槍才對。」

他們兩人都哈哈大笑。「這可是四號口徑的霰彈槍，」尤斯塔斯說，「它會把你傷得比他們還重。」

10 此處用的詞彙load也有「乘載的貨物」和「負擔」之意。

「四號口徑？」

「這麼大口徑的槍不多，我是找人特製的。」尤斯塔斯說，「我用這玩意兒能掃平一整片乾草，或許還能把它們堆起來呢。」

「我需要能戰鬥的武器。」我說。

「也許你該砍一根堅固的樹枝來用。」三寸丁說。他走到大門邊把門關上，從外套口袋拿出一個跟我手肘差不多大的掛鎖。現在他穿著薄外套，有鑑於大清早就已經熱得不像話，他其實不需要穿外套。他把掛鎖扣緊，說：「這應該能防君子了。」

三寸丁用繩梯爬上馬背，然後拉起繩梯，將最後一個繩圈套在鞍角上。他對他的馬咂著舌頭。我們天還沒亮就動身了，我們騎馬，大豬跟在旁邊跑，一副要去看風景似的，或許還會寫一篇遊記；牠不停左顧右盼和抬頭，彷彿對漸亮的天空感到很神奇。我們才騎出去沒多遠，月亮就像是在鐵鍋中融化的一坨奶油，星星也淡得看不清楚了。接著粉紅色光線悄悄蔓入黑暗，一片藍天也默默挪過來。等我們下到河邊，位於割喉一幫人逃逸的這一側時，太陽已然升起，河水飄散著魚味和腐臭。在朝陽下，大地、樹木和河面都呈現鮮血的顏色。

4

我們沿著河畔騎，直到抵達若是渡船平安過河的話應該停泊的位置。尤斯塔斯跳下馬，開始四處尋找印記，大豬也陪他一起找。

我問尤斯塔斯：「大豬能追蹤印記嗎？」

「牠又不是獵犬。」尤斯塔斯說，「牠大概辨得到，但就算牠在做這件事，也不會要我們知道。我覺得牠只是喜歡裝忙，讓我們以為牠很內行。」

尤斯塔斯在四處查探時，三寸丁從外套內側拿出一根雪茄放進嘴裡。他摸出一根火柴點燃雪茄，舔了一下左拇指和食指，用溼潤的手指捏熄火柴頭，再把它丟到河堤。他吞雲吐霧了一會兒，然後看著我說：「昨天晚上你有沒有聽到一匹狼在泉水邊狼嗥還有叫春？」

我知道自己還是被他聽見了，所以根本不想理他。尤斯塔斯說：「我聽到了，我覺得比較像有人在哭耶。也許是個妹子，或是小娃娃想要喝奶奶。」

他和三寸丁互看一眼，吃吃竊笑。

「你們兩個還真是善解人意。」我說，「我在擔心我妹妹好嗎。」

「擔心也無助於找到她。」三寸丁說。

「我這裡發現東西了。」尤斯塔斯說，中斷我們話題的走向，我鬆了口氣。「兩匹各載著兩名騎士的馬。他們朝那個方向走了。其中一人在流血。」

「也許他們是朝那個方向走了，也許不是。」三寸丁說，「我還記得上次我們追了半天追到騎小毛驢的老頭子。」

「他們真的是走這方向，聰明鬼。」尤斯塔斯說，「這次我能追蹤這個印記，它簡單又清楚。」

「也許你能，也許你不能。」三寸丁說，「也許你本來能，直到流血的那個人沒血了，我親愛的葛麗特。」

「什麼？」尤斯塔斯說。

「那是個童話故事（fairy tale），」三寸丁說，「我把你比喻為裡頭的一個角色。」

「你用你精靈尾巴（fairy tail）裡的小短屌操你自己這矮冬瓜吧。」尤斯塔斯說完便騎上馬背，「往這走。」

三寸丁笑嘻嘻地看著我說：「我矮是矮，但他提到的那話兒可不短唷。有時候半夜睡得迷迷糊糊，我會誤以為它是一條成年水蛇，還想把它掐死呢。」

「這跟我沒關係。」我說。

「尤斯塔斯以為我說『故事』時說的是『尾巴』，就是搖來搖去的那種尾巴，而且不知為何跟精靈有關，就是長著翅膀的那種小生物，所以他以為我把他比喻成精靈尾巴裡的一個角色。天底下怎麼會有人作出這種結論來？」

「我不知道，也不想知道。」我說。

「那是因為他一個童話故事都沒聽過。」三寸丁說。

「我都說了我不想知道了。」

「我想知道，畢竟我是個侏儒，而童話故事裡似乎常有侏儒的戲分。說到這個，我常想，若我是白雪公主故事裡的矮人之一，我一定會很努力把我那根東西捅到那賤女人身上。」

我騎到他前方去，不只是因為覺得他有點粗俗，也因為我和尤斯塔斯一樣，其實沒聽懂他到底在說什麼。我騎到尤斯塔斯旁邊時，他說：「你好啊，表弟。」

「他是瘋子。」我說。

「還用你講？」尤斯塔斯說，「但是無論更高或更壯的人，我都找不出比他更適合當我後盾的人選。」

我們沿著一條充斥鳥鳴、蚊蟲和血滴的小徑走，走了很長一段距離進到濃密的樹林中。現在打頭陣的尤斯塔斯正從馬背上探出身子審視地面。三寸丁牽著他們口中「借來的馬」跟在我們後頭。大豬小跑步陪著我們，偶爾會消失在樹木之間，然後又無預警地像砲彈一樣衝出來。

最後，尤斯塔斯勒住韁繩，於是我們全都停了下來。尤斯塔斯跳下馬，握著韁繩站在原地左顧右盼。

「這裡曾有過某種騷動。」他說，將帽子推到後腦勺。

「或許是那幫土匪起內鬨？」三寸丁說。

「我不覺得。」尤斯塔斯說，將他那匹馬的轠繩纏在一株灌木上，然後走向灌木叢最茂密的地方。

「你發現線索了？」我問。

「我要拉屎。」他的聲音從樹叢裡傳出。

他花了好一會兒工夫，等他出來時，三寸丁說：「你應該沒像上次在阿肯色州時，用毒漆藤來擦屁股吧？」

「沒有。」尤斯塔斯說，「但我在那裡面發現一樣東西，讓我知道他們有另一匹馬了。」

「大概是寫著這項資訊的字條吧。」三寸丁叼著雪茄說，對我使了個眼色，「因為尤斯塔斯若查出任何複雜的事情，多半是靠這個方法。」

尤斯塔斯咕噥一聲，回到樹叢裡。

我們都下馬，三寸丁用繩梯幫忙，我們跟著尤斯塔斯過去。原本在我們前方一段距離亂逛的大豬，此時也回來跟我們一同進到矮樹叢裡。

「你們可別走到那裡去，」我們進到雜木林後，尤斯塔斯說，「我在那裡留了點東西。但如果你們看看那株忍冬旁邊的土溝裡面，就會發現我說的是什麼了。」

我們走過去，很快就察覺我們聞到的不是忍冬花香。土溝裡有個趴臥的男孩。我猜他大概十二歲左右。他並不是在打盹，他的喉嚨被割開一道又寬又長的傷口，簡直就像長出第二張嘴。他身上有好多螞蟻。他眼睛是睜開的——應該說剩餘的眼睛，因為螞蟻，大概還有鳥，已經享用他好一陣子了。他沒穿上衣和鞋子。大豬下到土溝裡，叼住那小孩的頭髮，把它扯下來。

「走開。」我說。

大豬不甩我。我提腳準備踢牠，但尤斯塔斯說：「如果你還想保住那條腿，最好別那麼做。」

我沒踢。

「大豬，」尤斯塔斯說，「出來。」

大豬出來了，猛力衝出樹叢，製造出嘎扎碎裂聲，好像在鬧脾氣。

尤斯塔斯說：「我在外頭的小徑上看出他們弄到另一匹馬，後來我進來這裡撇條時，就發現他了。他們搶了他的馬，殺了他，把他丟下。他們大概也拿走他的上衣來包紮你說你爺爺用掌心雷打傷割喉的部位。鞋子可能是因為有人在河裡弄丟鞋了，或他們只是想要有一雙備用的。說不準。」

「好吧，」三寸丁說，「那表示他們找到另一匹馬幫他們跑路，也就是說他們不用兩人共騎一馬，無論要去哪裡都能用更快的速度繼續趕路。我敢打賭這是割喉比爾親自下手的。聽說由於他被人割過一次喉嚨，他最喜歡用這方法殺人。」

尤斯塔斯和三寸丁開始走出樹叢回到小徑。我說：「我們不能就把他留在這裡啊。」

「我也不想，」三寸丁說，「但我們時間快不夠了。你妹妹現在需要救援，我們可不能分心。」

三寸丁看得出我多麼地難以接受。他說：「這樣吧，我們這麼辦好了。」他從外套底下抽出一把大刀子，在小徑旁一棵山胡桃樹上連砍了好幾刀，然後收起刀子。「我們不得不把他留在土溝裡，不過等我們完成任務後，我們可以讓別人知道他在這裡，而他們可以讓他的骨骸與他的家人重聚。」

「我想到時候他也只剩骨骸了。」尤斯塔斯說。

「這不符合基督徒精神。」我說。

「你也知道我在這方面的立場如何。」三寸丁說。

「我大致上算是基督徒來著，」尤斯塔斯說，「但我覺得去幫你妹妹更像基督徒該做的事。那個男孩不需要幫忙啦，我們也沒鏟子可用，而且他又不會付我們一個子兒。」

這時我想起埋屍正是尤斯塔斯的營生方式之一，而且他有過收不到錢就把死者挖出來的紀錄，因此拿他學過的基督教教義來道德勸說是不會有什麼效果的。我望向三寸丁。唉，也是毫無希望，他正邊抽雪茄邊揮打蟲子。我開始擔心自己究竟是跟怎樣的人結伴同行？感覺像是我去所多瑪和蛾摩拉找羅得[11]，結果遇見想要雞姦天使的惡徒。我想要保持虔誠，卻似乎苦尋不著實踐之道。在我親聆過的布道會上，那個老兄大義凜然地針對一些議題侃侃而談，然後底下的愚夫愚婦就突然神志清明了，但是眼前的狀況不同，那種徹悟是不會發生的。

我判定別無選擇，只能屈於現實，但我真心告訴你，我的五臟六腑都在絞痛，感覺像耶穌一手按在我肩上表達祂的不滿。事實上，那股溫熱的感覺跟隨我好一段時間，等到下午我才發現原來是有鳥在我肩膀上拉屎。

我們沿著小徑輕鬆地走了一陣子，然後當我還在鬱悶地想事情時，我們來到分岔口。尤斯塔斯說：「你們在這等。」

他騎著馬離開，我們等著。三寸丁皺起臉，抿著嘴，瞇著眼。

「怎麼了？」我問。

「他應該在一段路之前就遺失行跡了。」三寸丁說完，停頓一下，把雪茄再點上，「我從他遲疑的態度還有開始左右張望的動作就看得出來。很容易就能看出他期盼某種痕跡能自動出現在他眼前，但我想並沒有吧。我認為那個流血的人沒再流血了，變得沒那麼容易追蹤。要是你少花點心思在說過的話，多花點心思在真正的事實而非你希望是事實的事情上頭，你也能注意到這些細節。假設你面臨困境，有個人對你微笑，說著你想聽的話，但他的手卻伸進外套裡面，或是藏在什麼後面，或是擱在任何能拿來當武器的東西上頭。嗯，你要觀察他真實的動作，而不是惺惺作態。其中一個可以裝出來，另一個不能。」

11 典故出自聖經，耶和華因為所多瑪和蛾摩拉兩城的罪惡，打算毀滅它們，在亞伯拉罕的求情下，耶和華答應若是在城中找到十個義人，就不毀滅城市。但耶和華派出的天使只找到羅得一家為義人，就讓他們去山上避難，且千萬不可回頭看，而羅得之妻回頭看了一眼，便化為鹽柱。

「作態跟動作不是一樣嗎？」我說。

三寸丁用力哼了一口氣，像是想噴出一塊難纏的鼻屎。「最好是。作態是嘴巴和眼睛在表演，是你調整講話時的語氣。那種時候你在我臉上看到讓你擔憂的表情，但你必須問我到底在想什麼；行動則是你真正做出來的事。不是你說了什麼，是你做了什麼。在所有重要事情上，這項原則都適用。進行這類任務時非小心不可。而且如果你精通箇中訣竅也很有幫助。說到追蹤，尤斯塔斯算是表現大起大落的那種人。我想他現在正處於低谷。」

「聽起來不太妙。」我說。

「當然不太妙，」三寸丁說，「我跟你說過他不是他誇口的那種追蹤大師了。他母親和她的族人實在太厲害，他不太能接受現實。他似乎認為這應該是一種天生的特質，而不是由高明的追蹤者教學外加個人的細心觀察才能獲得的技能。」

「他說他是學來的啊。」

「是沒錯，但他覺得人天生都有特定的屬性，例如追蹤和烹飪才華。他聲稱自己兩者兼具，實際上兩者都少得可憐，不過有時候他確實能追蹤行跡，也能拿出夠好的表現，只要中間沒下過雨，或是時間沒隔太久。我也要補充說明，尤斯塔斯雖然有時候會分心，但自有一股牛脾氣，他終究會回到包打聽的身分，設法聞出一些東西來，哪怕只是松樹林裡的松鼠屎，或是騎著小毛驢的老頭子，可是不會是騎著馬的江洋大盜。」

這番話沒有一句能提振我的士氣。

「他的廚藝，」三寸丁說，「介於尚可到普通之間。他能把豆子弄熱，這不是什麼偉大的成就。不過呢，他也能煎出堪稱一絕的豬肉，再配上直接從惡魔屁眼裡擠出來的肉汁。」

我們在馬上枯坐了感覺很久的時間，接著我才意識到有一個同伴不見了。我問三寸丁：「大豬呢？」

「牠會找到我們的。」三寸丁抽著雪茄說，「你要聽實話嗎？我想牠回去檢查那男孩的屍體了。」

「你是說吃它？」我說。

「有可能是這樣，」他說，「我們只能期盼牠別把骨架散布得太遠，以免我做的記號對男孩家人不剩半點用。」

他的口氣就像律師為手拿還在冒煙的槍就被逮到的客戶辯護時一樣真誠。

到了這時候，我感覺像從地表直接墜入地獄，是這些傢伙的故事——天花亂墜地吹噓他們有多大能耐云云，把我帶進去的。爺爺曾對我說，男人趨之若鶩的東西包括愚蠢、美色、閃亮的金銀，以及各種天花亂墜的謊言。他警告我要提防這類事物，因為閃爍的東西未必是指路的明燈或酬賞的回報，它可能讓人誤入歧途。他說地獄中所有東西都會閃爍發亮。

大約在這時，尤斯塔斯騎馬回來了，他的頭垂得比平時低一些。來到我們面前時，他勒住馬，下馬，然後開口說：「我們知道的事情是這樣。小徑一分為二的時候，嗯，我想其中一些人去了那裡的樹林，也許是因為他們覺得該是甩掉追蹤者的時候了，還有一個人走這另外一條路，原因不明。」

「往頹廢鎮的方向去？」三寸丁問。

「看起來是。」尤斯塔斯說。

「前往鎮上的男人帶著我妹妹嗎？」我問。

「沒有，」尤斯塔斯說，「那男人一個人騎馬。她應該還是跟其中一人共騎一匹，他們不會把新得來的馬讓給她的。你說那些人也兩人共騎一馬，所以合理推測其中一人會分到那匹馬。這表示她跟著穿過樹林的那群人走。」

「那我們就去那個方向。」我說。

尤斯塔斯不吭聲，可是他露出某種表情，像是但願自己能看見的盲人。

「啊，」三寸丁在馬鞍上向後靠，「我現在就能鐵口直斷：我們遇上麻煩了。」

「他又要開始了。」尤斯塔斯踢了一下土說。

「尤斯塔斯在樹林裡跟丟了他們的行跡，現在他唯一有把握的是往頹廢鎮去的馬車路正中央的行跡。尤斯塔斯，我的推論正確嗎？」

「八九不離十吧。」尤斯塔斯說。

「你不能找出跟著其他人的印記嗎？」

「也許可以，」尤斯塔斯說，「再往前一點的樹林有一片空地，很長一段路都是平坦的石頭地，還有幾棵零星的樹。在這附近這種環境並不常見，我不習慣它。」

「他的意思是他不擅長在平坦的石地上追蹤啦。」三寸丁說。

「那你到底有什麼用處？」我說。我覺得要是我手邊有槍，肯定會用在他們其中一人身上。我絕對會對尤斯塔斯開槍，也至少有機會打中侏儒的手臂。

「是這樣，」尤斯塔斯說，「我們知道其中一人沿著馬車路走了，我們可以追蹤馬車路。找到他之後，就有很大的機會搞清楚其他人去哪了。」

「他為何要自己離開？」我說，「這是陷阱嗎？」

「我很懷疑他有這種打算，」三寸丁說，「我們來得太晚，他們不可能發現我們、察覺我們跟在後頭。他脫隊只是以防萬一後有追兵，不過他絕對不知道我們真的追來了。如果我沒看錯報紙上對割喉劫案報導敘述的弦外之音，通常根本沒幾個人勇敢到會追他們多久。如果兔子在跑，獵狗會追；但要是兔子停下來，甚至變成狼，獵狗就失去興趣了。說得更精確一點，城裡人聚在一起而且待在熟悉環境時很勇敢，但說到底，他們不願意被帶到所謂的深水處，為了一些銀行存款而淹死，即使有一部分是他們的錢。」

「我們在追這個小丑的時候……」我頓住，想起三寸丁之前的職業而望著他，「不是故意冒犯你，但帶走露拉的人是往樹林去，很快就會把她帶得遠遠地，也許永遠都找不到了。所以我們為什麼要去跟蹤另外那個人呢？完全說不通啊。」

「找到很可能知道他們要去哪裡的人，才是聰明的做法，」三寸丁說，「況且這個人還是單獨行動，一個人總比一群人來得容易對付。如果我們發現他是去頹廢鎮找補給品，我也不會驚訝。派一個人去會比他們全都跑去來得明智。不過他去頹廢鎮的目的並不重要；重點是我們要追上他。」

「那萬一他不是去頹廢鎮呢？」我問。

「那會是一個新問題。」三寸丁說。

「他騎的馬，就是他們從那小孩那裡搶來的？」尤斯塔斯說，「牠的馬蹄鐵缺了一角。我可以清清楚楚地追蹤那個痕跡，等我們追上他可以跟他聊聊，看他知道什麼。」

「你就想不出追蹤其他人的辦法嗎？」我說。

「我或許可以東看西看、戳戳弄弄，直到出現什麼徵兆。」尤斯塔斯說，「也許很快就有結果，也可能永遠沒結果。萬一下雨，或是有一堆馬和貨車往這裡來，我們確定是他們其中一人的痕跡也可能消失，到時候就什麼都沒了。一鳥在手勝過二鳥在林。」

我坐在馬上，拿不定主意。

三寸丁說：「這可不是廉價小說偵探主角尼克．卡特那種故事啊，孩子。我們不是每次都能在牛糞裡找到一根紅色羽毛，讓我們知道該往哪走。我們多半是摸索前進，直到走對方向。如果我們只逮到一個，而我們現在就有這個機會了，我們就拿手槍揍他揍到屁滾尿流，直到他招出我們要知道的事。以這次來說，就是他們把你妹妹帶到哪去了。」

我點點頭，感覺全身發麻。我從小被教導的觀念是得饒人處且饒人，是懂得原諒和遺忘，但我忘不了，我內心有一塊燃燒的區域想要手裡有槍，不只是為了防身，更是為了殺人。這讓我害怕。我覺得自己跟割喉那幫人沒什麼兩樣——臭皮囊中裝著汗淋淋的肉，膽汁取代了血液，炸藥取代了骨骼，馬糞取代了大腦。我想起父親在我們去獵松鼠時，只會給我四顆子彈，以免我順從衝動隨意開槍。「槍是一種工具，」他以前常說，「你可別弄到自己欲罷不能、不想停止扣扳機。」

我們眼前剩下的狀況是追蹤那男孩的馬——被搶走的那匹——即使我們還在討論要不要往那方向去，但其實我們已經作出結論了。負責觀察行跡的尤斯塔斯騎在我和三寸丁前方。他往前騎的時候，大豬從樹林裡出來，跟在尤斯塔斯的馬旁邊跑，彷彿牠一直都在那裡，不想讓尤斯塔斯知道牠剛才有亂蹓躂。我思忖著牠可能真的吃了那個可憐男孩，或至少一部分。那男孩的肉在大豬肚子裡滾來滾去，這想法太可怕了。

「我猜我們那個壞蛋絕對是去頹廢鎮，不會拐彎。」三寸丁說，「他手頭有一些從銀行搶來的錢，大概會想用來花天酒地一番，或是不管還有什麼樂子可找。我自己也去過頹廢鎮很多次，我知道以一座小鎮而言，那地方算是異常地生猛有力，這也是他選擇那裡的另一個原因。膽子不夠大的人根本不喜歡去那裡，即使鎮民懷疑你殺了一群女人，或是在浸信會門口操綿羊，他們也不會說長道短，他們會管好自己的嘴巴，當作那是你家的事，只要那不是他們的女人——或綿羊。」

「萬一那幫土匪根本不缺補給品呢？」我說，「他又為什麼要跟其他人分開？也許他是因為什麼事跟他們鬧翻了，根本不知道他們要去哪。」

「這也有可能，不過或許他是中槍的人——割喉比爾——所以需要醫療照護。但我覺得可能性不大，因為割喉比爾能活到現在，靠的就是腦子不算太蠢，而雖然我剛才那麼說，如果牽涉到金錢利益，進到頹廢鎮時你的人身安全是有一定風險的。正如你所說，他有懸賞金在身，當然也有銀行搶來的錢。你應該不知道他究竟搶到了多少錢吧？」

「不知道，」我說，「完全沒概念。」

「雖然所知不多，但我對割喉比爾的了解來自報紙上的敘述，以及我承認也讀過兩本關於他豐功偉業的廉價小說——倒不是說我真的相信。不過聽說他喜歡割人喉嚨，而時光也足以證明他是聰明的，否則他老早就死了或是被逮捕了。」

三寸丁在說話時，我突然有個新的念頭。三寸丁和尤斯塔斯的目標該不會是那筆從銀行搶來的錢吧？那表示我和露拉都是可犧牲的卒子了。不過如果是這樣，他們根本沒必要帶著我。他們老早就能殺了我，或是不管我，或甩掉我，然後自己去找贓物。但他們沒有。當我作出這算是令人滿意的結論時，我感到一陣安慰，至少維持了幾秒。

「割喉比爾在他那一類人之中算是滿聰明的，」三寸丁說，「大部分人都很笨。傑西・詹姆斯很聰明，至少直到諾斯菲爾德那場搶案之前。道頓幫[12]龍蛇混雜，大部分人都很走運。割喉比爾則懂得判斷情勢。我在報紙上讀到，在密蘇里州的一場槍戰裡，他朝幾個孩童的腿部開槍，分散鎮民的注意力，他和他的同夥趁機逃走。我想要是他直接殺了那些孩童，鎮民會一擁而上攻擊他，但他迫使他們要去救小孩，去找醫生。計策奏效了。這件事引起公憤，可是等他們準備好追捕，他早就跑得不見人影。而且他懂得如何甩掉追蹤者，尤其是尤斯塔斯這種。」

「跟上啊。」尤斯塔斯回頭催我們。

「我想我們現在碰上的狀況是，有個獨行俠去做他自己的事了。割喉比爾大概只是一群人有默契聽令的對象，等事情辦完，那群人就自由行動。況且，我們不但能趁這機會追上其中一個人，還可以把借來的馬賣掉，換來牢靠的資金。」

到了這時候，我又深受新的折磨所苦。我的屁股痠痛，大腿也騎馬騎到火辣辣的。最後小徑變寬，從樹林中延伸而出。現在大路兩側的樹木都被鋸過、砍過、蹂躪過，殘留的樹樁用炸藥從地面炸出，或是挖起，然後堆疊起來燒掉。最近下的那場暴雨沖刷過那些東西，帶走肥沃的表土，很多都被沖進路邊的土溝，剩下的則散布在路面。

「一群愚蠢的王八蛋。」尤斯塔斯說，他放慢速度，讓我們三個可以騎在一起，大豬則落後一段距離。「他們毀了很好的農地還有一片植林地。他們把樹全砍光了，而不是留一排後面的樹木來固定泥土，然後犁中間的土壤。沒有樹的話，雨水一沖，土壤就跟著被帶走了。」

「我也正在想這件事呢，」我說，覺得或許可以趁機重提他們正致力追求的酬賞，「我爸

---

12 指的是一八九〇至一八九二年活躍於美國舊西部的一群匪徒，又名道頓兄弟（Dalton Brothers），因為其中四名成員為兄弟。專搶銀行和火車。

的農場，就是等任務完成後你們會拿到的土地，那裡的土壤就跟這裡被沖走的一樣肥沃。其實還更肥——更黑更深，用木灰和雞糞施過肥。它有梯形結構來留住水分，也避免表土被沖刷殆盡。你們把任務完成，就能獲得它，或是把它賣個比全州、全德克薩斯任何農場都高的價錢。」

「原來你見多識廣，」三寸丁說，「對本地和外地的土壤品質都瞭若指掌？」

「不要鬧他啦，三寸丁。」尤斯塔斯說，「他在膨風。我懂他的意思。只要土質有他說的一半好，我就能把我跟大象眼睛一樣高的玉米種起來了。」

「我敢說我是我們之中唯一真的看過大象的人，」三寸丁說，「更絕對是唯一騎過大象的人。」

「不過牠們很高對吧？」尤斯塔斯說。

「對。」三寸丁說。

「那我有沒有看過都不重要了，不是嗎？」

「說得也是。」三寸丁說。

遭到屠殺的樹林和土壤又延續了一段距離，隨著我們接近小鎮，路邊開始出現一些破屋，看來像是用意念而不是釘子蓋起來的，個個歪歪倒倒。我看到遠處的右側有棟木造塔樓，下寬上窄，像是用一片片寬木板搭起來的。它的模樣狀似沒有樹葉的枯木。

「那他老天的是什麼啊？」我問。

「你是鄉巴佬對吧？」三寸丁說，「傑克，那是油井塔。我想它已經廢棄了，或是鑽到一個沒油的洞。不過總之，石油才是未來的展望，不是農地。記住我的話啊。」

「對啦，」尤斯塔斯說，「我會記下來的。那玩意兒滲得到處都是，把土地搞得亂七八糟。這該死的塔最後會被大家忘記的，搞不好已經被忘了。等著瞧吧。其實呢，這裡就有一個它絕對會被忘記的理由。」

尤斯塔斯指著。

有個沒有馬的機器沿著馬路朝我們一顛一顛地過來。這種東西我看過幾次，卻仍然對它們驚奇無比。它靠著小小的輪胎移動，發出嗡鳴和砰咚聲，把我們的馬都給嚇著了。隨著機器靠近，我們分開來，讓它從我們中間過去。駕駛是個男人，他旁邊坐著個女人。他們打扮得很體面，他戴著圓頂硬帽，她戴著遮陽帽。他們之間有個野餐籃。他們咔啦咔啦路過時，男人抬起帽簷致意。這對男女看起來營養良好、心情愉快。

「那就是未來啊，」三寸丁看著它咳嗽前進，「它是靠石油產品在走的，不久之後，大家都會用這些裝置來行動了。不是鬧著玩而已，也不是曇花一現，而是未來。」

「我討厭那些東西，」尤斯塔斯說，「我考慮過朝它開槍。那些鬼東西絕對不會流行起來的，而你所謂的石油產品除了點亮油燈之外也不能幹嘛。」

三寸丁笑了。「尤斯塔斯，你錯囉。我們可以用石油做很多很多事。有朝一日人類將不再以馬匹為交通工具，而是這些用石油當燃料的車輛。記住我的話吧。」

「我會的，」尤斯塔斯說，「我會幫我自己做筆記。」

我們又經過更多破屋、另一段遭到濫伐的鄉間、另外兩座油井塔、數英畝大的棉花田，然後出現頹廢鎮的第一棟建築，它大如穀倉，漆成春天的草綠色。

「那是歌劇院[13]，」尤斯塔斯說，「曾經有些瞎眼的黑人歌手在那裡表演，有五個人，每個都完全看不見，嗓子卻像天殺的天使一樣。我聽說之後特地跑來看他們，心想這是給黑人看的節目，結果卻不是。那是專門給白人聽的。他們讓黑人在裡頭唱歌，卻不讓黑人進去。當天深夜，他們五人在鎮上的黑人區也表演了一場，我去看了，他們真他媽厲害。簡直像鴿子和金絲雀，只是他們像溼掉的烏鴉一樣黑，比我更黑。」

「天使還是鳥？」三寸丁說，「到底是哪個？」

「都是。」尤斯塔斯說。

「我在那個地方看過一個叫馬克斯兄弟[14]的歌唱團體表演，」三寸丁說，「一年前左右，在樓上的表演場地，他們不怎麼樣，我寧可聽那些黑人區的黑人男孩唱歌，或甚至是喉嚨裡卡了根雞骨頭的狗哀號。聽他們表演讓我痛苦萬分，不過他們倒是講了幾個笑話，讓我覺得挺逗趣的。」

繼續往前走，街道兩側出現更多建築物。它們的精緻程度跟席爾維斯特沒得比，不過比辛吉蓋特的房子來得大，也比我看過的任何樓房都要色彩繽紛。然而整座小鎮的格局彷彿是由其中一位盲人歌手所規劃，感覺像所有人湊在一起，然後各自為一棟樓挑了一種顏色，來確保沒有哪棟建築會太相似。其實我對顏色的種類太誇大了，他們只用了綠藍紅，所有建築都是用這三色去做深淺變化，只有一棟兩層樓房例外，它的一樓是藍的，二樓是紅的，窗台和迴廊的欄杆是鮮黃色。二樓的一扇門也是鮮黃色的，門把則漆成亮藍色，像是一顆很大的旅鶇蛋。

我們經過那棟建築時，三寸丁說：「那是東德州最大也是最棒的妓院之一，被稱為畜牧者俱樂部。但你不需要把乳牛從頭到尾弄得一清二楚才能進去，倒是應該要知道女人哪一面是正面。我曾經在那裡被迎入極樂的軟玉溫香，因為我的銀兩比我的身材更有分量。只不過在我本人和我的錢財都被榨乾後，我就突然間縮水，魅力驟減了。」

「大豬，」尤斯塔斯說，「你最好去別的地方待著，找些橡實吃之類的。」

大豬發出像是回答的哼聲，晃進樹林去了。

我說：「牠真聽得懂你的話啊？」

「我也不知道，」尤斯塔斯說，「我只知道牠可能在跟我瞎胡鬧。也許牠根本不是去找橡

13　這裡的歌劇院（opry house）指的是地方性劇院，十九世紀美國許多地方會用這個稱呼取代theater，覺得聽起來較為高級，也降低因道德理由而反對此類場所的人士的反感。

14　指的是由五兄弟組成的知名喜劇演員團體，跨足歌舞、舞台劇、電視、電影等領域，被美國電影學會評為百年最偉大男演員中第二十名。他們為猶太移民之子，出身藝術世家，剛開始他們與家人組團表演歌舞劇，然而一九一二年在德州一間歌劇院表演時，由於場外騾子脫逃事件引起騷動干擾到演出，兄弟之一便對觀眾講了些嘲諷的話，沒想到觀眾反而哈哈大笑。他們意識到他們有搞笑的潛力，從此演出漸漸轉型為喜劇表演。

實吃，牠是去找母豬，或是在打你爺爺土地的算盤。搞不好牠根本不想跟我一起種田，或許牠想跟三寸丁合夥買一座油井。」

「大豬跟牠的爹地很像。」三寸丁用下巴指了指尤斯塔斯說，「捉摸不定。不過我隨時歡迎牠跟我合夥做石油生意，我見過牠用那個長嘴巴可以挖得多快多深，牠或許能比鑽井架更快找到石油呢。」

這座小鎮有一股氣味。與席爾維斯特和辛吉蓋特都不同，而是瀰漫在空氣裡的濃郁汙水和馬糞味，兩者都可以一望即見，大量散布在街上、細細地流淌，或是堆積成山。在辛吉蓋特和席爾維斯特都有人專門負責鏟除這些穢物，也會有水肥車來帶走人類汙水。而在這裡，屋舍後方有室外廁所，但是茅坑並沒有挖得很深，你能看到液態穢物從廁所底下滲出來，往街道的方向蔓延，只偶爾有一塊木板能踩著越過那些亂七八糟的東西。我們騎到一條溝渠旁，我在裡頭看到一隻淹死的鳥。牠看起來像被塗上焦油，然後，當然，又被黏上羽毛。

街道本身潮溼而崎嶇，布滿各種坑坑洞洞，四處可見東一塊西一塊破爛的木板，作為步道之間的銜接。我們經過右側幾棟建築間的空隙，有一群年齡各異的男子和幾個女孩在那裡圍成一圈。我們聽到一個淒厲的啼叫，幾乎和那些男人歡呼吆喝的聲音一樣響亮。

三寸丁馬上朝那個方向過去。我和尤斯塔斯騎馬跟著他。尤斯塔斯說：「欸，這不在我們的計畫中，但我敢打賭我們馬上就要節外生枝了。」

我不確定他是什麼意思，不過這時候我已經和尤斯塔斯還有三寸丁下了馬，並弄清楚發生了什麼事。鬥雞。那些男人繞著兩隻紅色公雞圍成一圈，以此來下注。鬥雞是很殘酷的事，我只看過自然發生的那種，就是養在院子裡的公雞找對方打架。這就是為什麼有些人辯稱牠們只是做了公雞本來就會做的事，但是如果公雞沒遭到逼迫，有選擇餘地的話，其中一方通常會主動休戰，最後不會出什麼大事，而且那是牠們自己想要打架，不是為了想要賭錢的人類而打。

但這種類型——當牠們為了賭錢而打架——其中一隻、甚至兩隻雞都不會全身而退，因為人類會特別製作適合固定在牠們腳上的金屬爪子。當牠們跳起來互相扒抓時，簡直就像兩個男人拿著剃刀互砍。這兩隻公雞打鬥的場地被人鋪了沙子耙平，本來是乾的，現在卻已被溫熱的雞血染溼，那氣味讓我的口腔有種像是咬到銅製品的味道。

三寸丁推開觀眾進到圓圈裡，大叫：「你們最好給我散了，不然等著吃子彈吧。」

對面的一個男人問道：「那個侏儒說啥？」

這時「那個侏儒」已經從外套裡拔出一把點三八小手槍，我猜這就是他明明與天氣不搭也要穿著外套的原因了。他的手穩穩地拿槍對準剛才說話的男人，那人拔腿就跑。對側的圓圈跟著破開，向左右兩方掀起波濤，有如紅海般造成一個缺口。

其中一隻雞喘得厲害，疲倦得垂下頭。另一隻雞靠上前準備使出致命一擊。三寸丁說：「宰了吃掉，否則就別騷擾牠們。」然後他快速啪啪連開兩槍，射掉那兩隻雞的頭，比牠們伸長脖子擱在砧板上讓你用小斧頭剁還要乾淨俐落。其中一隻無頭雞倒在地上蹬著腿，另一隻開始繞圈亂跑還拍著翅膀，好像牠有可能找到自己的頭安上去，然後飛到未知之地。感覺牠維持這舉動很久，然後才倒地，抖了一下，脖子湧出最後一大股血，終於氣絕身亡。

「你們這群天殺的懦夫。」三寸丁說。

群眾大部分都走了，但還留下一些。其中一個壯漢說：「大的那隻是我的雞，你得賠我，你這矮不隆冬的王八羔子。」

三寸丁沒抬頭。他把手槍放回外套裡，拎起男人的雞，抽出他那把大刀子，砍掉一隻雞腳。他這麼做時，雞腳上的金屬尖刺在陽光下閃耀。他轉向男人，說：「我建議你留意對我表達口語的態度。」

「你在哪學會說話的啊？」男人說，「外國嗎？老天啊，說美國話好嗎？我們在賭錢，我的雞就快要贏了。你根本沒權利破壞我們的樂子，還害我賠錢。」

「你把那稱為樂子？」三寸丁說。

「沒錯。」男人說，他的話才剛出口，三寸丁已經一躍而起，一腳踩在男人膝蓋上，一手揪住他上衣，另一手緊握雞腳上的尖刺，用金屬刀片劃過男人臉頰，在他皮膚上割出一條紅河。

「該死，」男人試著推開三寸丁，「該死的。」但這就跟想抓著浣熊尾巴把牠從樹洞裡拖出來一樣，注定徒勞無功。三寸丁攻擊壯漢全身，從一側爬上去又從另一側爬下來，不斷用加裝剃刀的雞腳劈砍。

男人開始嚷嚷要我們把我們的侏儒弄走，於是尤斯塔斯將三匹馬的韁繩和借來的馬的繩索一股腦交給我，衝過去抱住三寸丁的腰。他將三寸丁向後拽開脫離男人，放在地上，手擱在三寸丁頭頂按住他。三寸丁想爬起身再往前衝，但尤斯塔斯的手蓋住他整個頭頂，把三寸丁的帽子都壓扁了。三寸丁在尤斯塔斯的手底下扭動，一邊罵髒話一邊朝壯漢揮舞雞腳，彷彿它是某種女巫的咒語。

到這時，三寸丁剛才用雞腳教訓的男人已經跪在地上、鮮血淋漓，因為他從頭到肚臍都被割傷，雞腳上的刀片所經之處，衣服都變成破布懸掛在身上。

「這下夠你樂了吧。」三寸丁說道，尤斯塔斯抓著他的衣領把他向後拖。

「你最好別讓那個瘋狂的小混蛋過來，」男人說，「否則我就——」

「你就怎樣？」尤斯塔斯說，「你趕快給我滾，不然我要放開他了。」

男人從善如流，快速逃走。這時我才注意到，原本還留下來的圍觀者早已像晨露一樣消失無蹤，現場只剩我們三人和兩隻死雞。

「不應該這樣對鳥。」三寸丁說，他的肩膀垮了下去。

尤斯塔斯勸慰著他，重複說道：「好了、好了，三寸丁，都搞定了。我跟你說我現在要幹嘛喔，我要放開你了，你沒理由再做什麼了。大家都跑掉了。」

「別把我當三歲小孩，尤斯塔斯。」三寸丁說。

「當然不會，三寸丁。我怎麼會這樣。」

尤斯塔斯放開三寸丁的衣領。三寸丁抖了抖身體，彷彿試著在外套內重新找回最自在的感覺。

「我要把這些雞塞到我的鞍袋裡，」尤斯塔斯說，「晚點煮來當我們的晚餐。沒必要白白浪費嘛，反正牠們都死了。」

「去他們的，還有他們所謂的娛樂。」三寸丁說。

三寸丁大步走到我牽著馬的位置，抓起他那匹馬的韁繩，牽著牠回到街上。尤斯塔斯也過來，盡量把兩隻雞的血甩乾，然後放進他的鞍袋裡。

「那還不是他真正發飆的樣子，」尤斯塔斯說，「他只是不爽而已。是真的不爽啦，但還不到發飆的地步。」

我不太確定該對剛才發生的事作何感想。這個男人會把死去的男孩留在土溝裡，卻為了雞遭受虐待而拿著有刀片的雞腳去跟體型大他一倍的男人搏鬥，我實在不曉得該對他有什麼感覺，完全不知道。

有鑑於只有我見過渡船上的那群匪徒，而其中只有割喉比爾身上擁有他們能辨識的特徵，大家一致決定，最好還是由我在鎮上四處晃晃，看能不能找到搶走死去男孩的馬的那個人渣。我的目標是發現他之後來找三寸丁或尤斯塔斯，讓他們解決問題。他們叮囑我，在任何情況下我都不可以試著自己對付那男人，我們需要從他身上獲得的是其他人的下落，不是殺戮；起碼不是一開始就殺。這我沒意見。儘管我一心想為妹妹報仇，我更想找到她，而且坦白說我一點也不想殺人，只想把人送進監獄。他們說這話正合我意。

他們打算趁我四處察看時，去商用馬廄把借來的馬給賣了，為我們採買物資。他們也打算順便讓我們的馬吃喝休息，也許還可以打聽是否有個男人騎著有個缺損馬蹄鐵的馬進到鎮上。

這比不上拿破崙的偉大計畫，但我們就只能想出這個。我出發前，尤斯塔斯過來站在我身旁，三寸丁則牽著馬朝馬廄移動。

「表弟，這是我挖墳的錢，」他說，「我要你替我保管，免得我想拿來買酒。上次我在黑人鎮把錢花在一個尤物身上，那是沒關係，但我擔心美色的下一步是美酒，而我可不想讓我自己朝錯的方向發展，畢竟我們眼前可是凶險無比。」

「你別喝酒不就好了。」我說。

「沒錢我就不會喝了。」他說完把我的手指合攏，握住他的五十分錢。「要是你想找女人，那裡的妓院滿便宜的，搞不好你要找的男人也在裡頭。」

「我可不想，」我說，「我是說，我想找到那男人，但我對另一件事沒興趣。」

「你想幹嘛就幹嘛，但你要不就花掉它，要不就收好它。我呀，一進到這種小鎮，四處逛逛看看，然後我不知不覺就會弄來一大杯烈酒，灌到肚子裡去。但它不會待在肚子裡，它會直接跑到我腦袋，擦出火花、嘶嘶作響，讓我變成野蠻人。」

「好啦，」我說，「錢我拿著就是了。」

尤斯塔斯點點頭，跟著三寸丁去馬廄了。

我把五十分硬幣塞進連身服口袋，然後四處晃蕩。我先走進三間酒館之一，但沒看到我在渡船上見過的人。三寸丁和尤斯塔斯沒提到一件事，那就是既然我認得搶匪，對方也會認得我。或許戴著帽子，我的紅髮大部分就被遮住了，不過它仍會從我耳朵上方竄出來，也會垂在我衣領後頭。要是他一眼就發現我，他可能逃之夭夭，或是乾脆把我殺了。想到這裡，我就像拖著長尾巴走在滿室搖椅之間的貓一樣提心吊膽。在酒吧裡繞了一圈，但沒找到我的目標。我在那裡感覺很怪，好像生平第一次走進酒吧。我感覺每個人都知道，都在盯著我，當然那應該是不可能的。

我走出去，又到另外兩家酒吧察看，仍然沒瞧見我認得的臉孔。我在一條巷弄裡看到兩個壯漢肉搏，最後終於有一人把對方打倒，還繼續踹他，我就離開了。我來到鮮豔樓房的盡頭，看到坡道上有另一群俯瞰它們的不同風格建築，那些建築樣式單純、牆壁塗成白色。再過去有幾棟以白色籬笆圍住的房屋，院子裡種著花，被高溫曬得奄奄一息，因為到了這個時辰已經熱得要命了。我還看到遠方有個軋棉機，一車車棉花正被送過去。空氣裡開始飄散軋棉機造成的棉絨，在陽光下，棉絨看起來是黃色而不是白色的，我能聞到棉花被去掉籽時散發的氣味。

沿著街再往前一些，我看見警長辦公室。它位於彩色樓房和白牆樓房之間。坡道高處，也就是小鎮沒漆得那麼五顏六色的區域，是比較正經的鎮民住的地方，或許是有家庭和有工作的那些人。這時我考慮要去找警長，卻又猶豫了。要是我讓他知道銀行搶匪在鎮上，他也許會以為我是來殺搶匪的，然後阻止我再找下去。我猜最好的做法應該是我先找到那個人，再去通知警長。我站在那兒望著警長辦公室良久，心裡不但在想這件事，也想著土溝裡的男孩。我必須找機會讓警長知道那個被割喉的男孩，並大致描述屍體位置。也許可以通知男孩的家人。不過這得先等一等。

我回過身，開始走回鎮上色彩鮮豔的區域。我走到妓院時，那裡沒什麼動靜，不過大門是敞開的，大門內還有一扇關上的紗門。我隔著紗門往裡瞧。有個男人坐在面向紗門的走廊椅子上，膝上橫放一把老式點四一〇桿動式霰彈槍。我只看過一次這種槍，我小的時候爸爸有一把，他拿去跟補鍋匠換東西了——就是很可能把水痘傳染給他的那個傢伙。

我摘下帽子走進去，紗門像隻緊張兮兮的小鳥般唧唧叫。這正是爺爺會深惡痛絕的那種地方。帶著霰彈槍的男人看看我，說：「她們大都在睡覺，除了姬米蘇之外。」

我的計畫是混進來四處看看，希望能瞧見渡船上的人，不過等現在我真的進來，才發現這主意有多愚蠢。就算那男人真的在這，應該也跟某個妓女待在房間裡。我考慮晚上再來一趟，或許到時候會比較熱鬧，但我擔心會錯過目標，搞不好他那時已經走了。我決定再考慮考慮。

我說：「你知道嗎？我要再考慮考慮，晚點再回來。我不確定我的錢夠多。」

帶著霰彈槍的男人看我的眼神，好像我就是水痘。「再考慮考慮？」他說，「你要嘛想要小穴，要嘛不想。」

「男人是可能改變心意的。」我說。

「我不會改變心意。」他說。

「這大概就是我和你不一樣的地方了。」我說。這時我聽到樓梯嘎吱響，一個穿著燈籠褲的女人正走下樓梯。我只在西爾斯百貨的產品型錄裡看過這種短內褲。我會在茅坑裡上大號時翻一遍型錄，然後再撕下一頁來擦屁股。雖然以前我也覺得型錄裡的一些女人滿漂亮的，眼前的景象卻完全是另一回事——更美妙。

她的頭髮和尤斯塔斯的皮膚一樣黑，滑順地披在肩頭。即使隔了一段距離，我仍看得出她的眼睛比歌劇院的外牆還要翠綠，此外一望即知的是，她內衣下的身材也很完美。她看起來年紀並不會比我大。

「你真是個紅毛小子？」她說，好像我自己可能沒注意到似的。

「女士。」我說，由於我已經摘下帽子，我稍微點頭致意。

「女士？」她說，「哎呀，還真可愛。好有禮貌，像個真正的紳士呢。」

「我一見到他，」帶著霰彈槍的男人說，「就馬上想：哎呀，他真是個可愛的紅毛小子，連我都想幹他呢。」

「噢，閉嘴啦，史提夫。」她說。

他笑了一會兒。

我說：「我正準備走。」

「你才剛來耶，」她說，「你甚至不算整個跨進門。」

我往前挪了一點。

「你想要爽騎一下嗎？」她說，「今天真是又熱又悲慘。」

我呆站原地。

史提夫說：「她指的不是騎小馬，孩子，你也不需要帶馬鞍。」

「我知道。」我說。

「你確定？」他說，「你看起來像是握著拳頭打手槍的人。」

我狠狠瞪他。

「我剛才提到又熱又悲慘什麼的，並不是我主要的賣點啦，」姬米蘇說，「重點是既然都得熱了，你不如就熱熱地讓人伺候一番，最後你煙囪裡的灰都清乾淨了，而我的包包裡多了五十分錢。」

「五十分錢？」我說。

「你應該有五十分錢吧？」史提夫說，「如果沒有的話，我們現在就可以結束這愉快的對話了。你可以把帽子戴回可愛的紅頭髮上走出去。」

「我有五十分錢。」我說，鐵了心不讓史提夫和他的霰彈槍看扁。

「既然如此，上來吧。」姬米蘇說。她轉身往樓上走。

我考慮了一下，然後跟過去。史提夫說：「別摔下來啊，紅毛，或是被甩下來。對付這一隻，你得真的用馬刺牢牢夾緊才行。」

「別理他，」我們上樓時她說，「他是個混球。」

樓梯頂端接著一條長走廊，走廊沿線有許多扇門，門外擱著男人的靴子。我跟在姬米蘇身後，地板嘎吱低鳴。沒人從那些門裡探頭察看，我蹣跚地隨姬米蘇走進一扇打開的房門，然後站在門邊。

「你可以把門關上了，」她說，「除非你喜歡讓別人看。有些人有這癖好。」

我關上門。我說：「首先，我會把五十分錢給妳。這是尤斯塔斯的錢。不過事情跟妳想的不一樣。」

「尤斯塔斯？你叫尤斯塔斯嗎？」

「不是，他是給我這五十分錢的人。」

「他也要來？」她問。

「沒有。」

「那就好，因為五十分錢可不夠我招待兩個人。你們得各付五十分錢才行，而且如果是我和你和尤斯塔斯同時上床，要另外加錢。」

「別管尤斯塔斯了，」我說，「我剛才不小心離題了。我的重點是——」

「你跟火一樣紅耶，」她說，「你整個臉都漲紅了，臉上還黏著棉絨。真的超可愛的。」

「我並不想裝可愛。」我說。

「所以才更可愛啊。你從沒嚐過小穴的滋味對吧？」

「我不想討論這個。」我說。

「不需要討論啊。」她說，然後開始脫衣服。

「妳不需要這樣。」

「如果你想給自己來點小穴，我就得脫。因為那個洞在衣服裡面，你懂吧。」

我感覺得出自己臉紅了，就好像有一股熱水在我體內往上湧，一路沸騰到頭頂。我還來不及再說些什麼，她已經扒掉燈籠褲，像剛出生的嬰兒般光溜溜站在我面前。這是我第一次看到裸女，我的心臟像老鷹直衝上天。她看起來好自然，又小又圓的乳房挺立，雙腿間有一叢黑毛。我只能費力地說出：「其實我是來找某個人的。」

「我是唯一醒著的人。你本來想找別人，那還真是走狗屎運了。」

「不是這樣的。」

她仔細打量我，歪著頭說：「我看你也沒來過，怎麼會有別的人選。你是處男對吧？」

「那不重要。」我說。

「果然是。」她說，「你就跟揮著『我是處男』的旗子沒兩樣，我一眼就看出來了。過來，親愛的。」

我沒動。

她走向我。她說：「我洗過澡了，我身上沒有別的男人的味道，身體裡也沒有他們的東西。」

「天啊，但願如此。」我說。

她牽起我的手。「過來床上。」

「我只想聊一聊，問幾個問題。」

「你需要知道的，我都會教你。反正現在又不是有客人大排長龍，所以我有得是時間。」

「我想知道一個男人的事。」我說。

她愣住，放開我的手。「你喜歡男人？」她說。

我想了幾秒才會過意來。「不是，我在找一個人，我猜他可能正待在這裡。」

「喔，他是誰呢？」

「我說不上來。」

「你這人真難理解啊，紅毛。」

「我不是故意的。我在找一個牽涉到殺了我爺爺還有擄走我妹妹的人。」

「所以你不想要我？」

我想馬上回答對，但我說不出來。結果我說：「我可沒這麼說。我是說，這大概是自然反應吧。」

「絕對是。可以給我看那五十分錢嗎？」

我從口袋挖出硬幣，攤開手心給她看。「在這裡，」我說，「如果妳能幫我找到我要找的人，這錢就是妳的了。」

她一手撫過我的臉。「你真是可愛死了。要是我不幹這一行了，肯定是為了你這種人。我看得出你心地也很善良。」

「這妳怎麼看得出來？」我問。

「這一行讓人能看懂很多事情。」她說，「我們能很快認清別人，尤其是男人。過來吧，親愛的，我們去那裡躺在床上，讓我把事情都搞清楚。我先把五十分錢收起來吧。」

我根本不確定是怎麼發生的，但三兩下之後，我已經脫光並跟她一起躺在床上，她說：「我喜歡你下面的毛也是紅的。」然後她開始教我一些事。

我馬上就抓到竅門了。完事之後，我全身無力但滿心歡喜。爺爺警告過我的一些罪惡已經擄獲了我，而且根本沒像他所形容的那麼討厭、空虛、讓人失去靈魂。

我躺在床上，真希望自己還有第二枚五十分錢硬幣。我過了太久才想起自己到底是來幹嘛的，我正在浪費時間。但我還來不及做正事，罪惡再次以她口中「免費奉送一次」的形式吞噬我，於是我又做了一次那檔事。過程長久而甜蜜，透窗而入的暖風拂動窗簾，床的彈簧像老鼠一樣吱吱叫，棉絨從窗外飄進來，落在所有東西上，包括我們汗涔涔的肉體。姬米蘇發出一種特殊的呻吟聲，讓我不致於誤會她是受傷了，而身為一個對錢很在意的人，我心想：其實我算是只花了二十五分錢就能做一次耶，而且這是尤斯塔斯的錢，而且這樣剛好他就不會忍不住喝酒了。最後一部分我還挺得意的：我保護了尤斯塔斯沒有害到他自己。

「對了，」她說，我們做完後她依偎在我懷裡，「你叫什麼名字？」

「傑克．帕克。」我說。

她說：「帕克。我認識一些姓帕克的人耶。」

「應該跟我沒有親戚關係吧，」我說，「這姓還滿常見的。」

「你跟老凱勒伯．帕克應該不是親戚？」

「他是我爺爺。」我說，很詫異她可能認識他。

「哎呀，那個老鬼。」她說，「你跟他真的是一家人。這可真叫巧了。」

「怎麼說？」我問。

「這個嘛，現在我跟你們兩個都睡過啦。」

5

我開始把她當犯人一樣審問。她跟我說爺爺的事，她的描述符合他的生活習慣，說他行房時喜歡繼續穿著連身式內衣，只把褲檔那片布的鈕釦解開。她說：「早知道他是牧師，我就不會洩他的底了。教會人員希望對這類事情保密，還有他們喝酒的事。我猜既然耶穌什麼都會原諒，何不享受一番呢？祂會理解的。」

「我不確定真的是這樣解釋的。」我說。

「嗯，應該是才對啊。」她說。

發現爺爺和我共享的不只是室外廁所的茅坑還有水井的水瓢，令我驚愕不已，感覺就像醒悟你的臉原來是別人的臉。但我不能一直糾結這件事。

「我其實是來找我妹妹的。」我說。

「我差點被你騙到了。」她說，「她在這裡工作嗎？」

「不是這樣的，」我說，「她是個清清白白的女孩子。」

我一說出口，就希望把話收回去。我感覺身旁的姬米蘇繃緊身體。「這可真了不起啊？」她說，「你騎著我衝刺，好像我是岩島鐵路列車，現在卻又說我不清白。」

「我不是那個意思。」

「我覺得就是。」

「好吧，」我說，「我是。但我錯了，我不該那麼說的。」

「我讓你做兩次耶。」她說。

「我很感謝。」

「你該不會跟你爺爺一樣吧？叫我跪在床邊禱告，保證我會轉行，然後他又跟我約好下個月第一個星期二再見面？」

「他有這麼常來喔？」

「他老婆還活著的時候，他會來找別的女孩，至少她們是這麼說的。我不曉得那是多久以前的事，但我聽說她死了之後，他就更常來了，然後……那個，我可以問一下嗎，她是怎麼死的？」

「被一頭乳牛踩死的。」我說。

姬米蘇激動不已。「乳牛？她被一頭天殺的乳牛踩死？我從沒聽過這種事。哇，還真慘。他媽的乳牛耶。」

「這種事比想像中多，」我說，「我是說在鄉下地方啦。」

「嗯，太扯了。乳牛。要惹乳牛生氣也不簡單吧。不是公牛？」

「就是擠奶用的乳牛。」我說。

「真的很離譜。」她說，「抱歉，不過這事實在太好笑了，他從來沒提過。我想大概不會有人到處嚷嚷這樣的事情吧：我老婆被乳牛謀殺了。那頭乳牛有帶武器嗎？」

「並沒有那麼好笑。」我說。

「滿好笑的。」她說，為了證明，她大笑了一場。她笑的時候看起來更美，牙齒整齊潔白又閃亮，臉上被汗水沾溼，草綠色的雙眼大而深邃，我好想墜入其中。

她總算克制住自己後，又說道：「關於你爺爺嘛，打從我半年多前開始在這裡工作，他來找我的次數就從來不只是『每個月一次的星期二』。他嘴上總說每個月要選一個星期二來，因為他喜歡在星期三去參加禱告聚會之類的東西，但事實上他每個月至少來找我兩次。那個滿嘴禱告的老混蛋還好嗎？」

「死了。」我說。

她在床上坐起來。「噢，真的很遺憾。」

「沒關係啦。」

「不是乳牛幹的好事吧？」

我白她一眼。

「抱歉，」她說，「這樣講太缺德了，我一時忍不住。那是山羊嗎？還是綿羊呢？」

「有完沒完。」

「抱歉。」她說。

「其實我是來替他報仇的。嗯，我不是真的想傷害誰啦，我只希望殺了他的人被關進監獄。不過最主要的是，我想救回我妹妹。」接著在毫無預期之下，我已告訴她發生過的所有事，還講得鉅細靡遺，等我說完時，我明白為什麼史上總有將軍和國王對情婦透露太多事的先例了，她口中的「打炮」確實讓人的雙腿和心智都變得軟弱。

「你剛才說的那個很胖又缺牙的人，」姬米蘇說，「是肥仔。」

「他們是這麼叫他的沒錯。」我說。

「他昨晚待在這裡，也許現在還在。我以前見過他兩三次，不過沒跟他睡過。我知道這不是做生意的正確態度啦，但有些傢伙實在太醜或太臭了，只要有別人願意接，我是能推就推。而剛好他在這裡有個表妹願意接。」

「表妹？」

「在凱蒂看來，照顧男人是她的責任，而他就是個男人，況且他們也不是關係很近的表兄妹。很多表親都可以結婚呢。」

「我的家族裡沒有這種例子。」我說，並起身穿上衣服。「所以他在這裡？」

「我不確定他走了沒。」她說。她臉色一沉，至少是那甜美的臉龐所能表現出最陰沉的表情。

「這下我才懂你真正的目的是什麼了。我原本會錯了意，結果耽誤了你的正事。」

「老實說，我覺得我得到真心想要的東西了。」我說。

「你嘴好甜喔。」

「我只是不知道自己想要而已。」

「這就像接觸巧克力蛋糕一樣，吃過一次之後，就會一直想要。聽著，我可以帶你去找肥仔，但別把我扯進去。」這時我彷彿清晰地看見有個念頭像一隻老鷹降落在她腦中。「不，我有個更好的主意，紅毛，帶我一起走。」

「為什麼？」

「如果我跟你走，我們就能免費做在這裡做的事情。我也是很好的旅伴，在這裡工作時我記住了很多笑話。不過可別叫我煮飯，我連燒個水都會燒焦。」

「就算妳故意要把水燒焦，也是不可能辦到的。」我說。

「我在示範說笑話呢。」

「並不怎麼好笑，完全不合邏輯。」

「你絕對可以把水燒乾，直到鍋子燒焦。」她說，「我就做過這種事。」

「妳真的想跟著我一起私奔？」我說。

「我想離開史提夫。」她說，「他跟我說這是很有趣的生活，但並不是。是有些好處啦，像是這屋子有電燈和煮飯用的瓦斯爐，但就像我說的，我的廚藝不佳。另外我們有室內抽水馬桶，就在走廊過去的一個房間裡。你可以用它方便，然後拉一條鍊子，就會有水出來把髒東西沖走。這間妓院是全鎮唯一有室內抽水馬桶的地方。我很喜歡這個，因為就不用半夜還跑去外面，擔心室外廁所裡會有蟲子或蛇爬到光溜溜的屁股上。但如我所說，這種生活並不有趣。那是史提夫扯的天殺的謊言。我在奧斯汀火車站下車時，他一眼看中我。那時候我離家出走，因為媽媽想要我跟她一樣當個見鬼的裁縫師，但我不想過整天都被針扎到拇指的生活。現在我真希望回到家裡，戴個頂針就好了。當然，我寫過一封信給她，她也有回信，但完全沒有歡迎我回去的意思。她叫我別再寫信給她了。史提夫說他愛我，說他要帶我去過更好的生活，然後轉眼間我已經在這裡接客了，這種生活沒有任何優點可言，除了剛才提到的瓦斯爐和電燈和馬桶什麼的，還有偶爾會遇到做起來還可以的男人。」

「妳還有跟別的男人做起來很愉快的經驗？」我說。

「紅毛，你以為我住在這裡就只為了等你出現啊？」

「也不是啦。」我說，但我的信心有點受挫。我本來以為自己的首場表現實在太出色，才讓她願意離開娼妓業跟我走，結果原來她主要只是想找個機會離開娼妓業。

「我才剛認識你，現在你就要我成為你的此生摯愛？」她說。

「沒有，但是——」

「聽我說，」她說，「我喜歡你，真的。但我只要求你幫忙帶我過史提夫那一關離開這屋子，我就想辦法帶你去看那個胖子，如果他還在的話。我會跟你結伴同行一段路，你想跟我做幾次都可以，除非我心情不好。如果給我錢，我的心情可以變好，但如果不給我錢，又剛好遇到我的黑暗期，我就沒有平常那麼友善了。我想說應該事先提醒你一聲。」

我發現姬米蘇真是個話匣子。我決定直接切入重點，至少是我目前最關心的部分。

「如果我試著帶妳走，史提夫不會對我開槍嗎？」

「會啊，而且要是我們被他逮到，還會開好幾次槍。」她說，「他認為我們全都屬於他，好像我們是綿羊之類的。有些女孩覺得無所謂，但我嘛，我想要走。現在有人幫我了，我可以走了。」

「我並沒有答應喔。」我說。

「但你想啊，對吧？」

「應該吧，」我說，「可是我不喜歡被開槍那部分。」

「那很簡單啊，你就幫我，我們盡量讓你不要被射中。」

「盡量？」

「親愛的，你認為人生都沒有一點點風險嗎？」

「有是有，但這是我不需要冒的風險啊。」

「但你會冒這風險的，是不是？」

我沒吭聲，她卻一副我已經答應的模樣。等她穿好衣服，她拿起一只抽繩式小手提袋，把我給她的五十分錢放進去，然後將提繩繞在手腕上。她說：「我們可以用他的靴子判斷他是不是還在這裡。」

「史提夫嗎？」我說。

「不是，親愛的。我是說肥仔。」

出房門到走廊後，我朝兩端察看，看到一雙雙靴子。我根本分辨不出它們有什麼不一樣，但姬米蘇可以。她指給我看。「那雙是他的，鞋尖有鑲銀。他鑲銀是為了方便踢人，他曾對一些女孩吹噓自己怎麼踹別人的膝蓋和蛋蛋。他表妹凱蒂覺得很好笑。」

「我雖然沒見過她，」我說，「但我現在就能斷言，她對任何議題的意見都沒有參考價值，尤其是家族倫理方面。妳確定這是他的靴子？」

「滿確定的。」

「要怎樣才能完全確定？」

她躡步穿過走廊，拎起那雙靴子舉到頭頂，悄聲對我說：「你看，鞋尖底下有小刀片。」我走過去看。鞋尖底下確實裝著小小的刀片，比鞋子凸出了二點五公分左右。

「所以是他沒錯？」我說。

「對。」她說。我們鬼鬼祟祟回到她房門口站著。「要是你闖進房間射死他，會製造很大的騷動，我們就哪也去不了了。所以如果你希望我能跟你走，就得另想計畫。」

「我需要從他那裡獲得資訊，」我說，「我們打算拷問他。」

「拷問他？」她說，「聽起來像我在臥室裡會做的事。」

「根據三寸丁的說法，那表示我們要拿手槍揍他揍到屁滾尿流，直到他招出我們要知道的事。這是他的原話。」

「那你為什麼不直接這麼說就好呢，紅毛？這我一聽就懂了。」

突然之間我有好多事要想。肥仔當然是一件，還有爺爺，他竟然是個可惡的騙子，還對奶奶不忠，從乳牛事件發生前一直持續到發生後。而且聽起來，那些牛蹄踩上奶奶腦袋、她被埋進土裡之後，到他又來這裡做他一直都在做的勾當之間，根本就沒暫停多久，而且還變本加厲。

如果這些想法還不夠糟，現在我還得操心姬米蘇，不久後我就得向三寸丁和尤斯塔斯交代她的事了。我也掛心倒在土溝裡的男孩，當然還有流落野外的妹妹，而我卻和一個妓女在這裡浪費時間，並有點樂在其中。事實上，我有點騰雲駕霧的感覺，因為我終於體驗到其他男人說過的事情了。在我看來，他們並沒有誇大其詞。

我們回到姬米蘇的房間，扒下床單撕成長條，然後綁在一起，中間繫成方便攀抓的結。我們把被單一頭綁在床腳，另一頭從窗口垂落。從窗戶到地面有兩層樓的高度。被單做成的繩子沒有我們所希望的長，所以我用我的隨身小刀割破一條毛毯，把被單繩子加長。現在我們的繩子幾乎垂到地面了，姬米蘇只需要跳一小段距離。

我們的計畫是她從窗戶出去，而我以心滿意足的顧客之姿從大門離開。我協助姬米蘇爬出窗戶，她緊抓著我們做的被單與毛毯繩子開始往下爬。爬到一半左右時，有個繩結鬆開，她便一路掉下去。距離並不是太長，不過她摔得很重，屁股先落地，還發出一聲慘叫，在當下感覺大聲到小鎮另一頭都聽得見，甚至可能傳到山坡上的軋棉機那裡。

她抬頭看，吞了吞口水，爬起身來。她揮手要我繼續照計畫走。

於是我就出門下樓，開始往門外走。我對史提夫和他的霰彈槍揮揮手，他沒有回應，只是瞪著我。我設身處地想了一下，覺得要是他對我揮手的話，應該有違他們的生意原則，所以我就出去了。

出門後我謹慎地快步走到妓院後頭，與從轉角繞過來的姬米蘇會合。

「妳沒事吧？」我說。

「我的屁股好像都扁了。」她說，「你連該死的繩結都不會綁嗎？」

「我已經盡力了，」我說，「就我的印象，並不是所有繩結都是我綁的。」

「我很會綁繩結，」她說，「我敢拿一塊錢跟你用牛睪丸賭：那個鬆掉的結就是你綁的。」

「現在爭這個沒意義啦。」我說。

我們從兩棟建築後頭遠遠繞過妓院，來到馬廄後側，三寸丁和尤斯塔斯打算在那裡賣掉借來的馬，還有讓我們的座騎吃喝休息。

我們從馬廄後面繞到前門，我正要進去問馬廄老闆知不知道三寸丁和尤斯塔斯在哪時，就看到他們朝我們走來。尤斯塔斯肩上扛了個麻袋，另一手握著他的四號霰彈槍；三寸丁走路的樣子有點蹦蹦跳跳的感覺。大豬跟他們在一起，不管牠先前去了哪裡，現在又出現了。即使隔著一段距離都看得出牠很不像樣，粗硬的短毛上沾滿亂七八糟的泥巴和植物。

「他們帶著一隻豬耶。」她說。

「妳注意到啦？」

「為什麼有隻豬跟他們在一起？」

「牠是尤斯塔斯的朋友。」我說。

「朋友。」

「嗯。」

「天啊，那頭豬看起來好野。」

「確實聽說是這樣。」我說。

他們走近到能對話時，尤斯塔斯說：「那是你妹嗎？」

「如果我是的話，」姬米蘇說，「警察還有一大票牧師都要來找我們麻煩了。」

「她不是。」我說，「她告訴我肥仔在哪了。」

「所以來這裡的人是他。」尤斯塔斯說。

現在我們全站在馬廄門口，聚攏在一起。「你是怎麼遇見她，然後得到這情報的？」三寸丁問。

「我們是在妓院認識的。」姬米蘇說話時提防著大豬，「他要幫忙我逃走。」

「我猜妳在那裡工作吧。」三寸丁說。

「我已經決定不做了。」她說，「幹這一行工時很長，有時很臭，任何一種福利都很缺乏，除了有室內廁所和電燈之外。」她盯著三寸丁看。「你挺帥的嘛？」

「妳這麼覺得嗎？」三寸丁說，「如果妳真這麼想，或許妳可以到上頭的乾草棚裡重操舊業五分鐘，我這裡有五十分錢。」

「不用了。」姬米蘇勾住我的手臂說，「我已經徹底脫離那一行了。我要跟紅毛一起離開這裡，他是我穿著閃亮盔甲的騎士。」

「表弟，」尤斯塔斯對我說，「我猜我的五十分錢已經沒了，而你的盔甲是被她擦亮的。」

「恐怕是這樣沒錯。」我說。

「別這麼說——你照我說的做了，我很高興。」

「他也很高興。」姬米蘇說，「是不是，親愛的？」

我點頭。

「我以前常幹他爺爺。」她說。

我皺起臉，三寸丁發出低沉的竊笑聲，讓我感到自尊心受創。

「你爺爺不是牧師嗎？」

「不要故意害他難過了。」姬米蘇說，「我跟他說過，耶穌會原諒人，祂應該能理解男人需要常常清理自己的菸斗。」

「我完全贊同。」三寸丁說。

「那隻豬會咬人嗎？」姬米蘇說，她始終都把注意力放在大豬身上。

「會喔，女士。」尤斯塔斯說，「而且咬得很用力。要是牠想的話，牠能把人的腿扯下來，不過是得費一點工夫、稍微拽一下。」

「你應該幫牠把毛上髒兮兮的泥巴塊梳掉才對。」她說。

「我想牠不會喜歡梳毛的。」尤斯塔斯說。

「言歸正傳吧，」三寸丁說，「這個叫肥仔的王八蛋在哪？」

我告訴他。

尤斯塔斯把麻袋放到地上，將霰彈槍斜靠在馬廄牆邊。約在這時，馬廄老闆走出來，他身穿連身工作服，裡頭沒搭上衣。他的工作靴靴底積了一層馬糞與乾草的混合物，厚到都從靴子側面、鞋頭和鞋跟處漫出來了。他是個禿頭胖子，從厚片眼鏡後頭瞇著眼看東西。一片眼鏡已經有裂痕，鏡腳末端綁著細繩，把眼鏡箍在他的頭上。他手裡拿著一把釘馬蹄鐵的榔頭。

「我就覺得聽見你們兩個的聲音。」他對尤斯塔斯和三寸丁說。「這兩位是你們的朋友啊？」馬廄老闆說完，目光落在大豬身上，「那隻豬在這幹嘛？」

「雖然我們這個團體不怎麼樣，但總之牠也是成員之一。」三寸丁說，「給你介紹一下我們的祕書吧？」他朝姬米蘇比了個手勢。「妳叫什麼名字？」

她說了。

「這隻豬是我們的問題解決者。」三寸丁說。

「是喔？」馬廄老闆說，「牠會咬人嗎？」

「很多人都這麼問，」三寸丁說，「答案是會。」

「咬得很用力。」尤斯塔斯說。

馬廄老闆微微舉起榔頭。

「不要展現出威脅性，」三寸丁說，「大豬的脾氣可是一觸即發的。」

我瞥向大豬。我覺得牠現在一點火氣也沒有，牠似乎被鼻子上的一隻蒼蠅給吸引了注意力。

馬廄老闆還沒能消化完關於大豬的資訊，姬米蘇就看著我說：「他講話好有趣喔，是因為他是侏儒嗎？」

「我不覺得是耶，」我說，「侏儒應該並不是天生講話就有趣。」

「你們知道我聽得見嗎？」三寸丁說，「我就站在這裡呢。我向妳保證，也有很多侏儒的談吐就跟妳一樣粗野又無知，但我不是其中之一。」

「你認識很多侏儒嗎？」她說。

「目前一個都沒有。」三寸丁說。

「那你又不知道，」她說，「他們講話可能全都很混蛋。」

「我以前認識好幾個。」三寸丁說，「不過仔細想想，有些人講話確實很混蛋。」

「誰在乎啊？」尤斯塔斯說。

「嗯，我不知道你們到底在說什麼鬼話，」馬廄老闆說，「每一個人我都聽不懂，總之你們的馬都吃飽喝足了。你們找到那個朋友了沒？」

「沒有，」三寸丁說，「還沒。我們還在找。」

「嗯，他是唯一騎著缺角馬蹄鐵的馬到鎮上來的胖子，而我替他修好了。要是見到他，幫我跟他說一聲。」

「沒問題。」三寸丁說。

「那匹借來的馬呢？」我直視著三寸丁說。

尤斯塔斯和三寸丁都面露不悅。

「借來的馬？」馬廄老闆說。

「我是說多出來的馬，」我修正道，「抱歉，一時口誤。」

「我買下來了。」馬廄老闆說。

「所以我才能採買這袋東西，」尤斯塔斯說，「還有剩下沒用完的錢呢。」

「只要是好馬，我也會出個好價錢。」馬廄老闆說。他似乎很洋洋得意，像剛騎完母雞的公雞。

「我跟你保證，」三寸丁說，「要是有人問起，或是剛好話題帶到，我們一定會宣傳你的童叟無欺。」

「哎呀，真謝謝你了，侏儒。」馬廄老闆說，我看到三寸丁的眼睛抽搐了一下。不過他按捺住脾氣，對馬廄老闆說：「請你再替我們保管馬匹久一點，當然，我們會為這服務付費的。」

「那是不在話下。」馬廄老闆說。

「我們有點事要辦，」三寸丁說，「我們本來就料想可能會碰上這事，而現在果然要處理了。」

「你們儘管去辦你們的事，」馬廄老闆說，「等辦好再回來牽馬。反正你們有錢，我有你們的馬。對了，你們有想賣那頭豬嗎？我的燻肉房可以讓牠吊得很舒服。」

「所有東西死了都吊得很舒服，」三寸丁說，「但牠不是拿來賣的，因為牠沒有主人。」

「那麼牠是自由個體囉，可以這麼說吧。」馬廄老闆說。

「自由歸自由，但受到我們保護，我們也受牠保護。」三寸丁說。

「你們真是個奇怪的組合。」馬廄老闆說。

「看從什麼角度去看吧。」三寸丁說，「我們會回來牽馬的。」

馬廄老闆回到裡頭，我們沿著街道朝妓院方向走。

三寸丁說：「我們想說要是你沒遇見你要找的人，或許我們就得離開小鎮，回頭去找舊的行跡了。不過既然你知道他在哪，我們可以找他好好聊一聊，搞清楚接下來要去哪裡。」

我們來到妓院外，停在街上望著它。

「他在裡面的什麼地方？」尤斯塔斯問。

我盡力解釋房間位置，還有能辨識他身分的那雙靴子長什麼樣。

「他和凱蒂在一起，」姬米蘇說，「她在床底下藏了把小手槍，放在一張小矮凳上。如果你們要進去，最好記住這件事。你們最好也當心史提夫，他帶著一把點四一〇守在大門邊。」

「我認為最好的策略是等他出來。」三寸丁說。他轉頭望向對街一棟老舊的廢屋。「我們可以去那裡等，他出來時就逮住他。」

「那我呢？」姬米蘇說。

「妳怎樣？」三寸丁說，「我們搞定這事以後，妳要嘛繼續當妓女，要嘛從良，反正不是我們的問題。」

「要是他發現是我洩露他在哪，他會殺了我的。」姬米蘇說，「不是他就是他表妹凱蒂會動手。她跟毒蛇一樣壞。其實光是站在這裡都很危險，裡頭可能會有人看見我，那我就完了。他們很快就會發現我不見，史提夫可不喜歡他的妓女自作主張。」

「這仍然不是我們的問題。」三寸丁說。

「就是，」我說，「我答應要保護她。」

「她是個妓女，」三寸丁說，「她只是想找個方法脫離她陷進的爛攤子，而你就是那個方法。你只不過是把你的繩子垂到她的井裡，可不代表你就成了她的守護者。」

姬米蘇鬆開我的手臂，我們走來妓院的一路上，她都緊挽著我。

「我會甩你耳光喔，」姬米蘇對三寸丁說，「但可能我得先挖個洞站在裡面，才不需要彎腰打你。」

「哇，好個刁嘴蠻舌。」三寸丁說，「妳可以試試甩我耳光啊，等妳清醒後會發現妳的手臂塞在鼻孔裡，這我可以向妳擔保。」

「我說了我會幫她，我說到做到。」我說，「還有妳不准甩任何人耳光。」

三寸丁轉頭看著我。尤斯塔斯一手擱在三寸丁肩上，說：「你問我覺得他有沒有種，我說他有，你說他沒有。現在怎麼樣啊，三寸丁？」

「我猜他身上是有那麼一點種啦，」三寸丁說，「不過大概還不夠他兒孫滿堂。」

「嗯，眼前是夠用了。」尤斯塔斯說，「讓我表弟傑克帶著他女友吧，她現在又沒礙事。」

「遲早會礙事的。」三寸丁說，「走吧，我們可不該被看到一直盯著妓院瞧，此地不宜久留。」

「是啊，」尤斯塔斯說，「他們會懷疑一個大黑鬼、一個侏儒、一個小孩、一個妓女還有一隻惡豬在這裡打什麼歪主意。」

尤斯塔斯和三寸丁走開時，姬米蘇說：「侏儒有點難相處耶。」

「我不知道這是放諸四海皆準的現象，還是這侏儒個人的問題，」我說，「但我心有戚戚焉。」

我們到了對街的廢棄房屋。它沒有門，窗戶的玻璃也不見了，木地板都腐朽了。屋頂破了好幾個洞，室內有先前下雨的積水。奇怪的是，屋裡還有桌椅和汙漬斑斑的沙發，我們就端坐在這些家具上。靠屋子後側還有個有門的房間，但我們沒進去。

「那個死掉的男孩怎麼辦？」我說。

「我們寫了張很清楚的字條，詳細說明哪裡可以找到他的屍體，然後把字條塞到警長辦公室的門縫底下。」三寸丁說。

我不是很相信這是實話，他們也從我的表情看出來了。尤斯塔斯說：「真的啦，小子，我們真的做了這件事。字條是三寸丁寫的，由我負責塞到門縫底下，就跟印第安人一樣神不知鬼不覺。」

聽起來還是很可疑。

「我餓了。」姬米蘇說，「我昨晚熬夜，早上又忙得團團轉。我需要來點吃的。」

「我們在規劃菜單時可沒把妳算進去。」三寸丁說。

「噢，得了，三寸丁。」尤斯塔斯說，「別再那麼混球了。我們食物多得很，如果真需要什麼的話，想辦法再弄一些就是了。」

三寸丁遲疑著。

「那個袋子裡的東西是賣掉尤斯塔斯所謂借來的馬才買到的，」我說，「又不是你的個人財產。」

「那匹馬可是我去借的。」尤斯塔斯說。

「你們把借來的馬給賣了？」姬米蘇問。

我望著她，然後她領會過來，說：「噢，我懂了。」

三寸丁屈服了。我們吃了些肉罐頭，又喝了點麻袋裡一只酒壺裡的酒，然後就坐著乾等。我、姬米蘇和尤斯塔斯圍坐在搖搖晃晃的桌子旁，三寸丁坐在沙發上。姬米蘇說她知道一些笑話，並講了兩個，但大家都沒聽懂，也沒人笑。三寸丁說：「妳學到的笑話不完整，親愛的。笑話應該要有笑點才對。」

「我聽別人說的時候覺得很好笑啊，」她說，「也許是少了什麼吧。我還以為我很會說笑話呢。」

「我得說並不是這麼回事。」三寸丁說。

「這有什麼大不了的嗎？」她說，「我只是想幫忙打發時間。」

「或許吧，」三寸丁說，「但妳實際上做的事是在時間的腳上綁一塊鐵板，害它拖著腳原地打轉。」

笑話表演停止了。姬米蘇嘟著嘴賭氣了一會兒，但沒維持太久。她的個性似乎太樂觀，無法容許對她自己或別人有太多負面情緒。我們坐在那兒時，她撫著我的膝蓋，我得挪開她的手，因為那害我想到與肥仔無關的事情上去。她對我微笑，但最後終於罷手。我難以判斷她究竟是真的喜歡我，還是為了脫離妓院在耍手段。此時此刻，我並不在乎，我喜歡跟她在一起，即使只是坐在一棟爛掉的老房子裡，即使只能一直等待讓我內心煎熬不已，而且對妹妹現況的擔憂始終壓迫我每個思緒。

我們就坐在那兒，透過空空的門洞聚精會神地盯著對街，等肥仔出來。除了三寸丁之外。三寸丁沒在看任何東西，他整個人躺平在沙發上睡覺，發出輕柔的鼾聲。

「趁那小屎蛋睡著時把他悶死怎麼樣？」姬米蘇說。

「妳得花點時間去認識他，」尤斯塔斯說，「然後妳才會真正恨死他。」

尤斯塔斯和我哈哈笑。姬米蘇微笑，吁出一口氣，說：「史提夫出來了。」

我們都傾向前，看到那個皮條客走出妓院，沒拿霰彈槍，他到門廊側邊吐了一口痰，伸了伸懶腰，又回到屋內。

「他常這樣嗎？」尤斯塔斯問，「出來活動一下？」

「我不知道耶。」姬米蘇說，「通常我有別的事要做，而不是關心史提夫什麼時候吐痰或伸懶腰或尿尿。」

「好啦，」尤斯塔斯說，「我只是想抓他出來的時間點。」

「我幫不上忙。」姬米蘇說。

尤斯塔斯靠回椅背上，結果椅子發出像霰彈槍聲一般的巨響，整個散架垮掉，讓他的大屁股跌坐在地。

三寸丁瞬間驚醒，他緊握著左輪手槍跳起身來。當他弄清楚發生什麼事時，他哈哈大笑，我們也是，連尤斯塔斯在從一開始的尷尬中恢復後也跟著笑。

尤斯塔斯正爬起身，姬米蘇突然說道：「他出來了，肥仔在那裡。」

我們都看過去。三寸丁站在沙發上，從一扇窗戶往外看。

果然是他。他站在門廊上，有個女人一手摟住他，親吻他的臉頰。她有些豐滿，但不到胖的地步，髮色黑如午夜。我想如果把她泡進一盆熱水、用很多肥皂好好刷洗一番，或許可以說她有幾分姿色吧，前提是旁邊沒有別的女人可以比較，而且光線不能太亮。

「他們是表親。」姬米蘇說。

「你們是表親？」姬米蘇說，「真的嗎？」

「我跟傑克也是表親啊，」尤斯塔斯說，「我們可沒有親來親去。」

「也許吧。」我說。

「他不會親我，我也不會親他。」尤斯塔斯說。然後：「但其實我想。」

我們都看著尤斯塔斯，他大笑。

「安靜一點啦，你們這些蠢蛋。」三寸丁說。

我們都跑去門邊看著肥仔沿街離開。他把親他的表妹凱蒂留在門廊上了。她回到屋內，關上門。

三寸丁說：「我們得趁他去太多人的地方之前跟上去。」

過程並不快，目標也沒有輕易投降。

肥仔比我們快一步進到酒吧裡。我不能進去，因為他認得我；尤斯塔斯因為是黑人也不能進去。三寸丁太惹人注意，而姬米蘇不想太招搖地讓人知道她自己在外頭亂跑，以免把史提夫引過來。大豬根本不是人，也幫不上忙。

「我們可以找警長談一談。」我說。

「是可以，」尤斯塔斯說，「但我們不會找他。要想拿到錢，我們就得自己逮住肥仔。如果我們只是指認他，那就不一樣了，警長會拿走那筆錢，或至少分走一半。應該是這麼算的沒錯吧。」

「我想是這樣沒錯。」三寸丁說，「我建議我們到對面那一小片樹林裡盯著酒吧，等肥仔出來。」

「他可能在裡頭耗上一整天耶。」姬米蘇說。

「它總會打烊吧。」我說。

「並不會，」她說，「它是二十四小時營業的。」

「而且我也沒時間慢慢等，」我說，「露拉跟那些男人在一起，誰知道他們都對她做了什麼。如果逼不得已，我只好自己進去找他。我才不鳥他有沒有認出我。」

「他可能三兩下就收拾掉你，」三寸丁說，「或是你失手殺了他，雖然這個可能性比較低。更可能發生的情況是，我們會在某棟建築後方找到你，然後你屁股上插了把刀。要是你死了，而那些土地文件還在你身上，我可以試著偽造你的簽名，這樣事情還不算太糟。但我還是不想冒那個險，所以不要破壞我們的計畫。」

「你把我們現在在做的事稱為計畫？」我說。

「我承認我們的戰術滿有彈性的，」三寸丁說，「不過我們的行動深處確實埋著計畫。」

「那好吧，」尤斯塔斯說，「這下範圍就縮小了。我們得進去酒吧找他。我們得趁他們發現我是黑人、你很矮之前殺進殺出，之類的。」

「在我們這充滿各種因子的計畫中，這屬於一個可行性極低的因子。」三寸丁說。

就在此時，我朝馬廄與酒吧之間的巷弄不經意地一望，發現肥仔從後門走出來，搖搖晃晃地走向一間室外廁所，邊走還邊把帽子緊壓在頭頂。

「他在那裡。」我說。

「他的尿意或屎意害了他。」三寸丁說。

肥仔走進廁所關上門。

「我們不用全上，」尤斯塔斯說，「你們都回破屋裡等，我去帶他。」

沒等任何人應允或反對，尤斯塔斯已經握著霰彈槍走到對街，大豬跟著他。

「我可不想當那個胖子。」三寸丁說。

「我們不是應該去破屋嗎？」我說。

「是啊，」三寸丁說，「但老實說，我喜歡看尤斯塔斯動手。」

尤斯塔斯快步通過巷弄，來到廁所門外。大豬坐下來等，彷彿不是第一回經歷這種事。

尤斯塔斯用霰彈槍的槍托狠狠揮向廁所門，力道堪比一群野牛奔跑的腳蹄。門板從鉸鏈上脫落，肥仔就蹲在茅坑上方。尤斯塔斯揪住他上衣前襟把他拽出廁所，肥仔光溜溜的屁股蛋在日光下白得耀眼。肥仔的上衣被尤斯塔斯扯破了一些。肥仔大叫：「離我遠點，你這瘋黑鬼。」接著肥仔腦袋上方就吃了一記槍托，他暈過去了。

尤斯塔斯拎起肥仔，將他掛在肩頭，像是一件剛洗好的衣物，扛著他回到街道這一邊，肥仔裸露的臀部就展示給全世界欣賞。我跟你說，肥仔非常大隻，尤斯塔斯所做的事對任何人來說，都堪比神話中的海克力斯。

大豬跑在他們前方，像是一名護衛。

6

真詭異，似乎沒半個人注意到有個魁梧的黑人扛著個屁股露出來的白人胖子，後頭還跟著一頭桀驁不馴的大豬。

尤斯塔斯過了馬路，扛著肥仔走到妓院對面的破屋，帶他到裡頭那個房間，然後把他甩在地上。他從外屋拖了張椅子進去，將肥仔放上。三寸丁用尤斯塔斯從口袋掏出的四條印花手帕把肥仔綁在椅子上，大豬坐著看三寸丁綁肥仔。牠很專心觀察我們的一舉一動，彷彿想學會綁繩結。

三寸丁拿出一條手帕，在讓我們知道那上頭沾著很多他的鼻涕後，便把手帕塞進肥仔嘴裡。肥仔的褲子仍然卸下一半，而且裡面沒穿內褲，所以實在不堪入目。雖然我知道這種東西姬米蘇早就看過太多，我還是請她迴避一下，她照做了。

三寸丁甩了肥仔幾巴掌，想把他弄醒，但他沒反應。三寸丁說：「尤斯塔斯，你下手太重了。」

「當時我覺得下手重點比較保險。」

「嗯，你可能把他的腦子打得錯亂到他以為走路時屁股應該朝前面。」

「那一下打得很扎實。」尤斯塔斯說，「欸，等等，你看，他要醒了。」

「小心別被他踢到，」我說，「他的鞋尖有裝刀片。」

「他的腳被綁住了，什麼也踢不到。」尤斯塔斯說。

「我只是想提醒你刀片的事。」我說。

肥仔呻吟了幾聲，想吐掉手帕，但三寸丁把它戳得更深一點。他說：「胖子，聽我說。我現在要拿出手帕，但如果你嚷嚷，我就讓這位尤斯塔斯用他的霰彈槍槍托再打你一次。」

尤斯塔斯咧嘴一笑，舉起霰彈槍來表示這絕不是虛張聲勢。

「現在，如果你那顆小小的黑色心臟相信你可以保持安靜，我就拿出手帕。同意的話就點頭。你也可以搖頭，但你搖頭的話，兩眼之間就準備被槍托打吧。」

肥仔點頭，三寸丁拿出手帕。肥仔這才第一次把焦點放到我身上。他還是很醜，因為缺牙，嘴巴往內縮。他講起話來，好像想要把話吃掉似的。「你，紅毛。你在這幹嘛？」

「你認為呢？」我說，「我在找我妹妹。」

「這個嘛，她已經不新鮮了，你懂吧。」他說。

「她不是蘋果，」我說，「沒有什麼新不新鮮的。」

「隨便你怎麼形容吧，」肥仔說，「反正她被徹底耙弄了一番。」

這句話讓我天旋地轉，但我努力振作起來。「我還是想帶她回去。」

「對她來說都沒差了，」肥仔說，「現在她已經完全破了吧。」

「尤斯塔斯。」三寸丁說。

尤斯塔斯上前一步，用槍托往肥仔兩眼之間快速捅一下。「搞什麼鬼？」肥仔說，「很痛耶。」

「是喔。」尤斯塔斯說。

「那一下已經手下留情了，」三寸丁說，「尤斯塔斯，我沒說錯吧？」

「如果你的意思是我保留了很多力道，那應該是吧。」尤斯塔斯說。

「我正是這意思。」

「那好吧，」尤斯塔斯說，「你沒說錯。」

肥仔抬起頭對我說：「你到哪找來這矮不隆冬的混蛋還有黑鬼？」

「我們是靠郵購訂來的，」三寸丁說，「刊登在西爾斯百貨的型錄上，在後面有我們的照片，跟他們訂就可以了。我的出廠規格是暴怒，尤斯塔斯也是。妓女不一定是標準配件。」

「我認得她，」肥仔說，「她自以為高級，不屑幹我。」

「其實我能理解那可能是女性間普遍的共識，或許也能說明為什麼要靠一位表妹可憐你。」三寸丁說，「現在狀況是這樣，我會問你一些簡單問題，中間穿插用手槍揍你。我預計等結束之後，你的帽子應該很難戴上去了。就算你乖乖回答問題，我還是會用手槍揍你。原因很簡單：這樣你才會明白，如果我問不出答案，你會被揍得更慘。要是你有半點猶豫，不好好說出我們想知道的事，我可能會請這位尤斯塔斯幫忙，看能不能讓你的腦漿從鼻孔流出來。」

「我講也被打，不講也被打，」肥仔說，「根本沒道理啊。」

「你會被『打』——照你的說法，確實如此，」三寸丁說，「但這只是讓你知道我們是來真的。」

「那如果我直接相信你們是來真的呢？」肥仔說。

「老實說，我對人的信念沒什麼把握。」三寸丁說，「但我想如果你被打一頓，知道如果你不痛快說出我們想知道的事實，還會被打得更慘更久，你就更願意趕快交出我們想得知的資訊。只要你直接回答，而我相信你——當然這由我來判斷——我就會停止用手槍打你。你嘴裡還有剩任何牙齒嗎？」

「什麼？」肥仔說。

三寸丁說：「你明明聽到了。」三寸丁脫掉外套，拿出手槍，按在腿邊。「我不會再問一次。」

「有兩三顆。」肥仔說，他的表情明顯看得出不解三寸丁問這個是想幹嘛。我也是。

「在哪一邊？」三寸丁問。

「兩邊都有。」肥仔說。

「講清楚一點都在哪？」

我看得出肥仔愈來愈緊張了。

「你為何要問？」肥仔說。

這時三寸丁的手槍啪地一聲甩上肥仔的太陽穴。

「該死。」肥仔頭往旁邊躲。

「你真的有必要這樣嗎？」我說。

「聽那男孩的勸吧，」肥仔說，「他還有點上帝的慈悲心。」

「那倒是真的，」三寸丁說，「但我沒有。」

三寸丁將槍管狠狠砸向肥仔那話兒，它們像一根粗短的臘腸配兩顆馬鈴薯攤放在椅子上。肥仔慘叫，頭向前一點，噴了一些先前在酒吧喝的不知什麼玩意兒在地上。

大豬受夠這一切了，起身離開房間，甚至還繼續走出破屋。

「就連豬都不願意嚐你的排泄物，」尤斯塔斯說，「我可是看過牠吃屎呢。」

「三寸丁，」我說，「老天在上。」

三寸丁轉頭看我。「傑克，你去做你的事，讓我做我的事。」

「我沒有任何事要做啊。」我說，不過我不想作違心之論，其實我很慶幸三寸丁給我個機會離開現場。我得拚盡全力才忍著沒發抖。我根本沒想過可能發生這種場面。在我的想像中，自己是一支高尚救援隊的領導者，有一位能幹的追蹤者和一個賞金獵人當我的助手。我卻自動忽略了這件事可能產生的各種醜惡面：我根本不能為任何事作主，追蹤者會弄丟行跡，賞金獵人則是握著左輪手槍的暴躁侏儒。我不喜歡這個狀況，我想要喊停，但我下定決心，為了露拉，我也得堅持到底。

「去找點事做，」三寸丁說，「出去時把門帶上。肥仔，盡量不要叫太大聲。你叫愈大聲，下場會愈慘喔。」

「你這小王八蛋。」肥仔說，不過他罵得不怎麼帶勁，而且已經刻意壓低音量了。

我走出去並關上門，握著門把的手在發抖。我瞥向姬米蘇。她坐在沙發上望著我，表情像有隻腳被捕獸夾夾住的野生動物。

「他們在裡面幹嘛？」

「還記得我說他們要拷問他，還有那表示他們要用手槍揍他揍到屁滾尿流嗎？」

她點頭。

「就是那樣了。」我說，「還有我想肥仔快要失去一些牙齒了。」

「他還有牙？」她說，就在此時，我們聽到肥仔放聲慘叫。

「我想那是僅剩的牙中有一兩顆被打掉了。」我說。

「閉上鳥嘴，給我乖乖地忍耐。」我聽到三寸丁在門內說，「我問問題時你才能說話，其他時候都不准。」

然後傳來肥仔的聲音，我相信他的嘴唇已經縮進現在已血淋淋的嘴巴。「那就快問他媽的問題啊。」

我對姬米蘇說：「我們不如小心地到外頭去吧，離這些事遠一點？」

「我不在意聽見，」她說，「我不會覺得怎麼樣。」

「嗯，這個嘛，」我說，「我會覺得怎麼樣。」

我往門外看去，看到妓院的門仍開著，不過沒敞開到讓我覺得自己很容易被發現的地步。

我走出去，沿著破屋側邊往前走。

姬米蘇追上來。

「我還是跟你去好了。」她說。

我還是能從屋子後側聽見他們用手槍揍肥仔的聲音，也能聽到他努力憋住痛、努力不叫出來的悶哼聲。

「你心腸滿軟的對不對，傑克？」姬米蘇說。

「大概吧。」我說。

「我嘛，大概要看情況。」姬米蘇說，「我爸是牧師，所以我對你爺爺有點特殊的好感。」

「我不想聽。」我說。

「啊，這沒什麼大不了的啦。」她說。

「對我來說有。」

我們坐在一個大樹墩上，靠近樹林被砍伐和燃燒而禿了一片的位置。我想著這棵樹原本該有多麼粗壯，而那些人又是多麼輕易地就砍下它，將它多年的生命鋸成一塊一塊，丟進火裡燒。在這情況下，砍它不是為了取暖或木材，而是為了清出空間。我們似乎永遠都需要更多空間。木材商要的是某些樹，對其他樹不屑一顧，那些樹就這麼化為鋸木屑與煙塵，死於非命。

這時候我就知道，要不是我妹妹在那些人手上，我會直接走掉，徹底擺脫他們這群人，包括姬米蘇在內。但她確實在那些人手上，他們對她做了一些事。這念頭讓我作嘔，她那麼小又膽怯，身邊完全沒人可以幫她。我承受不住這想法，但我非承受不可。
「聽到了嗎？」姬米蘇說，「他們真的把他打得很慘耶。」
「我聽到了。」我說。
「抱歉，」她說，「只是，我想到你妹妹的事，就聯想到我自己的遭遇，想到我現在怎麼會跟你坐在這裡，怎麼會在妓院認識你。你以為我從小就立志當妓女嗎？那個死胖子在那邊唉叫，我聽了真是舒服。我還記得第一次被男人壓在身上，那不是我自願的，而他們可把我好好整了個遍。史提夫在火車站接走我之後，跟我說我很特別，結果我卻來到這裡。他叫一群男人隨便對我做什麼都可以，他說他們是在『替我破處』。」
「太可怕了。」我只說得出這句話。
「是啊，我不希望任何人發生同樣的事。現在我知道同一種男人也欺負了你妹妹，我就對那個滿身肥肉的王八蛋一點同情心也沒有。只要他們能問出她在哪裡，一切都值得。」
「應該吧，」我說，「我大概應該這樣想才對。」
「不然還要怎樣想啦，傑克。你到底想不想救她回來？」
「我想救她回來。」
「她不會跟原來一樣了，你知道吧。」
「我想她能走出來吧。既然妳做到了，她應該也能。」
姬米蘇抬頭看著我。她瞇起眼睛，突然間變得成熟許多。「誰說我走出來了？」

7

就算在外頭，我們都聽得見破屋裡的狀況，我覺得對街應該也會聽到才對，不過這大概只因為我全副心思都在注意這件事。

過了一會兒，沒聲音了，尤斯塔斯從破屋側邊走到我們這裡來。他蹲在地上，拿出一些材料捲香菸。我第一次看他捲菸。他把菸草灑得到處都是，於是姬米蘇站起來說：「拿來啦。」她接過他的材料包，快速捲好一根菸，然後塞進他嘴裡。他趕緊叼住。她說：「好啦。」尤斯塔斯在上衣口袋找到一根火柴，在褲子上劃亮，點起香菸。他在點菸時，火柴的火焰微微搖動。風向變了，也增強了，我聞到後方被砍過和燒過的樹林傳來灰燼的味道。

「他有跟你們說什麼嗎？」我問。

「說了很多。」尤斯塔斯說，「他一開始不肯講，但後來想通了。那裡頭有根釘子，從一塊舊木板上凸起，三寸丁就把那根釘子擱在他的老二上，用他的手槍槍托當榔頭打進去。在那之前我以為肥仔是不會招供了，不過在這之後，那死胖子就像他媽的金絲雀一樣唱個不停，只希望趕快拔出釘子。」

「換作是我不會撐那麼久，」我說，「我一看到三寸丁拿起那塊有釘子的木板，就會開始招供了。完全不耽擱一秒。」

「我也是。」尤斯塔斯說，「我覺得既然不講會挨揍，講了才會停，就該一開始趕快開口，盡可能少吃點苦頭，因為事實上你就是得開口的嘛，哪怕是撒謊也好。對了，把那根釘子弄出來讓他受了不少罪。他用他的手槍，就是護弓的地方，勾住釘子頭，這樣才有施力點往外拉。在我看來，拉出來的過程好像比釘進去更慘烈，但我想誰也不能老二被釘在椅子上，就這麼過完下半輩子吧。」

「至少永遠不愁沒位子坐。」姬米蘇說。

「也對，」尤斯塔斯叼著菸漾開笑容，「保證有位子。」

「你不是說他招了嗎。」我說。

「對啊，」尤斯塔斯說，「像他媽的小鳥嘰嘰喳喳。」

「你怎麼知道他沒撒謊？」姬米蘇說。

「是不知道。」尤斯塔斯說，「以我的經驗，當你折磨一個傢伙，而他覺得撒謊能夠脫身，他就會撒謊，但也可能說實話。我認為他說的是實話。我們問到一些方向了。肥仔說其他人帶著你妹妹往他所說的『大密林』去了。那地方在利文斯頓再過去，在一堆刺藤和超高的松林裡。那裡是一片荒地，在黑暗的樹林深處。有很多黑人跑去那裡過捕獵生活，也有很多匪徒。我認識一些離開這裡去那裡住的黑人，後來再也沒見過他們。警察不喜歡進去那裡，因為常常有去無回。如果你想找回妹妹，我們就得去那個地方，沒別的辦法了。你確定對你來說值得？」

「確定，」我說，「聽起來你覺得不值得。」

「又不是我妹。」尤斯塔斯說。

「那我要給你的地契呢？」

「我有想到，它是給了我一些底氣啦，不過大密林真不是什麼好地方，所以我還得再想一想。」尤斯塔斯說。

我很訝異。他好像有動搖之意，我猜想讓他維持原案的最佳策略，不只是提醒他地契的事，還得來點激將法。

「你怕啦？」我說。

「你不怕嗎？」他說，「即使某件事到頭來你還是做了，至少恐懼感能讓你活命。你現在不怕，是因為你笨到搞不清楚那片樹林裡都有什麼東西。但我知道。有些在那裡長大的傢伙，一輩子都沒到外面過。我聽過很多他們的傳聞。他們能在荒野中生存，爬樹，徒手把樹上的熊拖下來。那裡的人互相亂幹——管他是家人、男人女人、狗或松鼠，就我所知，連魚和鳥都不放過。所以沒錯，我是挺怕的，因為我頭腦夠清楚。我只有喝醉的時候才什麼都不怕，但那時候你就該怕我了。清醒的時候，我知道屁股的哪一頭要擦乾淨、哪一頭要吃飯，我也知道什麼時候該害怕。」

「聽起來像鬼扯的童話故事，」我說，「像三寸丁說的那種。」

「嗯，並不是，」尤斯塔斯說，「至少大部分不是。」

「他沒說錯。」姬米蘇說。

「妳怎麼知道？」我說。

「因為偶爾會有從那座樹林出來的人，我猜你可以稱他們為比較有教養的一群吧。他們會來到鎮上，拿毛皮之類的換錢，喝個爛醉，然後就喜歡到對街的妓院找樂子。我憑親身經驗知道他們是什麼人、都有什麼行為。他們會叫你脫光但穿著鞋子，叫你趴在五斗櫃上，然後在辦事時還哇啦哇啦好像在唱山歌似的。他們會帶自己的車軸潤滑油來弄鬆你的屁眼。他們在辦事時喜歡我叫他們爸爸或哥哥，興奮起來喜歡像狗一樣又嚎又吠。最後他們總會把你打出黑眼圈或嘴唇腫起來，而且等他們離開後，房間裡會臭得像有死掉的東西，因為他們身上就是有那種味道。在我看來，他們感覺就像那樣——像是已經死掉卻不肯好好躺著不動的東西。他們不只是壞而已，傑克，他們很不對勁，是這世界上不該有的東西。」

當時的我很難苟同爺爺那些說詞，不過我剛好想到一句，就順口說了出來：「新世界就要來臨了，過著人的生活者，不會有機會住進神的世界。」

「是啊，」姬米蘇說，「我老聽人說有新世界要來臨什麼的——例如你爺爺。可是他騎完我之後，我往窗外看去，新世界並沒有來。看起來跟舊的一模一樣。」

「好了，」尤斯塔斯說，「無論我想不想，我都得回去幹活兒了。我或許又得再用上霰彈槍。」

他丟下香菸，站起身，用鞋跟踩熄菸蒂，繞過屋子側面回去。

他走了之後，我對姬米蘇說：「妳剛才提到來自大密林的那些人——應該有點誇大了對吧？」

「老實跟你說，我還有所保留呢，」她說，「我不想把你嚇得更嗆。」

「我沒說我有被嚇到啊。」

「你用不著說出來。」

「我還挺得住。」我說，「不過妳不必去啦，妳根本沒理由扯進這件事。」

「但我除了黏著你，也沒別的地方可去。」她說，「一部分也是因為我喜歡你。我不保證我永遠不會跑掉，但我至少得往那個方向出發才行。我知道我答應你可以嚐點甜頭什麼的，我現在也不是說你嚐不到了，只是說你可能嚐不了太久。我或許會決定成為我這一行的獨立承包商，誰說得準呢？我們愈接近那座樹林，我愈可能想脫離你們，可以這麼說吧。」

我點點頭。「那好吧。」

我沒什麼可說的了。但未來姬米蘇還要跟別的男人睡——她以前有過的經驗就已經夠糟了——讓我全身上下、甚至像是身體之外的地方都在痛。

「我最好進去裡面，防止他們殺了他。」我說。

「就算殺了也不是什麼天大的損失。」她說。

「如果我放任他們動手，對我來說就是天大的損失。」

我回到破屋內，把姬米蘇留在原地，繼續坐在曾是森林邊緣的老樹墩上。

8

我進到破屋時，後側的房門敞著，我看得到室內的肥仔，他仍被綁在椅子上，睡著了。這是他昏過去的修飾說法。他渾身是血，滿屋子都是汗和尿和屎的臭味。三寸丁說他用手槍揍人時會發生什麼事，可不是胡謅的。

整件事讓我很不舒服，反胃想吐。不光是因為它發生了，更因為我袖手旁觀。三寸丁坐在沙發上休息，用他的小手揉著肩膀。尤斯塔斯坐在椅子上，整張臉汗涔涔的。

三寸丁說：「我的手臂好痠，我應該多換幾次手才對。」

尤斯塔斯悶哼一聲。

大豬已經回來了，正趴在地上。牠也悶哼了一聲。

「我們剛才在討論要不要去警長辦公室，把肥仔交給他，或許領個賞金。」三寸丁說，「要嘛選這方案，要嘛先射爆他的頭，再帶他過去。不管是哪個，我們都能領賞。」

「我們不是討論過這件事了？」我說。

「殺了他好處多多。」三寸丁說。「第一，我不怎麼喜歡他，我跟你保證他也不喜歡我。還有，既然我們聊到這個，傑克，我得向你承認，尤斯塔斯和我並沒有留字條給警長，通知他男孩屍體的事。」

「我們心血來潮就扯了這個謊。」尤斯塔斯說。

「為什麼？」我說。

「我們有時候就是這調調嘛。」尤斯塔斯說。

「噢，就我看來，你們的調調不太對。」

「就他看來咧。」三寸丁瞥了一眼尤斯塔斯說道。

「聽我說，」我說，「你們在合理範圍內該做什麼就做什麼，只要能讓我救回露拉都好，但你們不需要殺了他。走到警長辦公室又不是多遠，我想不透你們為什麼要騙我寫字條的事。」

「我們那時候還不覺得應該把警長扯進來，」尤斯塔斯說，「感覺不太——三寸丁，你常用的那個厲害形容詞是什麼來著？」

「謹慎。」三寸丁說。

「沒錯，僅剩。」尤斯塔斯說。

「不是啦，」三寸丁說，「是謹慎……噢算了，不重要。總之那不是個好主意。」

「為什麼？」我問。

「我們不想冒著被警長看到的風險，」尤斯塔斯說，「他算是認識我們。」

「而認識我們的人必然會愛我們。」三寸丁說。

「你的意思是他恨你們。」我說。

「沒啦，」尤斯塔斯說，「我們是朋友。他以前也當了一陣子賞金獵人，後來他結婚了，過起正經日子，所以需要一份正當職業。最後就變成警長。他運氣不錯，老婆後來跑了，所以生活過得挺開心的。不過重點是，當賞金獵人、領賞金這種習慣可是很難戒掉的。他認得三寸丁的筆跡，要是被他知道我們在獵捕目標，他可能會想來蹚渾水。」

「我的字優美又有特色，」三寸丁說，「我對它很自豪，怎麼也無法勉強自己故意用印刷體寫字，或是寫出難看的草體。我是跟我的朋友侏儒華特學寫字的，他受過良好的教育。不過我想你是沒興趣知道他怎麼會受過良好教育的吧。」

我覺得他這麼說是在做球，讓我可以假裝有興趣，而他就能源源本本地告訴我他是怎麼練得一手好字的，於是我靈巧地閃過。「聽著，」我說，「我們得把他送去警長那裡，這是唯一的辦法了。有些事情必須照我的方式做，否則就取消算了。」

「那如果我們選擇丟下你不管呢？」三寸丁說。

「那你可以回去看你可愛的望遠鏡，而你呢，尤斯塔斯，可以回去挖墳，或是把焦屍挖出來放到別人家門口。」我說，「這件事聽我的，否則就取消整個計畫。」

三寸丁看著尤斯塔斯。尤斯塔斯微笑，「哎呀，」他說，「我喜歡看到小公雞長大的樣子。」

「那好吧，」三寸丁說，「我建議我們找個東西把肥仔擦一下，然後拖他去見警長吧。」

我到馬廄去借了一桶水和幾塊抹布，跟馬廄老闆說我想擦個澡。他說這水桶和抹布都很舊，不用還他了。我盡可能偷偷摸摸地把水一路提回破屋。

把東西弄進屋內後，我看到姬米蘇跟三寸丁和尤斯塔斯在一起。我放下水桶，他們問姬米蘇身為隊伍中的女人，是否願意負責把肥仔清乾淨，而她的回應是叫他們對自己做一件我聞所未聞的事，於是三寸丁轉而叫尤斯塔斯扛下這工作。尤斯塔斯也不肯，那就剩下我或三寸丁了。

結果落在我頭上。

我帶著水桶和抹布進去，把桶子放在肥仔的椅子旁。我拿著抹布，站在原地看了他一會兒。我做了個深呼吸，把抹布放到地上。肥仔昏迷不醒，我的第一個念頭是真想拿把槍射他，第二個念頭是那太輕鬆了。我想讓他受苦，我想先射他的腳，再射膝蓋，再射手肘，再射胯下，再射脖子。我想要他慢慢死掉。我想射他，但每一槍之間要隔很久。我心想我要先弄醒他，再開始開槍，每開一槍都唸一遍妹妹的名字。我能想像他和她在一起的畫面，以及他可能對她做了什麼，還有其他人可能做了什麼，我感覺胃裡的東西往上湧。我不想要腦子裡出現這些念頭，但它們已經在我的腦子裡築巢了。

我把一塊抹布浸溼，按在肥仔一眼處，他那個部位挨了一記重擊，有一道很深的血淋淋傷口。我觸碰它，他發出呻吟。我聯想到有一次發現一隻渾身是傷的狗，我不知道牠怎麼會那樣，不過看起來有人拿刀亂割。我抱那隻狗回家，放在屋後的工具間裡。我就像現在這樣拿了水和布，到屋外去幫牠清潔身體。那隻狗傷得太重，連動都沒辦法動。肥仔也一樣，重傷到動也不動。我對那隻狗的好感勝過肥仔，因此我把肥仔想像成那隻狗。我用溼布觸碰他臉上和頭側所有流血的地方，包括從頭髮裡滲出血的部位。我幫他清潔我並不想清潔的部位。我花了很長時間，因為血很多，不過他和那隻狗一樣，復原力很強，他並沒有一直在出血，他的傷口已漸漸收乾了。

我擦完肥仔後，他醒了。我以為他會飆一堆髒話之類的，結果他一個字也沒說。也許三寸丁為他訓練出一個不小心就會惹來手槍伺候的預期心理，所以最好是靜觀其變，然而他的目光像刀一樣尖銳，完全沒有感激我幫他清乾淨的意思。這時我想起，在我把那隻狗清理乾淨、給牠的傷口擦藥，並扶著牠的頭餵牠吃完東西後，發生了什麼事。那隻狗吃完東西有了力氣，就咬了我的手。我因為被咬而往後躲，那不久前才在鬼門關前走了一遭的狗，馬上跳起身衝出工具間敞開的門。不過那時候我仍覺得心滿意足，我是母親的好兒子，我清理和餵食受傷的狗，並帶著諒解忍受被牠咬，但有鑑於肥仔之所以在這裡、之所以這麼慘，全都是因為我，我現在並沒有辦法像當時那樣懷抱同樣高昂的自信。

我叫尤斯塔斯進來幫忙我解開他，把他搬下椅子。肥仔任我們擺布，就像強風中的鬚芒草一樣軟弱無力。我把溼布拿給他，叫他自己把屁縫擦一擦，再把布丟到房間角落，然後我叫他把褲子穿好。我撿起他吐在地上的三顆帶血的牙齒，用一條印花手帕包起來交給他。我也不知道幹嘛這樣，但我就是做了。肥仔接過去緊握在手裡，他根本搞不清楚那是什麼。我想在那當下，他連自己是誰都不知道。他把牙齒放進口袋。

最後，我和尤斯塔斯一人一邊把他拖了出去。姬米蘇、三寸丁和大豬跟在後頭。我們把他的滿身肥肉一步一步地弄到警長辦公室，有幾個人盯著我們看，但似乎沒人關心或介意，最後我們終於把他搬進大門。

這裡有兩間囚室，警長躺在其中一間的帆布床上。我們走進他辦公室並關上大門後，他被我們吵醒了，於是迅速坐起身看著我們。他身材高瘦，長了一張只可遠觀的臉。他一眼因花粉症而淚汪汪，軟垂的鼻子歪向一邊，嘴巴周圍有好幾道很深的疤。他缺了一隻耳朵，油膩的頭髮梳成旁分，蓋過光禿的頭頂。他的臉側和頭頂有某種粉紅色櫛狀疥癬，不過再仔細瞧，我發現那根本不是疥癬，而是有些地方凸起來的燒傷皮膚。

他打量我們——不只是肥仔、三寸丁、尤斯塔斯、姬米蘇和我，也包括大豬。

「尤斯塔斯，那還是原本那隻豬嗎？」他說，「還是你吃了那隻，又弄了隻新的？」

「同一隻。」尤斯塔斯說，「不過要是我餓急了，牠還是可能被吃掉。」

「顯然你的侏儒也沒換。」警長說。

「真好笑。」三寸丁說。

「不然我何必說呢。」警長說。這時他已經走出囚室，晃過來坐進辦公桌後的椅子。桌上有半瓶威士忌和一個油油的盤子，盤內有個比司吉。他後方的牆上有部電話。其實這是我生平第一次看到電話，不過我知道它是什麼，因為我在西爾斯百貨的型錄中看過照片。他又破又髒的帽子掛在椅子扶手的一端，他拿起來戴上，這讓他沒那麼難看了，因為他的臉被陰影遮住。

「那個傢伙被揍得很慘啊，我猜他不是你們的朋友。」

「噢，他和我的關係非常親密呢，」三寸丁說，「如果你把他按在牆上，再把我舉高，我願意給他臉頰一個熱吻。」

「哈。」警長說，然後他的目光落在姬米蘇身上。

「姬米蘇，」他說，「妳的貓還好嗎？」

「安穩地待在樹上的樹枝分岔處休息。」她說。

「我在想有空要過去看看牠，」他說，「我想摸摸牠。」

「問題是，溫頓，」姬米蘇說，「牠已經不像以前一樣可以隨便讓人摸了。」

剛開始我完全搞不懂他們在打什麼啞謎，不過慢慢地我終於會過意來。我感覺到自己臉變紅了。

「太可惜了。」警長說。

「我已經退休了。」姬米蘇說，「你得另外找一隻貓咪了。」

真是好極了，我心想。不光是我和爺爺，就連這位只剩一耳的警長，都造訪過我不久前流連的同一根樹枝分岔處。

警長對姬米蘇咧嘴笑了一下，用下巴指了指搖搖晃晃的肥仔。「他是怎麼回事？」

「這可以寫成一整本廉價小說。」尤斯塔斯說完，轉向我點頭示意。

我把所有事說給警長聽。差不多說完的時候，好幾個部位開始冒血的肥仔倒了下來，側躺在地。

「把他弄起來，放到那裡面的地上。」警長說，「我才不要搞得帆布床上都是血。而且他臭得要命。」

「是啊，」尤斯塔斯說，「這倒是真的。不過平心而論，有些臭味是大豬發出來的。」

我和尤斯塔斯把肥仔拖進囚室然後關上門。警長將鑰匙串丟給尤斯塔斯，他把肥仔鎖在裡頭，再將鑰匙串丟回給警長。

「我在鎮上看過他幾次，」警長說，「但你們憑什麼說他就是你們在找的暴徒？小子，你說你沒看到搶案對吧？」

「就是他沒錯。」我說，「而且即使他沒搶銀行，他也參與了綁架。我就在現場。我已經告訴你了。」

「你是這麼說的。」警長說。

「我看到搶案了，」尤斯塔斯說，「我看到他拚死命地騎馬出鎮，子彈像蜜蜂嗡嗡嗡地射向他，他也嗡嗡嗡地回射一些子彈。是他沒錯。」

「這樣啊，」警長說，「這樣啊。」

後門打開了，有個黑人一手提水桶、一手拿拖把走進。他瘦瘦高高，額頭上有白斑，從右眼上方開始一直延伸到髮線內。

警長看向他說：「阿斑，你得晚點再來。我這裡有民眾還有一個犯人。」

「你不要我拖囚室地板？」阿斑問。

「我沒這麼說，我是說這裡有別人在。」

「我看見啦，」阿斑說，「花不了一分鐘的。」說著說著他人已經進來了，原本他用屁股頂住的門也隨之關上。他瞥了一眼肥仔倒在地上的那間囚室。「我可以繞過他拖地。」他說。

「見鬼，」警長說，「這辦公室到底歸我管還是歸你管？」

「拖把歸我管。」

「該死，那你拖吧。」

警長辦公桌對面的牆邊有幾張椅子，三寸丁爬上其中一張坐著，短短的雙腿伸向前。我和姬米蘇並肩而坐。尤斯塔斯坐在警長辦公桌桌角，大豬趴在地上。阿斑開始打掃。我們的整個進度都中斷了，看著他一邊潑出水桶的水一邊拖地，在我看來是愈拖愈髒，但他還是一直拖個不停。他或許不太會做事，卻挺有毅力的。我們抬起腳，他拖了我們底下的地板。拖到大豬那裡時，那頭野獸抬起頭哼了一聲。阿斑繞著牠拖地，留了一大圈安全距離。然後他叫警長把腳蹺到桌上，拖桌子下面。阿斑說：「你們都別把腳放下來啊，等地板乾了再說。」

「阿斑，老天在上。」警長說。

「老天喜歡乾淨的空間，就跟下一個犯人一樣。」阿斑說。我們都舉著腳，阿斑則拿起桌上的鑰匙串，踩過他自己剛拖好的地板，製造出溼溼的鞋印。「你們不用擔心那個，」他說，「我拖完囚室會再清掉我的鞋印。」

他打開囚室門鎖，走進去。我們默不作聲地看他繞著肥仔拖地還有帆布床底下，然後他的拖把撞了一下汙水桶。我聽到裡頭有液體晃動的聲音；它很可能裝滿屎和尿。我擔心他會把它打翻，結果沒有。他只是把它推到旁邊，拖了拖它原本的位置，接著用拖把勾住它把它滑回原位。他邊拖邊出來，沿著鞋印倒退離開，溼答答的拖把絲被他甩來甩去，打到了肥仔的肩膀。他關上囚室門，上鎖，又開始拖地，倒退拖掉他的鞋印，直到他走到後門。接著他將鑰匙串丟到警長桌上，用屁股把門頂開。他走出去，門關上了。我們聽見他把水桶的水潑在地上。

「他認為他才是這鬼地方的老大。」警長說。

「你如果希望這星期之內，你的垃圾還有那桶我猜是你拉的屎都清掉的話，」門外傳來說話聲，「你最好對我客氣一點。」

「夭壽，黑鬼的耳朵靈得跟郊狼似的。」警長說。

「那還用說。」阿斑的聲音又回道。警長默默坐著，過了一會兒，他起身走到後門邊往外偷看。「他走了。」他說。他看著尤斯塔斯。「我剛才提到黑鬼沒有惡意。」

「神經耶，我知道啦。」尤斯塔斯說，「我們一起經歷過多少次生死關頭，我怎麼會誤會。你不用解釋這個，你只要把我們的賞金給我們就好。」

警長變得狡猾。你簡直能看到狡猾像隻鳥落在他身上。他嘴巴一彎，露出牙齒，即使他長得如此抱歉，這笑容仍使他臉色一亮，流露一股親切感。那種讓人想伸手護住錢包的親切感。

「你們也知道我們得先填文件、寄出去，然後等待。」警長說。

「文件愈快填好，」三寸丁說，「該寄的東西就能愈快上路，我們才能等著拿到合理報酬。不過我們得暫時離開，回程再順便來拿。」

警長用下巴指了指囚室裡的肥仔。「他怎麼會傷成這樣？」

「我們把他牢牢綁在椅子上，然後拿手槍揍他時，他激烈反抗。」三寸丁說。

「也有用霰彈槍槍托打他。」尤斯塔斯說。

警長聽了大笑。

「我們叫他不要亂動，」尤斯塔斯說，「但他一直從椅子上摔下去。而他又跟椅子綁在一起。」

「嗯哼。」警長說，「我之前在這裡見過他，但我沒收到他的通緝令。」

「他才剛搶完銀行，」尤斯塔斯說，「要一點時間才會有公告出來。不過就算查出他身上已經背著某種通緝令，我也完全不意外。我們現在想要先填好那些賞金文件，然後就能開心地繼續上路。等我們回來時，或許你已經準備好一些錢等我們了。」

「你們要去找紅毛說的其他那些人？」警長問。

「我叫傑克。」我說。

「我沒說錯啊，紅毛。」

於是我放棄爭辯。

「我們是這麼打算沒錯。」三寸丁說，「找到他們，把他們帶回來——不論是死是活。然後拿他們提出申請，領取賞金。其實滿單純的。」

「如果你們全都被殺了，一個都沒回來，」警長說，「結果我已經把文件送出去，這下那筆錢要給誰才對？也許我該等你們把其他人帶回來，我們再來填表格。」

「我們會回來的。」三寸丁說，「就算沒回來，我們也可以指定某人為法定受益人。」

「會是我們認識的人嗎？」警長說。

「大可以是在場的某個人。」三寸丁說。

警長靠向椅背，望著天花板上一大塊深色水漬，思考半晌。水漬處的天花板下凹，要不了多久，一場大雨就會把它沖垮了。它就在辦公桌正上方，簡直像傳說中的達摩克利斯之劍，總有一天會落在你頭上。嗯，警長望著水漬呆坐了好一會兒工夫，不久之後，除了打起瞌睡的大豬之外，我們全都跟著看向水漬，彷彿等著它化身為耶穌。

最後警長終於起身走向電話。他從勾子上取下一個小型錐狀物，握住機體旁邊凸出的一根曲柄，然後不停地轉。每次曲柄轉到高點時他都要踮腳尖，轉下來時再放平腳跟。最後他總算轉夠了，開始對電話裡的人大叫，好像人家站在對街，而他站在辦公室門口似的。

過了一會兒換他聽，然後他說：「嗯哼。嗯哼。他媽的不會吧。我們……我聽了真像被火燒一樣激動啊，事實上我還真被燒過呢。」他被自己的笑話逗笑，又說了幾次嗯哼，就掛斷了。他回到辦公桌。「我剛才是打去席爾維斯特的醫生診所，那是我唯一知道有電話的地方。他說有銀行被搶了。」

「噢，還真意外啊？」尤斯塔斯說，「我們不是已經告訴你了。」

「我問到一些搶匪的特徵，那個傢伙確實符合其中一人的描述，只不過鎮民沒提到那些瘀血和傷口。」

警長笑嘻嘻地說出這些話。

「所以我們到底能不能領到賞金？」三寸丁問。

警長在他桌子抽屜裡摸索，找出一些文件。三寸丁滑下椅子，搖搖擺擺地走到桌邊，開始用警長從抽屜拿出來放在桌上的羽毛筆填表格，在小墨水瓶裡蘸墨水。

「現在有種叫鋼筆的東西，」三寸丁說，「你應該弄一枝來用。」

「不必了，」警長說，「我用這個就好，我不喜歡改變。那部電話還有它能聯絡到的附近兩三個地方就已經嫌多了。再說了，我在想啊，你們幾個還有這位貓咪在樹上的年輕小姐，反正馬上就要出發去找其他人了，而既然我在考慮跟你們一起去，我也不必填什麼文件了。」

當三寸丁的大腦反應過來警長到底說了什麼後，馬上停止寫字。「等一下，你已經不是賞金獵人了，溫頓。你去幹嘛？」

「我是個天殺的警長啊，」他說，「你們或許會需要我這樣身分的人同行。」

「如果你跟我們去，」三寸丁說，「你那位囚犯不會餓死嗎？」

「哈，」警長說，「我有找個副警長，他現在出去幫我和他買午餐了。對了，食物不夠分你們喔，我們只準備了我們自己的量。」

「沒人要跟你們搶。」尤斯塔斯說。

「那就好。」警長說。

「聽著，溫頓。」三寸丁說，「你沒有權力管我們要去哪。」

「噢，我想那其實不重要，不是嗎？」警長說。

「法律好像就是這麼運作的，」三寸丁說，「你最好偶爾研究研究，畢竟你的工作以它為基礎。」

「它會妨礙我逮捕壞人啊，」警長說，「我喜歡靠自己判斷，別讓法律來攪局。」

「我們才享有這種自由，你可沒有。」三寸丁說，「你有守法的義務。我們不用。」

「只要我想，我也可以享受這種自由。」警長說，「我在想我可以跟你們一起去，然後把賞金分成五份。我說五份是因為我猜大豬並沒有要算一份。分四份已經很虧了，再多一個又何妨？這樣誰也賺不了多少，不過大家都有得賺。」

「這女孩一個子兒也拿不到。」三寸丁說，「她只是來當花瓶的，偶爾也給那小子騎一下。」

「喂。」姬米蘇說。

「你沒必要這樣跟她說話。」我說。

「或許吧，」三寸丁說，「但老子現在就是這樣講話，不是嗎？」

我為姬米蘇抱不平，忍不住站起來。姬米蘇用拇指和食指抓住我褲腿用力拉，但我沒理她。我說：「先生，我受夠你了。你先是對我無禮，侮辱我的信仰，現在又侮辱對我很好的姬米蘇。」

「因為她收了你五十分錢。」三寸丁說。

「給我住口。」我說。

「我想聲明，」尤斯塔斯說，「那五十分錢是我的。」

「聽著，小子，」三寸丁說，「如果你覺得現在你可以對侏儒我大小聲，我跟你保證我會像花栗鼠一樣爬上你身體，像一噸厚重的磚塊砸在你頭上，把你一路送進地獄最底層。不過如果你感覺身體裡有頭熊想要打架的話，就放馬過來吧。」

我的拳頭不斷握緊又鬆開。

姬米蘇表現得好像三寸丁先是侮辱了另一個女人，然後他又因為我為那女人出頭而侮辱我，事不關己般地問：「什麼是花栗鼠啊？」

尤斯塔斯對我說：「表弟，我想我們應該好好相處，所以你最好趕快坐下來，否則三寸丁要從你屁眼鑽一條隧道再從你耳朵爬出來了。」

我並不樂意接受，但說實話，他們是我僅有的選擇。況且我看著三寸丁，發現他確實已做好爬上我的準備。先前我目睹過他對那個鬥雞者做那種事，一點也不想嚐嚐同樣的滋味。不過我還是覺得在姬米蘇面前就這麼摸摸鼻子坐下來，可能有損我在她眼中的形象。我正打算在口頭上討點便宜，姬米蘇又扯了一下我的褲子說：「你應該想找到你妹妹吧？」

我看著她點點頭，坐下了。

她湊在我耳邊小聲說：「花栗鼠是什麼？」

「好像是類似松鼠的動物吧，在西部比較多的樣子。妳真覺得這很重要嗎？」

「我喜歡學新東西。」她說。

「那好吧，」警長說，「現在已經確定這女孩不能分一杯羹了，男孩也坐下了，你們可以讓我入夥了吧？」

「我恨你們這些狗娘養的。」肥仔的聲音傳來。

我們望向他。他已經爬起身，正坐在帆布床上。

「你給我安靜點，」警長說，「不然我拿肥皂給你洗嘴巴。」

「我聽到你們說有人搶銀行的事，」肥仔說，「但那不是我。」

「就是你。」尤斯塔斯說。

肥仔沒有爭辯，只是垂頭喪氣地坐在帆布床上。

約在這時，前門開了，有位把潔白帽子高高戴在頭上的男人走進。他的腰邊低低地掛著一把槍，用細繩綁在腿上。槍套稍微往前傾，槍柄太大了，應該很難握。男人的臉看起來剛刷洗過而微微泛紅，有好幾道刮鬍刀留下的傷口。他用小塊牛皮紙黏在傷口上吸血。他眼睛很大，濃密的淺金色頭髮從帽子底下冒出來。他有點嬰兒肥，靴子裡的腳好像滿小的，走起路來似乎會在鞋子裡滑動。

他看見牢籠內坐在帆布床上的肥仔，便關上前門走過去。「哎呀，看看他，」他說，「他看起來像被拖著經過一叢仙人掌耶。」

「去操你自己吧。」肥仔說。

「那裡頭的人是誰呀？」年輕人問。

「那人是銀行搶匪、綁架犯，大概也是強暴犯。」警長說。接著他又對我們說：「各位，這是我的副警長哈勒斯。」

哈勒斯轉過身看看我們，說：「你們那裡有頭大公豬躺在地上耶。」

「你注意到啦？」警長說，「離牠遠點，別被牠的睡相騙到了，牠可以瞬間咬到你的蛋蛋。」

「我並沒有要摸牠。」哈勒斯說。

「你敢摸牠，等你退後時可能只剩陰蒂了。」尤斯塔斯說。

哈勒斯副警長的注意力已經回到肥仔身上。「你在柵欄後頭，不是嗎？」

「這位老兄腦袋可真靈光啊？」肥仔說。

「什麼事都逃不過他的法眼，」警長說，「就算是一隻蒼蠅他都會注意到。」

「你還真肥啊。」哈勒斯副警長說。

「講得好像你是根竹竿似的。」肥仔說。

「我是骨架大，」哈勒斯副警長說，「我整個家族都骨架大。」

「就我看來，」肥仔說，「你跟你他媽的整個家族，包括你那被獵狗操的奶奶，都像我一樣肥滋滋。」

「把鑰匙給我，」哈勒斯副警長說，「我要揍他。」

「算了啦。」警長說。

「你有欣賞過你家的老獵犬騎你奶奶嗎？」肥仔說，「有沒有看過？」

「我要找個東西來打你。」哈勒斯副警長說。他迅速拔出手槍，但沒有警長快；警長抄起盤中的比司吉丟出去，擊中哈勒斯副警長的右臉頰。

比司吉打中時，聽起來像屠宰季時爸爸用榔頭敲牛頭骨的聲音。哈勒斯副警長一個踉蹌，望著警長。「該死，溫頓，很痛耶。你搞不好會把我打傷。」

「用天殺的比司吉把你打傷？」警長說。

「店家本來就做得夠硬了，」哈勒斯副警長邊說邊把槍放回槍套裡，「擺一陣子後更像是石頭。」

「你死不了啦。」警長說，「你要在這裡管一陣子事，因為我要離開，你不准用手槍揍犯人或傷害他，除非我說可以。他已經被打得很慘了。」

「噢，該死。」三寸丁說，「大局已定，溫頓絕對會跟我們去了。」

「沒錯，」警長說，「只是確保一切都按照正確方式進行。」

「噢，」三寸丁說，「真讓人鬆口氣。」

哈勒斯副警長的目光終於移到三寸丁身上，當他正眼瞧他，他嘴巴微張。「我還以為你是個小孩坐在那裡耶。」

「那個，」警長說，「就是所謂貨真價實天殺的侏儒，哈勒斯，你這他媽的蠢材。我怎麼會讓一個小孩坐在那張椅子上？這裡又不是理髮店。見鬼了，小子。搞不好肥仔剛才說到獵狗的事也沒說錯，只不過對象不是你奶奶，是你老媽，你就是愛的結晶。」

尤斯塔斯說：「溫頓，這樣好了，為了確定一下，你乾脆丟根樹枝出去，看他會不會撿回來？」

9

溫頓說他要去，三寸丁其實並沒有一口答應，但我開始察覺有些隱憂存在。三寸丁的想法有所動搖，我想是因為警長表示我們請領賞金的文件可能被亂放，或是有人會搶走逮到肥仔的功勞，例如警長本人，雖然我覺得凡是認識他的人應該都不會相信，因為在我看來，他可以算是懶鬼的代名詞。

我要在這裡先補充一句：之後事實將證明，就這件事上我是錯得離譜，不過當時他看起來實在沒什麼可取之處，就只是好像臉上著過火，然後被人用磨鈍的小斧頭把火撲滅的傢伙。

最後三寸丁投降了。如我所說，我想是因為他覺得若沒有警長的公權力協助，他或許將落得一場空，不過我也看得出他們其實是很好的朋友，互相給予信任，至少是盡可能互拋的程度啦。順帶一提，我猜警長應該能把三寸丁拋得滿遠的。還有尤斯塔斯，就算他乖乖配合，而且有人幫忙，他也不是輕易就能拋得動的。他跟那個燒焦的警長也是好朋友。

不久之後，他們已在討論我們的目標有多少人，然後溫頓警長提供情報說，有待逮捕換賞金的壞人可能比我們在找的還要多。他說那整座樹林都是那些人，跟壁蝨幼蟲一樣密密麻麻，做盡各種壞事，如果我們找上他們時直接一槍斃了他們，我們就能有一窩製造大筆鈔票的死人了。他覺得我們大概需要兩三匹馱馬把他們運出來。

我說：「警長，有個死掉的男孩躺在土溝裡，可能已經被大豬吃掉一部分了，他需要入土為安。」

「噢，對了，」三寸丁說，「打從我們發現那具男孩屍體後，這小夥子就一直維持著某種程度的焦慮，他的腦筋就是轉不過來，想不通那男孩晾再久也不會死得更徹底了。」

先前我在講來龍去脈時，略過了死去男孩的部分，不過現在三寸丁已補充說明。他講完之後，警長說：「嗯，這確實是個問題，不過我應該可以派個人出去，看能不能找到他之後裝箱埋起來，但要有心理準備也許等查明他是誰家的孩子後，又要把他挖出來重埋一遍。」

「如果需要挖他出來，」尤斯塔斯說，「我有在收費做這項工作。不過我現在沒空去埋他。」

「我們會找到人的。」警長說。

「這樣處理您還滿意嗎？」三寸丁問我。

「等我確定真的會這樣做，」我說，「我會感動到雞皮疙瘩掉滿地。」

文件都填好後，他們煮了咖啡，不管我多努力催他們趕快動起來，都是白費力氣。我說：

「我們該上路了吧，已經浪費很多時間了。我妹妹還跟他們在一起，也許狀況很不好。」

「既然他們已經拿走了盒子裡的櫻桃，」警長說，「那她現在的狀況好壞，就跟之後沒什麼兩樣了。」

「這話到底是什麼意思啊？」我說。

「既然他們已經侵犯過她了，」警長說，「他們想找的樂子已經找過了，要是他們不想留著她，我們就會發現她的屍體，就像你說大豬翻弄的那個男孩一樣。不過要是他們還挺喜歡她的，而她也沒戳瞎誰一隻眼睛，他們大概會留著她。那表示她還活著，還在他們身邊。」

「他們也可能改變心意啊，」我說，「他們可能現在或明天突然決定殺了她，所以我們應該走了。」

「既然你們掌握到他們的去向，我們明天找到她的機率也不會比今天低。」

「她要負責洗衣服。」肥仔說。

他站了起來，隔著柵欄往外看。

「洗衣服？」我說。

「一開始我們有個老女人負責這工作，」他說，「她是某人的老媽，洗完一批衣服我們就把她傳給別人用，但有天夜裡被她給跑掉了，所以我們又找了個混血印第安妹子，但她想用屠刀刺割喉，所以他拿一根木柴打凹了她的腦袋。這下子髒衣服可就堆積如山了。他討厭洗衣服，覺得應該由女人來洗。孩子，你最好期望你妹妹會洗衣服，因為要是她不會，等他們帶她到大密林之後，一滴眼淚都還來不及乾，她就已經撐不下去了。」

「不用理他，」尤斯塔斯說，「他要真這麼聰明、什麼都知道，就不會被侏儒拿手槍痛扁一頓之後，關在那座見鬼的囚室裡了。你仔細想想就知道了。」

警長跟哈勒斯商量，說好要派人去找男孩的屍體，然後他說他要快速準備一些東西，好了之後我們就出發。不久後尤斯塔斯從他的鞍袋取出那兩隻死雞餵給大豬，牠三兩下就把牠們吞下肚，彷彿沒牙的人在吃泡溼的比司吉。

「我不想浪費這兩隻雞，而且我想牠跟我們一樣餓了。」尤斯塔斯說，「我本來想今晚煎給大家吃的，不過天氣這麼熱，這肉可能已經不太好了。我有個舅舅吃過一塊有點餿掉的雞肉，他說後來他發高燒，而且連續一星期都感覺像要努力把一個鐵砧給拉出來。不過換作是豬嘛，只要淋上夠多肉汁，就算是鐵砧牠們也吃得下去。雞肉嘛，就連肉汁都不用加了。」

我們看著大豬邊吃邊把羽毛咳出來，三寸丁他們則去準備要帶的東西——除了姬米蘇之外，她也跟我們站在一起看吃雞秀。

「牠喜歡連羽毛一起吃？」她問。

「牠喜歡全身沾滿焦油、屁眼裡還插了根棍子的雞。」尤斯塔斯說，「牠對食物毫不挑剔，不過牠不怎麼喜歡新鮮乾草的味道，我實在搞不懂為什麼。牠聞到那種味道就會躲開。我猜那會害牠鼻塞吧。」

大豬吃完後一陣咳嗽，接著便啐出一些雞骨、羽毛，以及某個和我們看過牠吃下的東西都不像的玩意兒。這個吐菜渣的動作似乎就是我們等待的信號，大夥兒隨即爬上馬背出發。副警長說他也想跟，但三寸丁揚言要宰了他，哈勒斯似乎相信了。至少我是信了。

我們打算抄近路到肥仔說他的同伴所在的地方，我不停懷疑他究竟說了實話，抑或我們終究是白費力氣。三寸丁有信心他和他的手槍還有尤斯塔斯的霰彈槍槍托能幫助肥仔正確指路，但我還是沒什麼把握。

我們一直走到天黑，那時我們已經沿著穿過樹林的小徑走了很遠，照理說它是條捷徑才對，當初溫頓警長說他認得路，還聲稱他對肥仔所指的地點有個八九不離十的概念時，我的士氣曾提升了一些。他說那個地方聚集了許多惡人和市井小民，好像警長自己算是上流階層似的。我刻意避免騎在他後方，因為如果騎在他後面，又剛好有風往後吹，就會有一股我猜是累積了好幾個月的體味迎面襲來，再加上令人作嘔的油頭味，配上帶點洋蔥味的口臭，更別提他帶在身後的那匹馱馬，牠大概是我遇過最臭的動物了，不停地放屁和拉屎。跟他們兩個相比，大豬的臭味甚至可以用清新來形容。

我望向姬米蘇，她正在給自己搧風。我忍不住好奇她怎麼能接受他這個恩客。之後我們停下來讓馬喘口氣時，我趁機問了她這問題，而她說她會在他身上噴很多「味道美美的東西」，我猜應該是某種香水吧。

在這個時間點，我們直接騎馬經過他旁邊，到尤斯塔斯和三寸丁附近找到空位，讓自己處於臭味的上風處，然而我的精神並未因此而提振多少。等夜色透過樹木落下，我已陷入露拉被擄走、爺爺被殺害以來的最低潮。事實上，我覺得自己心情低落到可以爬進花生殼裡面躲起來。

我們三不五時會停下來，在樹叢裡小便——或是如我先前所說，讓馬休息一下，不過多半都是一直趕路，即使在入夜之後我們還走了一會兒，因為小徑很暢通，又有些月光，星星也亮得跟蠟燭一樣，但我們終於停下來，弄出個陽春的營地。即使是晚上，天氣仍然熱得要命，但我們用繩子把馬匹拴住，生了火加熱一些帶有象鼻蟲的豆子。雖然食物很噁心，不過被熱食填飽肚子以後，我的心情暫時好轉了。我們圍著火堆坐，我不斷把我砍的一小塊木柴推向火焰，藉此自娛。每次我推這塊木柴，火焰就會劈啪響，也會濺出幾粒火花，但不足以讓這塊木柴燃燒。這裡有很多螢火蟲，牠們亮著尾巴在我們周圍飛繞。我一度望向三寸丁，他的帽子邊有一圈螢火蟲形成的光環。我看到牠們的同時，牠們就彷彿感到難為情似地瞬間飛開了。

我們坐著時，天氣變涼了一點，也颳起風來了。這風的氣味混合了水、松針和森林中的泥土，並不難聞，令我想起我和露拉小時候，我們會一起挖土找用來釣魚的蚯蚓。我閉上眼睛就能喚起畫面，我倆在屋後靠近樹林的地方，拿著平鏟或園藝鏟在地上挖來挖去。她肯定很喜歡坐在這個營火前，思考她那些關於樹林以及樹林裡有什麼的奇思異想。對她而言，一切都很神祕。

我脫掉靴子，鋪開毛毯，鑽到另一條毛毯下，枕著我的馬鞍。姬米蘇當著所有人的面把連身裙從頭上脫下，踢掉鞋子，然後鑽到我的毛毯內。那些男人毫不猶豫地轉頭看她，我甚至聽得出他們呼吸聲變重。姬米蘇想跟我相好，但我不肯，畢竟眾目睽睽。最後她說「隨你便」，就用屁股對著我，睡她的覺去了。過了五分鐘左右，大豬也過來靠在我的另一邊，把我夾成一個三明治。

尤斯塔斯說：「我跟大豬本來是好麻吉的，直到你出現。」

「是喔。」我說。

「對啊，不過你知道嗎，」尤斯塔斯說，「我一點都不懷念牠的臭味。」

「大豬是很臭沒錯。」姬米蘇說完就不吭聲了。過沒多久，我聽到她發出睡著的均勻呼吸聲。尤斯塔斯帶著他的霰彈槍輪第一班哨，待在地勢較高的樹木之間，位置靠近我們拴馬的地方，能俯瞰我們來時走的那條小徑。

最後我迷迷糊糊地睡著了，還做起夢來。那個夢屬於做的時候感覺合情合理，可是事後要說明，又好像愚蠢到不值得一提。一覺醒來，天還是黑的，我翻個身朝外望去，看到三寸丁醒著，坐在火邊往前傾，正在看書。火焰嗶剝搖曳，把三寸丁的影子投射在樹木上，比他本人要龐大得多。

我看了一會兒，然後又被倦意席捲，再醒來時是被姬米蘇用鞋子戳我的肋骨戳醒的。

「他們已經走了。」她說。

「什麼？」我坐起身說道。姬米蘇已經穿好衣服了。她穿著寬鬆的長褲和男人的舊藍色上衣，腳上仍是原本的鞋子。

「妳這身衣服哪來的？」

「溫頓給我的。他特地為我裝在他的鞍袋裡，想說我穿這個比較舒服。確實是。他說這褲子是一個中槍後被埋葬的傢伙的，不過不是他下葬時穿在身上的那一條。這衣服沒有溫頓那麼臭，還滿乾淨的。」

「還滿合理的。」我說。

「你說它不臭的部分？」

「不是——我是說褲子原本的主人下葬時沒穿著它。因為它穿在妳身上啊。」

「對啊。溫頓說那個死掉的傢伙啊，他父母給他穿了一身漂亮的新西裝，買來時附了兩條褲子，這條是多的。不知道為什麼，在葬禮結束後它就落到了溫頓手裡。雖然這些細節都很有趣沒錯，傑克，但我以為你應該更關心包括大豬在內，大家都丟下我們先走的這件事。」

「去他們的。」我說。

「他們不是永遠拋下我們啦，」姬米蘇說，「只是先出發。我知道他們怎麼走。尤斯塔斯說他覺得你需要好好休息，因為你從前天開始就沒真正睡覺之類的。」

「他這麼說是吧？」

「你的意思是你不累嗎？」

「我覺得還好啊。」我說。

「所以你昨晚才不想騎我？」

「我沒帶馬刺。」

「真好笑呢，傑克，太有幽默感了。那些男人早就看過我有什麼了，或是長著類似東西的女人。他們早就見怪不怪了好嗎。」

「話是沒錯，但我並不想讓他們看我有什麼。」

「我們不是要找樂子嗎？」她說。

「我們可不是出來玩的。」我說。

「我們得去某個地方，要花些時間才能完成，何不盡量苦中作樂？我是說，我可以努力講些有趣的故事，但你也發現我並不像我以為的那麼會說笑，可是我知道我很擅長做另一檔事，所以那似乎是對的選擇，你不覺得嗎？」

她說話時，我將靴子倒過來抖一抖，以防有蠍子爬到裡頭。然後我穿上靴子、捲好鋪蓋，再把馬鞍裝到馬背上。姬米蘇已經裝好她的馬鞍了。她說：「如果你不願意扛起你男人家的責任，就甭想在床上吃早餐或是在床上吃我。」

「我現在有責任了？」

「我們難道不有點算是在交往嗎？」

「有點算是吧，嗯。」

「那你就拿出交往的樣子啊。」

我著實無言以對。她就像是某種瓶裝氣泡飲料，被搖晃之後拔掉瓶塞，在飲料全部噴光之前她的嘴巴是不會停的。

我們騎上馬背，姬米蘇從她的鞍袋裡拿出兩個比司吉，分了一個給我。她說：「你需要先稍微吸舔一下再咬下去，不然可能會把牙齒崩掉。這是鎮上咖啡店的老闆娘做的。」

「就是警長用來丟哈勒斯的那種比司吉？」

「沒錯。」她說，「搞不好就是同一批。這是今天早上溫頓給我的。」

然後我們便一邊吸吮比司吉一邊出發了，我們沿著小徑往姬米蘇說的方向前進。我頂多只能把我的比司吉刮下一點碎片，而且那碎片像刨下來的金屬片一樣在我嘴裡含了很久，才勉強變得黏稠到可以吞下肚。

10

一大早就熱得像裹著大衣的狂犬病狗。馬鞍卡得我很不舒服，讓我恨不得拿個東西把小弟弟束起來，以免它不斷摩擦。大約中午時我們停下來讓馬休息，又拿了個比司吉出來吃，這要耗去一小時的工夫，而且讓人感覺吃下了比實際上更多的分量，因為它在你胃裡的感覺就像石頭一樣沉甸甸。

我們餵馬吃了飼秣，也覺得牠們休息夠了，就牽牠們到一條小溪旁喝水，但沒讓牠們喝太多，以免牠們肚子裡的飼秣泡得太脹。之後我們牽著牠們爬上一道山坡時，就聽到一連串咒罵聲，其中上帝的名號頻頻遭到褻瀆。走到馬路後，我們看到有個黑人坐在一頭大騾子背上，從我們出發的方向騎過來。速度很快，因此理所當然地被騾子給顛得夠嗆，而這正是他髒話連連的原因。我一眼就認出他，因為他額頭上有一塊白白的。是囚室裡那個搞得滿地水的傢伙——阿斑。

他看到我們時，抬起一手打招呼。等離得夠近，他便勒住騾子滑下來。騾背上沒有馬鞍，他就這麼直接騎。他說：「我是來找警長的。」

「他們丟下我們先走了。」姬米蘇說，「你幹嘛這麼急？」

「哈勒斯出事了。」他說。

「有人拿比司吉給他來了更重的一下嗎？」姬米蘇說。

「這次他是肚子中槍，」阿斑說，「而且比起被比司吉打要傷得嚴重多了。」

「那可不。」姬米蘇說。

「是那個該死的妓女幹的。」阿斑說，「無意冒犯，女士。」

「我有點被冒犯到，」姬米蘇說，「不過你就說下去吧。」

「我去囚室清空汙水桶，你知道吧，所以我得把囚室門打開，哈勒斯帶著槍和鑰匙過去開門。我進去拿桶子。我才剛走出囚室，那個妓女，就是他們喊作凱蒂的，就笑咪咪地走進來，說：『我來看我表哥。』

「這個嘛，哈勒斯就說了：『妳怎麼不來看我呢？我都沒有表妹可以聊天。』我不確定他到底是不是這麼說的，但我想八九不離十吧，因為我並沒有仔細聽。我把汙水桶放在門邊，跑去做一些別的雜務，差不多在那時候，凱蒂從她的皮包拿出一把小手槍，說了類似：『不用費事鎖門了，直接讓他出來吧，不然我在你肚子上開個洞。』

「我那時看著後門，想說也許可以趕快從那裡跑掉，但她對著我揮一揮槍管，說：『黑鬼，過去。』我知道她說的是我，所以我過去站在她指的位置，就是囚室附近的牆邊。哈勒斯已經把囚室門關好了，他說他絕對不會再打開，所以她就開槍射他。他肚子吃了一發子彈，坐下來靠著囚室欄杆，尿了一褲子。他倒是沒死，不過絕對很不開心。他在呻吟，看起來有點慘。這時凱蒂拿槍指著我說：『黑鬼，你也要來一下嗎？』她的意思是——」

「我們懂啦。」姬米蘇說。

「——所以我就說『不用了謝謝』，她就說『你現在給我撿起鑰匙放他出來』。就算地上是金幣，我撿的速度也不會比撿那串鑰匙更快了。我打開囚室門放他出來。他笑容滿面地走出來，對我說：『去把汙水桶拿來。』我乖乖照辦。我拿給他之後，他整桶倒在哈勒斯頭上，又硬把桶子套在他頭頂。哈勒斯慘叫著想躲開，但根本躲不掉。

「那個桶子口很寬，因為警長喜歡讓屁股舒服地坐在上頭，所以不久後它就被硬套上哈勒斯的頭，不過過程中有點裂開。現場簡直是亂七八糟。等他弄完，哈勒斯已經流了很多血，他的火也熄滅了；可以說另一頭的他只剩灰燼了吧。我不曉得他究竟是被那玩意兒淹死的，還是死於肚子的槍傷，但總之長遠來看，哪個也都差不多。就在那時候我心想，要是我不趕快逃命，下一個死的就是我了，所以我像兔子一樣拔腿就跑，我重重地撞開後門，它都從鉸鏈脫落了，所以我連人帶門一起衝到屋後。有顆子彈掠過我，好像它跟人約好在鎮上見面但遲到了，經過時還給了我耳朵熱辣辣的一吻。我爬上後頭那裡的小山坡，那裡有人從家裡往外偷看之類的，但沒人朝監獄方向走。接下來我就瞧見那胖男人和那個女的騎在馬背上。不消說那兩匹馬是她帶來的，早就裝好馬鞍，隨時可以一騎就走，他們騎著馬快速衝過街道。我看到那個肥仔手裡有把步槍，是他從警長辦公室拿的，之後他們就不見了。」

「你怎麼會趕在他們前面先到？」姬米蘇問。

「他們沒往這方向來。」阿斑說。

「那表示肥仔騙了三寸丁。」我說。

「這我不清楚。」阿斑說，「我不知道他們要去哪，也不知道警長要去哪，但我知道你們大家往哪裡走。要跟著你們並不難。我猜如果肥仔知道警長要去哪，他可能會抄近路吧。我就會啊，我可不想跟溫頓警長、三寸丁還有尤斯塔斯來場公平的正面對決。再說還有大豬什麼的。要我是肥仔和那個妓女啊，我會搶先趕到他們前面，等著偷襲他們。」

「或者他不是去我們以為的方向，」我說，「搞不好他從頭到尾都向三寸丁撒謊。」

「三寸丁拿手槍揍他時他應該講了實話，」姬米蘇說，「但他沒提有一條更近的路可以到那裡。那是他的祕密王牌。」

阿斑點點頭。「我也覺得是這樣。我來警告警長，順便告訴他哈勒斯的事，因為他大部分時候對我都滿好的，而且我覺得這事可以讓我賺一筆小費。你們不覺得這應該值一筆小費嗎？」

「這種事我不清楚。」我說。

「我覺得你該得。」姬米蘇說，「我在鎮上那棟房子工作時，如果我幫客人擦靴子，會表現得像只是出於好心，實際上是我希望賺點外快。我得說，我不是每次都拿得到錢，做白工的時候很讓人失望，因為我算是抱著滿大的希望之類的。所以如果你什麼都沒拿到，我很能體會你的心情。」

「我完全沒想過耶，我是說有可能什麼都拿不到。」阿斑說。

「這個嘛，我現在就能告訴你，我可是擦過很多雙靴子，卻只換來髒兮兮的手指。所以你得做好心理準備。」

「慈愛的上帝啊，姬米蘇，別再糾結這件事了。」我說。「哈勒斯呢？他後來怎麼樣了？他該不會還滿身是屎地陳屍在監獄裡吧？」

「我跟離監獄最近的酒吧裡的人說了監獄發生什麼事，所以我猜他們已經把他拖出去擦乾淨，正準備把他埋了吧。」阿斑說，「我有點希望他們也把那屋子清一清，因為我並不期待這工作，尤其是如果我要過好幾天才會回去的話。」

「你為什麼要那麼久才回去？」我說，「我們可以轉達訊息啊。」

「我要親自運送。」他說。

「哪有什麼東西要運送。」我說。

「不就是我嘴巴裡的話？我就是想這樣做。」他說，然後轉頭對著旁邊，眼睛斜睨我。

「再說了，我在鎮上的日子並沒有你想像中那麼好過。」

「那我們得追上警長了，」我說，「立刻就得追上他。」

11

我們很快就追上他們，因為他們也停下來吃東西，我們騎馬趕過去時，他們正準備再次上路。大豬沒跟他們在一起，但我猜牠就在附近。

我們翻身下馬，阿斑把他跟我們說的事告訴他們。

「那個要命的哈勒斯，」溫頓警長說，「我就知道他遲早會翹辮子，看他的樣子就知道了，就好像世上沒有人比他更可能吃子彈或是被痛扁一頓。如果你把那龜孫子的大腦拿出來放在空的墨水瓶裡搖一搖，聽起來會像貨車車廂裡有顆子彈在滾來滾去。我讓他替我工作的唯一理由是他要求的薪水不高，而且頭腦簡單到不懂他可能會中槍，所以我想我得承擔部分責任吧，他明明沒腦袋做這工作，我還錄用他，這就是後果。」

「他是很笨沒錯。」阿斑說，「不過我剛才告訴你的，確實是你需要知道的消息，對吧？」

「應該吧。」溫頓說，我看得出他仍在理清這一堆訊息並努力消化。

「要是你沒收到這消息，」阿斑說，「你就不會知道那個胖混蛋和他的表妹要走捷徑，也許會在哪個地方攔截和突襲你們，或者一路直奔大密林去警告其他人。」

「你對我的事知道得還真清楚喔？」溫頓說。

「是這男孩和妓女告訴我的。」阿斑說。

「只有一部分。」我說。

「我在監獄後門也偷聽到一些情報。」阿斑說，「大部分都是靠這方法知道的。我聽到這些傢伙跟你說那個胖男人怎樣，在我看來一切都說得通。我覺得通知你這件事真的很重要，你不覺得嗎？我是說，關於我知道的肥仔逃走的事情。」

「是啊，」溫頓說，「是很重要，不過現在你已經告訴我了。」

溫頓站在原地看著阿斑，而阿斑望著他的表情，則有如認為別人可能往地上丟一塊東西給牠吃的狗。

「他想要小費啦。」姬米蘇說。

「小費？」警長說。

「這算是一種禮貌吧。」阿斑說。

「我給你的小費[15]，」警長說，「就是下次你要報什麼消息給我的話，最好先記得你是連個屁都拿不到的。還有以後不准在我的後門外偷聽了。」

「你要這麼想的話，以後也別想收到什麼新消息了，不是嗎？」阿斑說。

「大概吧。」溫頓警長說。

阿斑的表情彷彿他的老媽剛才跟他說，他比他們養在室外的看門狗還醜。

「你怎麼可以這樣對他，」姬米蘇說，「給他點東西吧。」

「我沒東西可給他。」

「你可以先答應給他個什麼，而且是認真的。」她說。

溫頓打量起阿斑，彷彿在尋找弱點。「阿斑，不如我給你幾個比司吉，讓你回程路上吃怎麼樣？」

「你在整我開心是吧？」阿斑說。

「沒有啊，比司吉就在這裡。」

「我才不要什麼該死的比司吉，那些比司吉誰吃得下去，除非你想敲掉一顆蛀牙。我要的是更實在的東西。」

「還有什麼東西比這種比司吉更『實在』？」溫頓說。

阿斑冷瞪警長。「來點錢挺不錯的。」

「是不錯，」警長說，「要是我有半毛錢的話是不錯。你難道不是那種主張發自善心做事，只因為那是好事就夠了，不需要其他原因的人嗎？」

「不是，」阿斑說，「我不是那種人。」

15 小費（tip）在英文中另有「提示」的意思。

我瞥向尤斯塔斯和三寸丁，他們都豎著耳朵聽。

「該死。」警長說，「我沒必要給你任何東西，但我跟你說吧，要是這趟我沒死，而我們有賺到錢，領到賞金什麼的，我就給你小費。」

「多少？」

「我不知道耶。一塊錢？」

「五塊錢。」

「這是一大筆錢，阿斑。」溫頓說。

「所以我才想要。」阿斑說。

「你真煩人。那好吧，五塊錢。」

「一言為定？」阿斑問。

溫頓警長伸出手，他和阿斑握手約定。「一言為定。」溫頓說。

「我要跟著你們，」阿斑說，「也許我能防止你被殺，這樣我才能拿到我的五塊錢。」

「萬一你被殺了呢？」溫頓說。

「那我就不需要五塊錢了，不是嗎？」阿斑說，「你不但沒欠我錢，還倒賺一筆。」

「你被他堵到了。」尤斯塔斯說。

「阿斑，」三寸丁說，「如果哪天我需要找人幫我講價，我可以來找你當我的代表嗎？」

「我不知道那是啥玩意兒，」阿斑說，「但我想應該沒問題。」

12

天快黑的時候，大豬出現了。牠的腿上和口鼻都纏著藤蔓，身上沾滿黏滑的泥巴。我猜牠在白天正熱時找了條小溪鑽在裡頭納涼，等氣溫降低才出來找我們。

如我所說，時間已接近晚上，不過還有些天光，由於太陽正低垂到樹林後方，整個天空像李子一樣紅；差不多就在那個時間，當最後的餘暉即將逝去，我們看到路邊的林子被清出一塊空地，有人在那裡蓋了一間商棧。這裡正好是分岔路口，其中一條不太算是什麼路，只是穿過樹林的小徑而已。

我們離商棧仍有一段距離，但沒遠到看不清楚。它的周圍有很多樹樁，是先前為了建造這商棧而清出空地所留下的殘跡，有幾個還在冒煙，因為他們放火燒樹。

這商棧是在倉促之間（愚蠢地）用未乾的木材蓋起來的，看起來有點歪斜。那些木材上的樹皮並沒有全部去除，有些裁切得太長，東一處西一處地凸出來。門洞開得很低，好像是專門設計給比三寸丁高不了多少的人用的。門板靠皮帶代替鉸鏈固定在牆上，開門時要拉一條皮繩。外牆上有一排釘子掛著動物毛皮。門廊有個吊在鐵鍊上的舒適鞦韆椅，風吹得鞦韆椅晃動，鐵鍊也嘎吱響。

我想說我們可以在那裡買點吃的和喝的，所以迫不及待地要進去。但我們進去前，三寸丁抬起手。「我們最好小心為妙。」

「我也有同感。」溫頓說。

溫頓注意到小屋後方有一群馬。他說：「阿斑，你何不爬下騾背，到那後頭去看看有沒有那兩個傢伙出鎮時騎的馬。我猜他們可能走了這條岔路，因為它讓我們來到同一個地方。他們可能沒像他們期望中超前我們那麼多，或者更大的可能是肥仔忍不住想喝一杯。他就是那種哪怕會誤事也要喝一杯的傢伙。我自己也有這種傾向。」

阿斑滑下騾背，把轡繩遞給我，走到屋後去察看那些馬。他很快就回來了，說：「兩匹馬都在那裡，是同樣的馬。」

「你確定？」溫頓問。

「那個妓女騎的是花斑馬，胖子騎的是瘦巴巴的白鬃金毛馬。」

我的心臟開始狂跳。我在想這整件破事可能要就此了結，而露拉可以回到家人的懷抱了，雖然由於近來一連串事件的發展，目前她的家人只剩我和堪薩斯州某個我們根本不認識的姑婆。

「那好吧，」溫頓說，「我猜我們可以進去瞧瞧這事怎麼落幕，如果你們幾個準備好了的話。」

「我一出娘胎就準備好了，」三寸丁說，「但我覺得我們需要有點計畫。我建議我和尤斯塔斯先進去試著惹出一些騷動；我們也會帶著這男孩一起，以備他能指認出渡船事件中的其他人。我誠心建議，要是他們動刀動槍的話，我們不要直接嘗試逮捕，而是要立刻採取必要行動。」

我猜想這是用含糊其詞的方式在說他們打算殺了對方吧。

「他們不是非死不可，對吧？」我問。

「我們就此事所下的決斷必須由他們自己負責。」三寸丁說。

「這表示他要射他們，對不對？」我問尤斯塔斯。

「有可能變成那樣沒錯，」尤斯塔斯說，「絕對有可能。」

「你們其他人待在這。」三寸丁說，「溫頓，我強烈建議你到後頭去，以防有人出來。不過要我的話會蹲低一點，因為尤斯塔斯可能追出後門，拿霰彈槍撂倒逃犯。那種子彈可不管是誰擋了它的路。至於妓女嘛，她想怎樣就怎樣。」

「你還真是個大好人。」姬米蘇說。

「阿斑，」三寸丁說，「你也自己決定要幹嘛吧。」

「我也是這麼想的，」阿斑說，「反正我又沒槍，我的力氣也沒大到能把騾子舉起來丟他們。」

「那麼看來你能準備的也都準備好了。」三寸丁說。

尤斯塔斯下馬，從馬鞍側邊的一個環套裡抽出霰彈槍，再從鞍袋中抓了一把霰彈，塞進褲子口袋。他拍了拍背心肩部的那個厚墊子，彷彿在向它保證一切都會很好，不過其實更可能是向他自己保證他已經為霰彈槍槍托做好緩衝措施。那把槍的槍口看起來就像通往地獄的黑洞。

我下了馬，尤斯塔斯從鞍袋裡拿出一把手槍交給我。這是一把我先前沒見過的槍，點四四口徑的老式改造手槍，跟犁一樣重。

三寸丁爬下繩梯，從槍套取出他的柯爾特手槍，它在他的小手裡看起來大得離譜。他說：「溫頓，如果你願意的話，你去後面時帶著我的夏普斯步槍，要是有人想溜，而你在這光線下又有辦法瞄準，就放倒他。不過別忘了，還是要當心尤斯塔斯的霰彈槍。」

「包在我身上。」溫頓警長邊說邊下馬。

「只要注意別射到從後門出來的侏儒或是大塊頭黑人，因為那是我們。」三寸丁說，「當然還有這男孩啦。」

「多謝你想起我。」我說。

「我提醒你一件事，」三寸丁說，「你拿的那把槍不是現代的款式，所以你得用拇指把擊錘往後撥。我覺得最好還是把好槍留給我們這些受過訓練的人用，這樣我們才能快速地連續開槍。」

「在我看來，沒受過訓練的我才應該分到一把比較好用的槍吧。」

「這個嘛，」三寸丁說，「你分不到好槍，話題結束。如果你想的話，你可以找個地方跟妓女還有阿斑一起躲起來。」

我搖頭。「我要進去，露拉可能在裡面，我要盡量防止有人射到她，包括我們在內。」

「那好吧，」尤斯塔斯說，「你要用長的那一頭對準他們。」

「我已經笑不出來了。」我說。

「所有事都值得笑，」三寸丁說，「除了你自己的死亡之外。不過其他人還是會笑。」

好，我老實跟你說吧。我全心全意希望露拉在裡面，而且安然無恙。我害怕到能感覺自己的腳在靴子裡扭動，好像一條奮力想爬出一道內壁很光滑的坑洞的蛇。我不知道等一下會是什麼場面，我想我原本預期的應該比後來的發展要來得單純吧。我假想我們會殺他們個措手不及，說聲：「把手舉起來，你們被逮捕了。」然後把他們綁一綁帶回鎮上，但現在我產生了一些疑慮，想到我可能真的得瞄準某人開槍，就好想吐。或是最後我自己中彈，被扔在屋後的土溝裡餵螞蟻。

警長拿了夏普斯步槍，姬米蘇用甜言蜜語騙走他的手槍，然後他們往屋後走去。阿斑說他要尿尿，就牽著騾子消失在樹叢裡。我們三個，連同大豬，朝著商棧出發。

我們用皮繩把門拉開後，一股臭氣撲面而來，瀰漫著吃太多豆子的屁味、汗味和某種類似蜂蜜的甜味，而那個蜂蜜味反而讓空氣更加難聞。室內點著三、四盞油燈，它們提供的光線與墓中亡者平常能用的差不多。我們進門後，我看到左側有四個人圍著一張小桌子玩牌，他們各坐在高低不同的凳子上。桌上有一盤玉米麵包和一瓶糖漿。我之所以能看得這麼清楚，是因為他們的盤子旁邊就有一盞油燈。我望向他們的臉，但都不是黑鬼彼特或割喉。四人都是白人，長相都很陌生。他們看起來生活都過得滿辛苦的。他們全盯著尤斯塔斯和大豬，像從沒見過似的。

櫃檯後的男人看起來格格不入，因為他外表乾淨，頭髮剃得很短，鬍子也刮得清潔溜溜，臉頰粉嫩到被油燈照到會反光。他待的吧檯兩端各放了一盞油燈，所謂的吧檯是一塊彎曲的木板，架在幾個舊酒桶上。他身後的牆上有三排置物架，上頭擺了各種物品，多半是瓶裝商品，我猜是威士忌或啤酒吧，還有兩瓶胡椒博士汽水和可口可樂，以及幾瓶彩色液體，也許是美髮用品，也可能是沙士飲料。我們右側還有另一張桌子，但只有一個男人坐在桌邊，他藏在陰影裡，我看不清他的長相，不過有一件事是肯定的：在場的人都不是肥仔、妓女凱蒂、割喉或黑鬼彼特。

我站在右側，靠近單獨一桌的那個男人。三寸丁站中間，尤斯塔斯在左邊。尤斯塔斯把霰彈槍像嬰兒一樣摟在懷裡。櫃檯後的男人說：「我們不服務黑人，而且你不能帶那隻豬進來。」

「是喔。」尤斯塔斯邊說邊走到木板前，臉主要是朝向另一桌男人，他們現在已停止玩牌，只顧盯著我們瞧。「給我來一瓶威士忌。」

「我剛才說——」酒保說，但尤斯塔斯打斷他。

「我知道你剛才說了什麼，」尤斯塔斯說，「不過套句我這位矮個子朋友會說的話，我是為了試著避免一點點不愉快，才跟你說給我來一瓶酒，我會付你錢，皆大歡喜。至於這豬嘛，不是我帶來的，是牠自己要來的。不過牠什麼也不要。我確認一下好了。大豬，你有要點什麼嗎？」

大豬抬頭看尤斯塔斯，不過我想誰也不會太意外，大豬並沒有提出任何要求。

「如我所料，沒有。」尤斯塔斯說，「牠什麼也不要。牠已經吃過了，而且四點以後就不喝酒。這是牠的飲食習慣。」

酒保仔細看一看尤斯塔斯，又俯身越過木板望著三寸丁。「那是什麼鬼啊？」

「那個，」尤斯塔斯說，「是我們所稱的侏儒。有把大槍的矮男人。」

「也有根大屌喔。」三寸丁說。

「這部分我懶得管，」尤斯塔斯說，「但是酒保先生，我想提醒你，他可以很輕易地把手槍伸到木板底下，往你的蛋蛋開一槍。」

「槍在槍套裡。」酒保說。

「可以拔出來。」尤斯塔斯說。

酒保看向我。「他是幹嘛的？」

「如果我累了，他可以幫忙攔住侏儒。」

「你為什麼會跟一個侏儒在一起？」酒保問。我聽到三寸丁嘆氣。

「欸，他是我兒子嘛。」尤斯塔斯說，「他出生時我發現他是白皮膚，這表示我老婆得好好解釋解釋了。酒保先生，你知道我是怎麼想的嗎？」

「什麼？」

「我覺得如果我是名叫黑鬼彼特的那傢伙，你會賣酒給他喝的。」

「我不認識什麼黑鬼彼特。」

「那你可能比你以為的還要幸運。現在，把威士忌放到木板上，不然我要到後頭自己拿了。」

「黑鬼和豬都有一股味道。」圍在桌邊的其中一人說道。他身材矮壯，有個鷹勾鼻，蓄著像是用炭筆畫上去的小鬍子。

「噢，那不是我或大豬的臭味，」尤斯塔斯說，「你聞到的是你鼻子底下那一抹濃濃的屎痕。」

那男人想起身，但他身邊的人碰了他一下，讓他待在凳子上。

尤斯塔斯對他微笑，移開目光。

酒保瞥向房間的兩側，或許是想求援，不過沒人有任何動靜。我望向空間的後側，也就是木板的左方，那裡有道垂著布簾的門洞。我覺得我聽見裡頭有人移動的聲音。我一手按著塞在皮帶裡的手槍。

酒保眼看求救無門，只好把一瓶酒放到木板上，說：「下不為例。」

「除非我再光顧，」尤斯塔斯說，「那下次就為例了。」

酒保說：「給我七十五分錢。」

「七十五分錢？」尤斯塔斯說，「這最好是給天使喝的那種好酒。拿兩個杯子給我。三個好了，給這小鬼一瓶胡椒博士。」

尤斯塔斯抬起三寸丁，讓他坐上木板。三寸丁從衣服裡取出七十五分錢放在木板上。酒保開了一瓶胡椒博士和那瓶威士忌，往木板上一放，再放下兩個杯子。一個給三寸丁，一個給尤斯塔斯。尤斯塔斯把杯子滑給三寸丁，說：「給你吧。」

這時我想起來，尤斯塔斯要避免碰酒。我沒把胡椒博士倒出來，當酒保將威士忌放在三寸丁面前時，他也只是看著它。

我轉頭看單獨一桌的那個男人。他看我的眼神好像雞在看一粒麵包屑。大豬看他的眼神則好像他是一顆橡實。

三寸丁給自己倒了一杯酒。我沒動作。

「你就喝一小口意思意思。」三寸丁說。

我沒把汽水倒進杯子，而是拿起瓶子直接灌了一大口。我對它的味道毫無印象。

「跟你說明一下我們的狀況。」三寸丁說，「我們在找人。我們要找一個叫割喉的人，還有一個叫肥仔的，還有一個叫黑鬼彼特的。你認識他們嗎？」

「我聽說過他們。」酒保說。

「好喔，」三寸丁說，「看來我們的調查進度不是從零開始。那我們再問得更直接和精確一點好了：你最近有沒有見過他們？」

「我不能說有。」酒保說。

「我們的對話繼續下去之前，有件事應該先解釋清楚。如果你說你沒見過他們，而我們又推斷你其實有見過，嗯，可能就會發生相當程度的不愉快了。你明白嗎？」

「看吧？」尤斯塔斯說，「我就說他會稱之為不愉快。」

「你覺得我會怕嗎？」酒保說。

「你應該要怕。」三寸丁說。

「呿，我拉的屎個頭都比你大。」酒保說，牌桌邊有個男人爆出一聲大笑。是那個小鬍子像是被炭筆抹到的人，他似乎是同桌之中膽量最大的一個。

三寸丁望向那一桌。「再讓我聽到一次，你就等著喉嚨裡卡根雞骨頭。」

男人微微移動，在凳子上轉身面向我們。我瞄了一下我右側那個單獨一桌的男人，他的手擱在手槍上。一滴汗流進我右眼，我趕緊用袖子擦掉。

「嗯，」三寸丁說，「我是這麼想的。我認為有個被侏儒——也就是本人——拿手槍痛扁一頓的大胖子，還有他那來者不拒的妓女表妹，正在那塊簾子後頭豎著耳朵聽，而且握有從警長那裡偷來的步槍，警長就在外面支援我們。我也有相當的把握你在騙我，以及我這兩位好朋友，所以場面馬上就要變得很難看了。」

「對你來說是。」酒保說。他一手伸到了背後。

「如果你的手回到我視線中，而且握著的不是從你屁股縫裡摳出來的玩意兒，我就在你身上射一個洞。」

「我才不信你帶了警長在外頭。」牌桌邊另一個人說。他是剛才安撫炭筆小鬍子的人。他骨瘦如柴，臉孔看起來像曾經插滿棘刺。他戴著油膩的帽子，現在他將帽子往後推了推，好把我們看得更清楚。

「你的判斷有誤。」三寸丁說。

「這附近根本就沒有警長。」桌邊另一個人說。他往前傾，現在我能看到他的臉了。那只是一張戴著帽子的臉，沒有讓人留下深刻印象的點。

「他不是本地人，」三寸丁說，「他是頹廢鎮的警長。」

「那他就撈過界了。」男人說，「他沒資格在這裡做任何事。」

三寸丁點點頭。「他是沒資格，前提是他有在顧慮合法性的問題，而且沒有轉為賞金獵人。我也應該提一下，我和這位黑皮膚男士也是賞金獵人。這小夥子在找他妹妹露拉，如果你們有見到一位年輕女子，看起來是非自願地跟前述任何一位人士共同行動，或是跟任何可能與他們相關的人士在一起，你們都可以藉由揭露這類資訊，而創造可觀的善意。」

「你講話好像那種用曲柄啟動的留聲機。」我右側的男人說，「一直嘮叨個沒完。」現在他也傾身向前，手指握緊手槍槍柄。那個位置沒什麼光線，不過我絕對看得到他的手和那把槍，因為他坐得微微偏出桌子一旁。他是個臉孔滄桑的矮小男人。

「那麼我可以假設在場的各位，沒有任何人願意提供一臂之力囉？」三寸丁說。

沒人回答。三寸丁讓靜默延續。他把酒喝了，然後說：「有誰希望保住小命的，你們可以逃了，別走後門啊，因為我的夏普斯點五〇在警長那裡，如果你從那裡出去，他會在你身上轟一個洞。」

「才沒有什麼警長，」剛才大笑的男人說，「而且就算你們是賞金獵人，也只有那黑鬼看起來有兩下子，但他只有一個人。」

「所以你們全都有共識了是嗎？」三寸丁說，「你們打算付出生命來保護房間裡面的冷血罪犯？」

「我才不要為他付出任何東西。」牌桌旁的其中一人說，這人到現在才第一次開口。他起身從前門離開。

「見微知著。」三寸丁說，「現在我們的狀況總算明朗了。」

這些話才剛從三寸丁嘴裡說出來，酒保已從背後的腰帶裡拔出手槍，於是三寸丁快速拔出那把柯爾特大槍，單手掄過來發射。我好像看到酒保的頭一抖，腦漿噴濺，不過我的目光主要放在右側的男人身上，他也站起來開槍了。有顆子彈掠過我，近到聽起來就像一列駛過的貨物列車。我用力拉扯我的手槍，但它卡在我的皮帶裡。那男人又開了一槍，我拔出槍來，勉強還記得要先扳擊錘，然後發射。我失手了。那男人又開了一槍，也沒射中。我猜不透他怎麼會射不中，畢竟我們離得這麼近，但他失手三次、我失手一次。大豬攻擊他。牠鑽到桌底下，把桌子掀翻了，牠咬掉男人腿上一塊肉，然後又咬一口，這次叼住沒放。男人退到牆邊，開始拿手槍敲打大豬。就算大豬對這種反擊有感覺，我也看不出來。我扳開擊錘再射一槍，這次打中了，他往後撞向牆壁，放開槍，說了聲「該死」，然後大豬就去對付他了。男人慘叫連連，大豬悶哼連連，還唧唧叫了幾聲，不過不是因為疼痛，大豬心情相當愉快。

我轉頭去看另一桌的三個男人。他們紋風不動，彷彿被糖蜜黏住的蒼蠅。

「好了，就維持那樣。」尤斯塔斯對他們說。

後側的布簾被撩開，有根步槍槍管伸了出來。三寸丁朝它開槍。這一槍讓步槍一歪，我們聽到房間裡有跑步聲，還有一道後門被衝開的聲音，然後是急匆匆的腳步聲以及那把夏普斯點五〇大型步槍的吼聲，再來是啪啪兩聲手槍槍聲。

有個女人的聲音（我相信是凱蒂）叫道：「屎定了！」然後就安靜了。

三寸丁跳下木板，大步走到我射中的男人面前。現在大豬咬住他的腳踝，令他的頭左右搖晃，使這男人把好幾張椅子和桌子都弄倒了，而且牠把他放下時，男人的頭又會撞在牆上。三寸丁說：「大豬，差不多了。」

大豬不情願地放開他。一望即知這個人狀況不妙，他又握住他的槍了，但他看起來沒力氣舉起槍，因為被豬咬的傷口和槍傷讓他失血過多。我現在看出大豬也攻擊了他的臉，咬掉一隻耳朵和部分鼻子。他這下只能去馬戲團找工作了。

他抬頭看著三寸丁，氣喘吁吁。他想舉起槍，但實在太勉強了，他放棄嘗試。他繼續喘氣和凝視三寸丁。三寸丁朝他雙眼之間開槍。這一槍來得又快又冷血，我感到一陣暈眩。

尤斯塔斯穿過布簾跑到後側的房間，我則用手槍控制住桌邊的三人，擊錘已扳開，蓄勢待發。三寸丁過來找我，也用槍指著他們。

「很棒的夜晚對吧？」三寸丁說。

尤斯塔斯回來了，拿著三寸丁剛才從躲在裡頭的人手上射掉的步槍；我對那個人是誰心裡有數。「後門開著，但我不要走出去。我猜溫頓現在已經把夏普斯重新上膛了，我可不想讓他或姬米蘇把我誤認成別人。」

「那當然。」三寸丁說。

我們都開始往前門走。尤斯塔斯說：「如果你們有誰是通緝犯，我們並不知道，警長也沒有你們的通緝令。但如果你們想聊聊你們覺得我們要找的那些人在哪，我們洗耳恭聽，雖然我們已經從肥仔那裡知道得差不多了。或者你們也可以就坐在那裡什麼都不幹，別來礙事就好。」

「我一向就不喜歡世界上有侏儒這種東西存在，」炭筆小鬍子說，「更別說其中一個還出現在我眼前。」

「現在是你除掉我一個同類的好時機，」三寸丁說，「假如你自認夠高的話。」

男人沒動。他似乎很快就說服自己侏儒也挺好的。我們從前門走出去。我在耳鳴。

「你不需要殺了被我射中的那男人。」我說。

「我覺得需要。」三寸丁說。

「你不需要。」我說。

「需要和想要有時候是兩碼子事。」三寸丁說，「他被咬得很慘，你的子彈又射中他的肺，他本來就活不成了。我是幫他個忙。」

我們一邊輕聲交談，一邊退出門廊到外頭應該算是院子的地方。那裡有幾個大樹樁，我們就在樹樁之間站了一會兒，等著看警長或姬米蘇會不會繞過來。

13

這屬於那種看似已經結束、其實不然的事件。男人有一項既特別又愚蠢的特質，那就是自尊心很強；我猜想牌桌邊的那些男人自尊心都高到滿出來了吧。這時他們又走出來，我甚至看到剛才決定不蹚渾水的那個人，也從商棧左邊的黑暗處現身，回來修正他可能自視為懦弱的舉動，但我覺得那根本才是正常人的反應。

門廊上的三個男人一字排開，槍已握在手中。剩下的那個人也到門廊上，站在鞦韆椅旁邊，在他們三人的另一側。

「你們不需要這樣。」三寸丁說。他口氣很冷靜，好像只是在提醒別人褲襠的釦子忘了扣起來。

「我想我們需要。」炭筆小鬍子說，「我想我們不能任由一個侏儒和一個黑鬼和一個沒用的小鬼跑到我們玩牌的地方，就這樣殺了我們的酒保還有另一桌的路人甲。他跟我們打了一架，所以我們必須把他當成一分子。」

「我也是這樣看待他的。」三寸丁說。

「我們實在不能就這樣算了。」臉像被棘刺扎過的男人說。

「我明白你們的立場。」三寸丁說。

三寸丁的手槍仍握在手裡，不過現在他把它收進槍套。他到底在幹嘛啊？

這時門廊上有個男人發難了。我甚至不記得是哪個，或許也不止一個。情勢一有變化，尤斯塔斯馬上舉起霰彈槍，讓其中一根槍管射出子彈。門廊上的那些人像是被一隻隱形的手拽走般消失，他們身後的門化作碎木和木屑被轟爆。霰彈槍整個往上衝，簡直像發射完後尤斯塔斯必須由空中把它抓下來似的。鞦韆椅旁的男人發射手槍，把尤斯塔斯的帽子打飛，尤斯塔斯霍地將槍管轉向他。那男人剛才已經被漫射的霰彈波及，但現在這根槍管直接對準他，即使現在只有月光，我仍看得出他瞪大眼睛、張大嘴巴的模樣。他又開了一槍，沒打中任何人。我想他完全射歪了。

尤斯塔斯用另一根槍管發射，男人血肉横飛，鞦韆椅高高揚起打在牆上。其中一根鐵鍊從鞦韆椅鬆脫，於是椅子咚的一聲掉在門廊上。

我們在原地站了一會兒，腦袋嗡嗡作響。這時警長從商棧右側繞過來，他說：「大家都別開槍啊。」

等他走到我們能看清他的距離時，他說：「死胖子把那妓女拉過去擋在他前面，所以我射到的人是她而不是他。他跑到他的馬那裡騎走了。」

「真是太不幸了。」三寸丁說。

「凱蒂怎麼樣了？」我問。

「這個嘛，她還活著，不過我在她身上開了個大洞，子彈直接貫穿。肥仔也中了槍，不過他還能像青蛙一樣跳上原本是凱蒂在騎的花斑馬，所以傷得應該不太重。他只穿著內衣褲就騎馬逃走了。」

三寸丁走到門廊上，我跟過去。他擦了根火柴舉高。那裡有些衣服碎片，牆上還噴了些人肉，正在往下滑。看起來好像有人幫商棧側面塗上薄薄一層穀倉式紅漆，再拿一些內臟往牆上丟。三寸丁的火柴熄滅了。他走到另外那個男人原本所在的位置，在商棧牆上擦亮另一根火柴。他伸出火柴仔細看看。我有點作嘔。

三寸丁將火柴一路移過去，看起來那是一條破爛的長褲，裡頭有大半條腿。他舉著火柴走到壞掉的鞦韆椅旁，停下腳步。

「這是他的一顆睪丸。」三寸丁說，「他的帽子在這，裡頭有些噁爛的東西。我猜那是他一部分腦袋吧，不過什麼都有可能。」

我跌跌撞撞地離開門廊到一根樹樁旁，坐上去，彎下腰嘔吐。

「沒關係，孩子，」尤斯塔斯說，「殺人就是這麼亂七八糟的事。」

來到屋後，姬米蘇在地上，抬高凱蒂的頭枕著自己的膝蓋。我們走上前，看著凱蒂像離水的魚一樣努力吸氣。我注意到她脖子上掛著星星項鍊，那是露拉的東西。我知道她是從哪裡得來的，雖然這可能代表露拉已經像去年的春天一樣死透了，我卻莫名地在想到她時心生一股信心，覺得她還活著。當然，這種感覺其實毫無根據，但它掠過我全身，讓我內心像熱蘋果酒一樣暖洋洋的。

「她有說什麼嗎？」警長低頭看著凱蒂問道。

「她罵肥仔是混蛋和爛人。」姬米蘇說。

「我相信這兩個形容都很真切。」警長說。

我走過去蹲下，握住凱蒂的手。我說：「妳有沒有想要通知的家人？」

凱蒂緩慢而痛苦地轉頭看我，微微一笑，然後咳出一口血，噴得我衣服胸口都是。她就這麼斷氣了。

溫頓警長擦亮一根火柴，彎下腰將火柴湊近凱蒂。火柴映在她死去的眼裡是一簇扁平的光芒。他說：「我射中她心臟下方，沒想到她還能撐這麼久。她拿著手槍，我猜她也有心理準備吧，不過我瞄準的是肥仔，結果他把她拉到身前。我入行以來，這是我開槍射過的第三個女人，差不多是這個數字啦。」

「那條項鍊，」我說，「是我妹妹露拉的。我猜是肥仔送她的吧。」

「這很像他的作風，」姬米蘇說，「能搶的東西他絕不花錢買。」姬米蘇站起身。月光照出她褲子膝蓋處溼溼的血跡，讓它看來像一塊油漬。「我是不喜歡她，但我討厭看到她這樣死掉。至於肥仔嘛，他逃跑的時候我好像也射中他一槍，或許是兩槍。」

「所以他身上有夏普斯的子彈還有姬米蘇的子彈。」警長說，「我知道那顆步槍子彈直接穿透她然後射進他體內了，一定是。」

「那麼追上去方為明智之舉。」三寸丁說，「即使是摸黑追擊。因為帶著這些傷，他可能會被拖慢速度。他往哪裡跑？」

姬米蘇轉身指了個方向。

14

既然項鍊是露拉的，我自然毫不猶豫地從凱蒂脖子上取下來放進口袋。我打算在我們找到她時，帶著微笑慎重其事地還給她。我想像過各種重新團聚的場面，不過都是開心圓滿的：我們又在一起了，她很慶幸能回家。我希望這不是我一廂情願。我一向認為她在很多方面都有點傻氣，但在此時此刻，我多麼盼望她仍是一個能夠仰望天空、並且為自己指定一顆專屬星星的女孩。

大夥一致決定，我、姬米蘇和阿斑留在商棧把凱蒂等人給埋了，而三寸丁、尤斯塔斯和溫頓警長負責去追肥仔。我對這計畫並不滿意，因為我始終不樂意和三寸丁還有尤斯塔斯分開行動，讓他們有機會決定拆夥。我口袋裡的這點所謂的土地，或許已失去一開始的吸引力，因為他們有很多匪徒可以拿來領賞金，他們或許寧可要那些錢也不想跟我周旋。我尚未完全接納他們，我覺得他們對我也是一樣。

他們離開前，警長四處巡了一遍，看看死者的殘骸，想說他或許認得哪個人，但除非他收到的海報上是某人左邊睪丸和一些內臟的圖畫或照片，不然實在沒剩什麼可供比對的。

進到商棧後，他確認了他見過酒保，說那人坐過一陣子牢，但他沒聽說這人有犯什麼新的罪可以讓他們領賞金。被我射中然後大豬又啃過的那個人也沒什麼可瞧的。我們在屋後處理凱蒂時，大豬又溜回屋裡去咬他的臉，專攻比較軟的部位。溫頓嚴詞命令大豬離開那個男人，但大豬完全不甩他。姬米蘇走進來，稍微撫摸大豬耳朵後頭讓牠分心，我和溫頓便趁機抓住那死人的靴子把他拖到房間中央，拿來一盞油燈放在他旁邊。

「他被啃成這樣，就算他是我親骨肉我也認不出來。」溫頓說。

我們該看的都看完後，要追肥仔的小隊就從屋後選了幾匹新馬，把騾子和馱馬留下，消失在暗夜中。如我所說，我不喜歡這主意，但老實告訴你吧，我已經累壞了，感覺不太舒服，所以很慶幸能待在這裡。我仍在耳鳴，那些死人也還在我腦海裡轉來轉去。我不斷想著我如何射中那個男人，他就此倒下，而大豬衝去咬他。我想到門廊上那些人，當霰彈槍發射，他們直接被轟出衣服，化作血淋淋的肉塊。

我們回到商棧內，開始把一些油燈重新點亮。我發誓，當那扇門被霰彈槍從鉸鏈轟掉時，瞬間造成的氣流也吹滅了兩盞油燈，所以現在我們需要更多光線。我們動手清理環境，好讓這些人的殘骸和凱蒂能有場符合基督教精神的葬禮。雜亂的儲藏室裡有幾把鏟子，還有各種物資，我們把凱蒂放進墓穴後，我在她的墳邊講了些我聽爺爺在爸媽的葬禮說過的話。我們將酒保和挨了我一槍又被大豬吃掉一部分的男人並列埋葬。剩下那些男士只能用猜的了，這裡刮起一點、那裡刮起一點，努力分辨哪些是人體，哪些是掛在牆上的動物毛皮。

當我們終於把能刮的都刮起來了，便舀進一個酒桶，然後把那個桶子埋了。我得承認我在這座墳前想不到太多可說的，但我確實還是說了些話。我想就算是我們之中最壞的人，也值得美言幾句吧。我說他們必定很愛他們的老媽或是狗，甚至可能相信耶穌之類的，最後我的結語是「塵歸塵」什麼的，然後我們就繼續做我們的事了，我覺得就算我的祝福毫無誠意可言，他們這幫人畢竟湊成了一團，且直接去了地獄。

一切搞定之後，我們回到儲藏室，找到一些食物——鹹豬肉乾、豆子、麵粉、一些豬油和裝在盒子裡的幾顆蛋。那裡也有個爐子和木柴，我生起火，不久後我們就在煎鍋裡把豬油化開來了。雖然我聞得出這豬油已經快要餿了，但還不到讓我不敢吃的地步。我問姬米蘇她願意下廚嗎？她說雖然她是女人，但她不是廚子，而且她已經跟我說過了。我設法把鹹豬肉和豆子弄熱，再用另一個煎鍋做了些玉米麵包。如果你有概念的話，玉米麵包做起來很簡單，但如果你胡亂摸索，就只會煎出一些很燙的玉米塊，而且味道我猜就像曬得很乾又加了鹽的貓屎。我拿碗打了幾個蛋，蛋都沒有壞。我加進一些玉米粉，而雖然有牛奶是最好，但這裡沒有，所以我又加進一些我在爐子上燒熱的水。熱水可以把玉米粉更均勻地拌開。我舀了一點豬油到碗裡，熱水有助於它融解。這裡有好幾麻袋的玉米粉，所以我加進好幾杯，趁著水還熱著，攪拌到真的很均勻，然後厚厚地鋪在一個長型煎鍋上，等灶預熱好之後放進灶裡。當玉米麵包被熱氣烤到成型時，我隔著布將煎鍋滑出，用更多豬油把玉米麵包的表面刷得油亮。弄好之後，鹹豬肉和豆子也煎得滋滋作響了，我加點鹽和胡椒調味。

結果還不錯。要是再加點蒲公英葉就更好了，但我並沒有講究到願意摸黑去外面找。

我們吃到跟壁蝨一樣撐，然後我們找來幾張處理過的熊皮和鹿皮打地鋪。當我們正要躺下時，我突然想到我們應該把後門關上閂緊，而且由於前門已經不存在，前側門廊兩扇窗戶之一也被射破了，我們也應該派個人守在窗簾邊，以防有人跑進屋裡來搜刮補給品，或是屋後那個坑裡殘餘的男人們的朋友跑來探頭探腦。

但結果並沒有照我所想的進行。我們一邊準備地鋪，一邊討論要有人站崗的事，卻沒人自告奮勇。我在商棧貨品中找到一件上衣，讓我能換掉原本沾滿血跡的那件，然後不知怎地，我們全都睡著了。我不省人事到隔天早上，直到又有人用靴子的尖端頂我肋骨。

是三寸丁。我迅速坐起身，說：「你們逮到他了嗎？」

「沒有。」三寸丁說。他在厚布裡找到剩下的玉米麵包，其他人也是。他們在碗裡倒了些糖蜜，在爐子裡生火，然後把碗放在火邊讓糖蜜融化。他們也在爐口上擱了個咖啡壺。他們倒了幾杯咖啡，拿玉米麵包蘸咖啡吃，有時候也蘸糖蜜，同時站在那兒看著我們。他們肯定已經在那裡好一會兒了，不過我們累到渾然不知。

「肥仔從我們的納蒂・班波[16]眼皮子底下溜掉了。」三寸丁說。

尤斯塔斯邊聽，邊往糖蜜碗裡倒咖啡。我知道很多人喜歡在糖漿裡加點咖啡讓它變熱和變稀，好方便用玉米麵包把糖汁吸進去，但我一向不喜歡這種吃法。糖蜜太甜了，我吃了會頭痛，我也從不覺得咖啡加糖蜜是好味道。

「什麼？」姬米蘇醒來並問道。她就像來參加一場私人派對，可是她抵達的時候，大家都已經在收小提琴、找他們的帽子了。

「他是說尤斯塔斯沒追蹤到他。」我說。

「噢，他確實追蹤了他一陣子。」三寸丁說，並轉頭望向尤斯塔斯。

「不要開始檢討我，你這小屎蛋。」尤斯塔斯說。

「他的血流得野外滿地都是。」三寸丁說，「他已經快失血過多而死了。他留了一條痕跡給我們追蹤，結果在某個地方，他彎進樹林裡，尤斯塔斯就跟丟他了。到了天亮的時候我們還在找，可是就是找不到任何血跡，所以尤斯塔斯的追捕能力就朝著去年往南飛的鴨子同一個方向而去了[17]。」

---

16 納蒂·班波（Natty Bumppo）為美國作家詹姆斯·費尼摩爾·庫珀（James Fenimore Cooper, 1789-1851）系列作品「皮襪故事集」（*Leatherstocking Tales*）的主角，為白人夫妻之子，從小與印第安人共同生活，長大後成為英勇的戰士，善使長步槍。

17 此句是用迂迴的方式在指「變糟」（go south）這個片語。

「我知道那些王八蛋是往南。」尤斯塔斯說。

「對，」三寸丁說，「你說得沒錯。你對鴨子的固定模式很熟悉，可是說到追蹤嘛，除非你的獵物把血灑在地上，否則他就能從你眼皮子下溜走。」

「憑良心說，」溫頓說，「他已經追蹤得很好了。我們下到溪床的時候，嗯，任何血跡都會流到水裡，而且很快就被沖走啊。搞不好他就死在我們放棄的地方上游幾公里處。」

「你們為什麼放棄？」我說。

「因為我們覺得應該回來找你們。」三寸丁說。

「不完全是這樣。」溫頓說，「肥仔似乎朝著我們不願意去的方向走，那並不是往大密林的方向。他或許是故意把我們引開，不過我覺得以他現在的心理狀態，他不太可能有這種心機，應該只是隨便選了可以逃離我們的方向。我還是覺得三寸丁問來的資訊是可靠的，也就是其他人在利文斯頓附近的大密林，因此我們需要回來這裡牽其他的馬，而且我們想到，死人也不需要他們的馬了，我們或許可以在路上拿他們的裝備和馬賣錢或換點什麼。」

「三寸丁根本分不出屎和野蜂蜜的差別，」尤斯塔斯說，他的口氣好像在吐出什麼穢物，「就算他是隻蜜蜂，也是不懂得分辨這兩樣東西的那種蜜蜂。」

現在阿斑也醒了。他在熊皮上坐起來，說：「我聞到的是咖啡嗎？」

這讓這場爭執中斷了，我們吃了早餐、喝了咖啡，情緒慢慢好轉。我們填飽肚子，失敗的追兵們也灌飽了熱咖啡，氣氛融洽許多。

我們打包了我們覺得用得上的補給品，將所有馬匹連成一列，讓牠們跟在我們騎的馬後頭，然後就出發了。我們也將那些人用的槍枝都蒐集起來，把鞍袋塞得滿滿。我們在後側的房間找到一個裝著更多槍的麻袋——有一把十二口徑的泵動式霰彈槍，一把老式的溫徹斯特步槍，以及好幾把點二二口徑、單發式的獵松鼠步槍，我們打算賣掉一些，剩下的留著用。我已開始習慣違法行為了，況且我身邊就有個做著這些事的警長，所以我得向你坦承，很悲哀地，我從事這些犯罪活動時還滿心安理得的。

沿路上，大豬老是跑進旁邊的灌木叢去嚇鳥。我想起自己小時候，爸爸會帶我去野外獵鵪鶉、鴿子等禽鳥。

我勾起的回憶並不是當時與爸爸相處的愉快心情，而是有一次我用單發式霰彈槍射中一隻鳥，當牠落下時，牠斷了一隻翅膀，正張開鳥喙努力吸氣。我原本以為這一槍射得不錯，可是等我走近一瞧，看到那隻鳥眼中的痛苦和困惑，還有牠那樣張大鳥喙的模樣，嗯，我覺得想吐，難受到骨子裡了。我站在鳥旁邊低頭看著牠，爸爸走過來時，我說：「我們可以修好牠的翅膀、照顧牠恢復健康嗎？」

他拿起鳥，一扭牠的脖子，發出啵的一聲，鳥不動了。「不行，」他說，「牠的翅膀修不好，也不會恢復健康。」

這是事實。當天晚上我們就把牠、還有其他幾樣我們獵殺的動物給吃了。我知道那些男人跟那隻鳥不同，我們絕對沒打算吃掉他們，所以我們不算是出來獵食。我告訴自己我們是逼不得已才那麼做，他們有槍，又想殺我們，但我對此事的感覺就像當初對那隻鳥一樣，而且更深沉、更悲傷、更不安。我腦中不斷浮現凱蒂的臉，她嘴巴張開的樣子，血從嘴裡噴出，她的眼睛就像那隻鳥一樣痛苦而困惑。當下我對所有事感覺都很糟，即使她原本在掩護擄走我妹妹的其中一個男人。我知道自己在那一刻，在商棧那裡，跨越了某種黑暗的分界線。不論我的初衷如何，這件事對我造成的傷害已經比毒打還要強烈。在我的人生中，我從未像現在感到如此遠離耶穌而接近撒旦。這種感覺令我以前擔憂的在室外廁所打手槍的事顯得微不足道。想像上帝看到我對著西爾斯百貨型錄裡穿短內褲的女人玩我的小雞雞，跟我幫忙殺了一個人，並坐視他的生命流逝，再任由一隻豬吃掉他好幾塊肉相比，又能算得了什麼。

從太陽的位置判斷，我們是在大約下午三點發現肥仔逃跑時騎的那匹花斑馬的。牠在馬路上遊蕩，跛了一條腿。阿斑滑下騾背過去察看。他說：「牠身上的汗已經全乾了，一腳骨折。我猜牠不小心踩進一個兔子洞吧。這腳是治不好了。」

他拿了一把我們從商棧借來的步槍，將子彈上膛，牽著花斑馬往樹林裡走了一小段路，過不久我們聽到一聲槍響。阿斑回來了。

「那是一匹好馬。」阿斑說，「我真討厭下這個手。」

「這表示肥仔就在附近，對吧？」我說。

「可能是，也可能他根本不在附近，是那匹馬拐到腳時把他甩下地，結果他沒站起來，或是他站起來後又跑去別的地方了。」尤斯塔斯說，「既然馬身上的汗都已經乾了，表示他有時間離開好一段距離。我要在附近看看，找找有沒有什麼線索。」

尤斯塔斯下馬，將他的馬拴在一棵矮樹上。

「祝你在附近看看時搭上好運。」三寸丁說。

「去你媽的。」尤斯塔斯說完便走進樹林。

「他在找肥仔留下的瓶中信。」三寸丁說，「內容類似：我離此地約三公里，在一棵大橡樹的左邊，靠著一座土丘，我已經死了。」

「對他寬容點吧，」溫頓說，「他表現得沒那麼差。他在夜裡追蹤肥仔的能力勝過我們任何人。」

「確實，」三寸丁說，「但我們都不是追蹤者啊。況且要是我不打壓他的話，他會得意忘形。」

「我們可不需要那個叫得意忘形的什麼鬼玩意兒。」姬米蘇說。

我們各自下馬，與阿斑站在一起，讓馬休息一下。不到二十分鐘後，尤斯塔斯就從樹林走出來。他朝我們過來時，黝黑的臉孔竟顯得蒼白。

「那裡面有個女人，」他說，「一個老太婆和一個老頭子，還有我猜是他們孫子的小孩，男孩子。三個人都死了，而且那女人的裙子被掀起來，內褲被脫掉。」

「噢，該死。」溫頓說。

「他一定是躲在那邊的樹林裡，等著有人經過這條路，他就能弄到馬來騎，然後今天早上搶劫他們。不過看起來他等到的是那對男女和小孩開著那種汽車，從痕跡看來是這樣。不是馬蹄，而是輪胎。他大概裝作需要幫忙似地從樹林裡出來，先殺了男人和男孩，把他們拖進樹林，看起來那女人也有幫忙。我猜她不得不幫忙，很悲慘對吧？然後他強暴她，再朝她腦袋開槍，接著帶走汽車跟老頭的褲子和靴子。」

「那表示他跑了滿遠的距離了。」三寸丁說，「不過我們也必須推論，既然他是開汽車，他就會繼續走在這條直路上，因為那種機器無法像馬或行人走其他路線。而且他受了傷，這點對我們有利。既然他還能殺人和強暴，也許他並沒有我們原本以為得那麼虛弱。」

「或者他太壯了，一下子就恢復過來。」姬米蘇說，「噢，那家人好可憐，發生這種事情。」

「這次我們哪也不去，」我說，「我們得先把那些可憐人埋了。據我所知，我們拋下的男孩搞不好骨頭都從東德州散落到內布拉斯加了。我們要把這三個人埋了，還要記住位置，好讓他們的親戚能來挖出他們，再埋到他們中意的地方去。」

「你並不是個務實的人，」三寸丁說，「即使我們要救的人可是你妹妹。」

「我有發現當你想停下來的時候，我們就會停下來。」我說，「我愛露拉，我要救她回來，但我已經偏離我受的基督教教育太遠了。我不能再這樣下去。」

「你覺得埋了那幾個倒楣鬼就能彌補殺死一個殺人犯的事嗎？」三寸丁說，「難道你是這麼琢磨的？」

「搞不好可以啊。」我說。

「小子，問題是，」三寸丁說，「圍籬兩側都沒人在記錄你做了什麼好嗎？上帝只是一種概念，而我們就是魔鬼。」

「饒了他吧，三寸丁。」溫頓說，「我們埋了他們就是了。我們的貨物中有一把摺疊鏟，由我來挖坑。我非挖不可。我跟這男孩一樣不贊成把那些可憐人留在樹林裡，那女人的內褲還被扯掉，私處都露在外面。那男人也穿著內褲而已。我不能接受。」

「你還真是個天殺的紳士，對吧？」三寸丁對溫頓說。

「我們可以輪流挖。」阿斑說，並走去從一匹馬身上的包裹間抽出鏟子。

於是三寸丁就不再反對了。我們走過去找到那三個人。真是慘不忍睹。不過想到我們馬上就要讓這些無辜的可憐人入土為安，給予他們合宜的敬意，而且雖然我們殺的人並不是擄走露拉的犯人，但他們都死有餘辜，我還是感到一絲安慰。那些人對女性沒有任何感情，才會像那樣掩護肥仔和他的同夥藏匿的地點，所以我對他們也毫無感情。

姬米蘇撿起女人的內褲幫她穿上，等墓穴挖得夠深——花了一番工夫，因為樹林裡有好多樹根——我抓住女人的腳，阿斑扶著她的頭。這時我才看清她有多蒼老。她有一頭灰髮。活到這把歲數都沒有死去，她丈夫也設法攢到一筆錢買了輛汽車，而那輛車以及他們對困窘旅人的善心，卻為他們惹來殺身之禍。我們將她放入墓穴，再走向另外兩人。我目測那男孩大約九歲，他額頭中槍處有個洞，眼睛和嘴巴保持的形狀，讓我覺得他死去時正在笑。老先生是心臟中槍。我沒注意老太太的傷口在哪，也不想去確認。我們盡可能輕柔地將他們全都放進那個冰冷的共用墓穴。

在那之後我們便騎上馬出發，那一列馬匹依舊跟在我們後頭。

15

馬匹可以撒蹄飛奔；汽車則是按照穩定的速率持續行駛。不過重點是，只要還有汽油，汽車就不用吃喝和休息。所以那輛車已經領先一段距離了，雖然連我都能由路面的輪胎痕看出來，肥仔簡直開得亂七八糟。他差點衝出馬路去撞樹的次數就有六次左右。我滿心盼望那真的發生，而我們會在路邊找到出車禍的肥仔，胸部還插著汽車碎片。

我騎在姬米蘇和溫頓中間。溫頓說：「小子，你看起來挺難過的。」

「你應該知道我妹妹在他們手上吧，」我說，「我有權利難過。」

「那倒是，但我覺得你好像心情很低落，我希望能讓你開心點。」

「我搞不懂你們，」我說，「我們在上一個地方殺了好幾個人，結果你們表現得好像那只是每天配早餐的東西一樣。」

「他們對我們耍詐耶。」溫頓說。

「是沒錯，」我說，「我不否認。但即使是逼不得已，也該把殺人當一回事吧。」

「那回事就是我們沒死啊。」溫頓說，「得出這個結論後，我就不再多想了。」

「就算是這樣……」我說。

「他們在掩護肥仔不是嗎？」溫頓說。

「可是他們仍然是人，而我們殺了人。我從來沒對人開過槍。」

「我的頭一兩回經驗，也覺得有點腿軟。」溫頓說，「不過那是因為兩次我都以為自己會中彈。但是有過一兩次經驗後，確實就容易多了。我告訴你，小子，他們是壞人。我猜要不是他們被尤斯塔斯的霰彈槍炸得那麼碎，我可能會查出某個地方有發布他們的通緝令呢。即使沒有，他們也絕對就是那種會擄走你妹妹的敗類。我再跟你說件事吧，那些人聚在商棧裡啊，一定是準備做些不法勾當。好人是不會想進去消費的。」

「我們是好人嗎？」我問。

「這個嘛，」溫頓說，「要是能夠把我們跟那些死人的本性並列在一塊板子上，然後量一下每個人的善惡程度，愈壞愈長，愈好就愈短，我們的尺寸可能比我們希望的要長，但絕對比他們短得多。不管在任何地方，人生都不是黑白分明的；它摻了一些泥巴，而我們就是其中一些泥巴。」

「我聽了這話實在開心不起來。」我說。

「並不是所有事都很歡樂。」溫頓說。

「是你自己說想讓我開心一點。」我說。

「對喔，好吧。」他說，「但如果你要做這件事，而且你又說救你妹妹回來很重要，你就得接受付出的代價。或許我確實不擅長讓人他媽的開心起來吧，我少了一隻耳朵，看起來像在營火中打滾過，那算是奪走我一部分的歡快，即使我不承認。」

「我只是沒想到代價是殺人。」

「是正當防衛。你們三個在一開始的爭執結束後想要離開現場，他們卻追出來到門廊上，不是嗎？」

「是啊，」我說，「但爭執是我們挑起來的。」

「你知道肥仔當時就在後側的房間裡對吧？」

「嗯。」我說。

「那你們就是做了必須做的事，要是他們有機會的話，他們也會對你們做出同樣的事。在我看來再明白不過了，不需要再糾結。你自己去回想一番吧。」溫頓說完就策馬往前去找其他人，留下我和姬米蘇。

「你知道嗎，他說得沒錯。」姬米蘇說，「不到一年前，我一直覺得自己落到這步田地好不公平。後來我突然想通了，跟春雨一樣清晰。人生就是這樣，它本來就不公平。」

「我們不能把它變公平嗎？」

「可以試試看，但其他各種不公平又會一直滲進來。」

我們找到那輛汽車時，已經接近黃昏時分了。它停在一棟農舍的院子裡。這棟農舍小巧雅致，屋子前側周圍有花圃，後側有一座紅色小穀倉，穀倉門整個敞開。在這荒郊野外，這樣的房屋顯得十分漂亮。我還不知道發生了什麼事，卻已經感到反胃，因為可以想見的是有人不辭辛勞地進到大密林來建屋、居住、創造生活，清除樹木並種植花草，而那輛搶來的汽車停在院子裡並不是個好兆頭。

我們騎上前然後下馬，留下阿斑看守馬匹，並分散開來，除了溫頓之外。他走向大門。門是微開的。他敲了敲門並高喊，但沒人來應門。

他用腳頂開門，拔出左輪手槍走進屋裡。三寸丁和尤斯塔斯跑過去，我殿後。過了一會兒我聽到溫頓的聲音。「進來吧。姬米蘇，妳最好待在外頭。」

姬米蘇沒待在外頭，最後我們全都進屋了。壁爐旁有個死去的老人，他已經死了一陣子，因為他頭上和地上的血都已經乾硬結塊。餐桌上有食物，桌子中央還有個大煎鍋，裡頭殘留著玉米麵包的碎屑。我從碎屑顏色太淺可以判斷那玉米麵包做得並不好。

「我猜肥仔的汽油用完了。」溫頓說，「所以他來這裡拿走他想要的所有東西，甚至可能跟這老人一起吃了頓飯，然後才把他殺了。看起來就是這樣。這老人殷勤款待他，而肥仔用一顆子彈道謝。我想除了食物之外，他想要的另一樣東西是馬。這一定就是穀倉門開著的原因了。」

果不其然，穀倉裡是空的，但尤斯塔斯發現了足跡。地上也有一些血。

「他的傷口還沒閉合，」尤斯塔斯說，「不然就是他又讓它裂開了。但總之這裡面沒有馬。」

「既然他在流血，」三寸丁說，「也許你可以追蹤他，不至於跟丟。」

「三寸丁，」尤斯塔斯說，「這種話你已經說得差不多到頭了，該停了。」

三寸丁一定從尤斯塔斯的語氣聽出他真的受夠了，因為按照他的本性，一旦他開始做什麼事是不會停的，然而他卻放棄繼續酸言酸語，閉上嘴巴，不過我想這應該讓他痛苦得有如被一把刀插在肋骨間。

回到屋內，我們必須將老人由地板上拔起來。當我們拉起他時，發出的聲音聽起來像有人在撕報紙。血漬硬到把他黏在地上。我們將他搬進有床的那個房間，放在床上，拿毛毯蓋住他。溫頓寫了張紙條寫上他的姓名並說明他所發現的狀況，我們在追捕的人是誰，還有他是執法人員。他用一把小刀將紙條插在大門外側。我們都出去之後，我走過去看看汽車內部。車上有個野餐籃，裡頭空空如也。我想肥仔攔截那對男女和小孩時，他們就是要去野餐吧。也可能是野餐完要回家。無論如何，他們或肥仔把籃子裡的食物吃光了，只剩下沾滿碎屑的餐巾和碎盤子。

我們離開那地方，沿著馬路往肥仔去的方向追。走了一段距離後，尤斯塔斯判斷肥仔離開大路，鑽進樹林去了，於是我們也那樣走，結果吃足苦頭。我們看到肥仔的衛生衣被一棵荊棘勾住而扯下一塊，血跡斑斑。我實在難以理解，那麼肥的男人，被手槍痛打之後——還受了槍傷——怎麼能殺那麼多人，然後繼續逃亡，都沒有倒下來死掉，或至少虛弱到動彈不得。他穩定且快速地移動，逼得我們苦苦追趕。我不知道其他隊友怎麼樣，但我自己是很累了，而從姬米蘇的模樣看得出來她也精疲力盡。

我們終於必須停下來，因為溫頓和尤斯塔斯認為馬匹快要累垮了。我也差不多到了撐不下去的地步，不禁慶幸那些馬需要休息。打一開始我就告訴自己，無論如何我都會夜以繼日地堅持下去，不知疲倦為何物，但我沒料到自己會累。而且我覺得尤斯塔斯的追蹤已經到了盡頭，他在黑暗中無法分辨行跡。如果三寸丁有同樣想法（我相信他有），他倒是沒說出來。

樹林中有一塊空地，看起來曾發生過雷擊，有一片土地被燒光。那裡的樹細瘦乾枯，火災應該已經是好一陣子之前的事。在被火蹂躪過的樹木之間，大部分的焦土都已化作滿地青草。我們停下來照料馬匹，在兩棵歪七扭八的柿子樹之間綁起一條繩子，再把所有馬都拴在這繩子上；這兩棵柿子樹不知為何從火災中倖存，但不是很健康。我們感覺像在一個坑洞裡，這些大樹圍著營地邊緣，到了夜裡，因為有各種陰影什麼的，它們就像把我們包住的圍牆。

我們生了一小簇火來煮食，因為除此之外我們並不需要火。這天晚上光線充足又很暖和。我們煮食完飽餐一頓，然後攤開鋪蓋，打算天一亮就動身。大豬晃進樹林裡，在松針上找了個位置趴下，我鬆口氣，因為我並不想跟牠一起睡。

姬米蘇把她的鋪蓋鋪在殘餘火堆的下坡處，而那一度幫助我堅強心志的宗教熱誠，現在已開始有些動搖。事實上那天晚上，可以說我的宗教熱誠徹底地崩塌了。當我認為大家都睡著後，我起身悄悄走到她那裡，掀開毛毯鑽進去和她躺在一起。我用嘴唇輕撫她耳朵，她緩緩醒過來，說：「耶穌不會生氣嗎？」

「別這麼說，」我說，「會害我有點冷掉。」

「我想如果耶穌願意的話，祂能原諒吧。」她說，「如果祂不肯，就稱不上是大家所說的那種原諒者了。」

「妳非要現在聊耶穌不可嗎？」我說。

「你覺得適合時就會聊到祂啊。」她說。

「所以妳覺得現在適合？」

「我只是說我沒辦法想像天底下有哪個男人，即使是耶穌，不會偶爾想找找樂子。我想要信教的時候也會很虔誠，這樣行得通啊。要是我太認真去想這件事，我就知道它是謊話，不過如果我瞇著眼去看它，我就可以接受。」

「我不知道耶。」我說。

「噢，閉上嘴吻我吧。」她說，「願耶穌賜予你力量。」

接著她就翻身仰躺，我們接吻。她的嘴巴有點酸味，我想我也是，不過我們開始熱吻後我就不再注意這件事了。我們很快就在毛毯下脫起衣服來。我們一直做到月亮西沉，快要日出的時候。我本來以為我很累，卻絕對是生出了額外的精力做這檔事，我不太想歸功於耶穌。事後姬米蘇倒頭就睡，而我仍全身發熱，最後我將毛毯稍微拉下來，讓空氣吹涼我赤裸的胸膛。在那一刻，儘管我們正努力尋覓我妹妹的蹤跡，我卻感到有記憶以來前所未有的暢快。薩賓河一向不是真的藍色，總是呈現泥巴棕，但當下在我的心裡它就是藍色的，草地也一直是綠的。即使是冬天，風很涼爽，土壤肥沃又密實，全世界盈滿光輝。那種感覺太美妙了。我躺在那裡沉醉其中，然而它已漸漸流失，而我為何在此的記憶又像洪水般淹過我，使我腦海中的草地枯萎、土地變硬，我的光輝也化作陰影。

發生這樣的現象時，我回過神來，才看到三寸丁就在火堆的另一側，坐在他的鋪蓋上，離我們只有不到九公尺。他悄悄挪到那裡，我們都沒聽到也沒察覺。他手捧一本書，戴著眼鏡，身體傾向火堆就著光線。

我在毛毯下穿起上衣和褲子，爬起身，光著腳繞過火堆去蹲在他旁邊。「你大可以清個喉嚨吧。」我說。

「我也可以敲著平底鍋唱兩首小曲，但我不想害你分心，畢竟你忙著辦事。」

「你沒必要在旁邊看。」我說。

「除了毛毯上上下下地動來動去，哪有什麼可看的。我坐在這裡是為了看書。」

「在那種時候你還看得下書？」我說。

「這個嘛，我承認我三不五時會瞄一眼，看看毛毯有沒有滑開，但我更擔心看到你的光屁股而不是她的。」

「我猜我並沒有自認為的那麼靜悄悄吧。」我說。

「你們兩個發出的聲音就像兩頭豬在吃飼料槽裡的玉米。別告訴大豬我說過這話，我相信牠自認為很有規矩。」

我朝山坡下其他人睡的位置望去。他們似乎都睡得很安穩，不知道這裡發生什麼事。我甚至能隱約看到松樹林裡大豬的輪廓。牠看起來挺舒適的。

「做完之後，我現在頗有罪惡感。」

「你在做的時候有罪惡感嗎？」

「完全沒有，但那時我太專心在做了。」

「有很多你不該做而且應該感到羞愧的事，都可能讓你做到忘我，不過相信我，女人是該徹底享受的一件事，所以不必有罪惡感。她又不是誰的老婆，而且她是自願的，再說聖經裡也沒有『汝不可享陰道』這句話。倒不是說我在乎聖經說什麼。」

我消化了一下這番話，決定換話題。「你在看什麼書，竟然能這麼成功地吸引你的注意力？」

「還是馬克．吐溫那本談旅行的書。它讓我想要循赤道而行，它使我想要探索任何可能，只要別再做我現在的勾當就好。唯一的障礙是經費。要是有錢，我就能旅行，能召妓，能吃美食，能買到各種我喜歡的事物。我不是說我比別人更有資格獲得這一切，只是說我可能比別人更有企圖心。」

我輕輕笑起來。「或許有一天你能成行。」

三寸丁搖頭。「我不這麼認為。你知道我怎麼想嗎？我覺得不久後我就會死在類似這樣的小徑上，或是死在家裡，或是死在我架設單筒望遠鏡的山丘上；雖然沒有哪個地方特別糟，但要是我能選擇，我想死在海上某處，正在前往某個外國港口的大船上。要是不能的話，那就死在單筒望遠鏡旁邊吧，仔細想想，或許這個選項才是最好的。我已經挑了我自己的星星，它屬於我。也許有別人挑中它，不過我已經把它據為己有，不容許別人來搶。能夠看見它的日子，我會在夜空裡找出它，感覺就像有個閃亮的眼睛直接看著我。它不是上帝，也不是星星，而是我自己在回望著我。」

「你的口氣跟我妹妹好像，」我說，「她也幫自己選了一顆星星。」

「是喔？」三寸丁說。他難得顯露真心訝異的神情。

「對啊。」

「她似乎很優秀。」

「我們只覺得她怪怪的。」我說。

「跟你有同樣視角的人，都把清醒當成盲目了。」他說。

「我很清醒啊。」

「你身在這個世界上，可不是它的一分子。因此，你並不清醒。」

「你自視甚高對吧？」

「對啊，我必須如此。我的視角很低，這是看待世界的不同方式。聽著，小子，我不覺得我的行為有比別人優越，我就和最惡劣的人渣一樣，曾經打打殺殺。我身為幫兇，幾乎將野牛滅絕，我也曾經收錢殺人，但我知道我是誰，也知道這世界是什麼樣，不管你怎麼說，你都會做我做過的那些事，卻給它不同的名稱。你不斷搖動正義的大旗，也發表慷慨激昂的言論，但就某個角度來說，你跟我一樣墮落。」

「胡說八道。」我說，「你來上這麼一大套，全是因為你和我妹都挑了一顆星星的關係嗎？」

「你也應該給自己挑一顆。」他說。

「很抱歉我提到這件事，」我說，「我只想表達她跟你一樣很特別，不過我可以向你保證，她的心地善良多了。」

「這我相信。我也希望時光能倒流，而我能改變做法，但我不能。我只希望露拉看得見她的星星。我希望在這混亂痛苦的時期，她能夠抬頭看到它，感覺那就是她自己，而如果她能脫離她的軀殼，她就能想像那顆星星使她成為地球光環的一部分。」

「聽起來像宗教。」我說。

「聽起來像我們為了撐下去而自欺欺人的那種謊言。」三寸丁說，「但我和你的差別在於我知道它是謊言。」

他把書放到腿上，盯著我瞧了一會兒。「如果沒有任何限制，你想要去哪裡？」

「什麼？」

「如果你在世界上可以做任何事，可以去任何地方，你要去哪裡或是做什麼事？」

「我不知道耶，」我說，「這又不是真的可能發生的情況，何必去想呢？」

「就想想看嘛。去哪裡？做什麼？」

「要是可以選的話，」我說，「我想回到我的農場，也許娶個老婆、生幾個小孩、種些作物。就我的經驗，那種生活還不壞，而且現在在我看來是愈發美好了。」

「可是如果我們找到你說的那群人，救出你妹妹，你就沒有土地了。」

「你剛才問的是我想要怎樣，我想我和露拉可以盡可能重建美好人生吧。」

「那姬米蘇呢？」他問。

「她可能已經經歷過太多場冒險了，不會願意安定下來。」我說。

「這是種修飾性說詞。」他說，「但也許正因為她經歷過太多場冒險，她才想安定下來。人不是只有一種類型，試著定義人，就像試著判斷一隻青蛙會往什麼方向跳一樣。」

「往水裡跳。」我說。

三寸丁微笑。在那一刻，他看起來異常和藹，像個馬上要餵你吃一塊水果的慈祥叔叔。

「你太武斷了，小子。你很少說對，但你總是這麼胸有成竹。」

我沒回應，我不想配合他。營火劈啪作響，我們望著它。我說：「我對溫頓警長很好奇，他的臉怎麼會變成那樣？」

三寸丁把書放到地上，繼續盯著火焰。「他並非一直都在當警長，他曾經是個賞金獵人。但是在成為賞金獵人之前，他曾試著在北德州關建一座牧場；在我看來，北德州在整個德州之中，算是只要鋪上碎石和穀倉地板刮起的屑屑就有所進步的一塊地區。當時那裡是科曼奇族的家園，或該說僅存的科曼奇族。老實說，他們的土地範圍應該不止是那樣，把北德州形容為他們常出沒的其中一個地點比較公允。他們是遊牧民族，所以四處遷徙獵捕野牛。那時候他們已快要走到末路，但他們還不知道。也或許他們知道，不過還沒有準備好接受事實。即使當事實近在眼前，人們也鮮少能夠面對。事情也應當如此，他們沒有任何優勢可言。白人帶著更精良的武器成群結隊而來，科曼奇族的主要存糧野牛幾乎已經被獵殺殆盡。然而科曼奇族仍然令人畏懼。

「拓荒者源源不絕，科曼奇族奮勇抵抗。他們頑強反擊。當時我為了追捕一個懸賞通緝犯而往那方向去。我原本就認識溫頓，我們自己也獵過野牛，是為了皮革。獵牛取皮是件非常血腥又難聞的活兒，老實說，我現在是幹不了了，我沒辦法像以前那樣射殺野牛。我現在覺得該被射殺的是人類，動物不應該受打擾。但我做過那種事，我剝了牠們的皮，然後任由牠們的肉在大草原上腐爛。有時候我會自己留一點肉或是牛舌，若是烹調得宜，牛舌是很美味的，但大部分的肉都腐壞了。我承受不下去，於是轉行做別的。

「溫頓繼續待在北德州，他認識了一個姑娘。私下告訴你，她醜得天理不容，而且和響尾蛇一樣乖戾。她醜到必須偷偷摸摸走到比司吉背後，然後拿槍逼它被吃下肚。她有張馬臉、皮包骨、細鼻梁——事實上她的鼻子細到可以掰下來當縫衣針來用。她的嘴唇活像鹿皮外套上的縫線。但溫頓很愛她，他們生了個孩子。我有聽說他當上父親這件事。

「後來有一次我為了追懸賞通緝犯而經過那附近，但我追丟了，始終沒找到。那是從我手裡溜掉的少數目標之一。他確實溜走了，就我所知，那個人一直沒落網。他叫詹姆斯・普蘭特，因為謀殺一名商店老闆而被通緝。聽說他殺那個男人是因為對方對他的姪女出言不遜之類的，我記不清了。很多人認為他除了宰掉一個人渣之外，並沒有做錯任何事，不過這與我無關，他是個容易得手的財源，所以我就去追捕他。而如我所說，他逃掉了。這些年來我聽說他一直往北移動，日子過得還不錯，也沒惹上別的麻煩，但我無法證實這些傳聞。我只能證實溫頓發生了什麼事。

「那天傍晚我去他家，老遠就大聲自報身分，溫頓走出來迎接我，帶我進屋。這是我跟他老婆第一次見面，不過我從溫頓那裡知道她不少事；她看我的眼神好像我是雜草。他們的孩子三歲左右，對我的身高感到很驚奇，把我當成玩伴。我被迫陪她玩騎馬打仗，還有坐在地上玩各種牌戲和棋賽，她其實全都不會玩。我得說我不由自主地樂在其中。這小女娃很討人喜歡，完全不會用異樣眼神看我，她只是對我的迷你和獨特感到讚嘆不已。最後我在他們家住了好幾天，沒過多久，連溫頓的老婆莎拉都接納我了。我也對她產生好感。我想她是用有點好奇的目光在看待我吧，類似假如我幹她會是什麼感覺。這話聽起來可能是我自以為了不起，但我跟你保證我有那種感覺，況且我確實自以為了不起。我還知道一項事實：莎拉當過妓女，這我並不意外，溫頓這樣的人並不會在欣賞歌劇時結識未來的伴侶。但我當然沒興趣。要是她願意，又不是溫頓的老婆，我是可以勉強容忍那張臉，雖然看到它就像被斧頭劈砍靈魂般痛苦。不過眼皮的功能不就在這裡嗎？為你擋去不堪入目的畫面。總之，我跟她之間什麼也沒發生。實際發生的是後頭那可怕許多的事。

「那天一早，小女孩起床後跑去屋外，因為她想看剛出生的小牛，而天還沒全亮時，科曼奇人就發動了偷襲。他們近在屋外，已經割開豬和牛的喉嚨，甚至從遠處用箭射死看門狗，所以連一聲預警的狗叫都沒有。他們正打算把馬偷走時，小女孩偷偷溜出門，於是他們把她抓住。他們沒能及時捂住她的嘴，她尖叫出聲。

「莎拉不失為一個稱職的母親，我們還來不及拿槍，她已經跳起身衝出門，然後我們也聽到她尖叫。等我們帶著步槍趕到屋外，只看見科曼奇人騎馬離開的背影，莎拉橫趴在一匹馬的馬鞍上，小女孩則不見蹤影，但我們聽得到她在號叫。她不斷叫著『爸爸、爸爸』，那種聲音像是把你的心扯出來熬煮。

「嗯，他們殺光了馬匹之外的所有牲口，可是當他們抓走小孩和莎拉，而我們拿著槍衝出來時，他們逃之夭夭。這不是因為他們害怕，而是因為他們已經懲罰了溫頓試圖住在他們土地上並飼育家畜的行為。他們原本打算把馬偷走的，結果卻只是將牠們趕到野外。我們花了一個多鐘頭才湊到兩匹馬、裝上馬鞍，我們自己也換好衣服。你知道嗎，我們就扛著步槍，打著赤腳，穿著內衣褲，滿荒野地追那些印第安種小馬。

「所以我們備好武器騎上馬，出發去找他們。科曼奇族的想法很難預料，有時他們擄走女人後會讓她加入部落，但通常那是年紀小的女孩，可以當成科曼奇人養大。有時候他們的女人會病死，或被其他部落的戰士，甚至是科曼奇族的其他分支搶走或殺死。有時候為了確保他們部落的人數能增加，他們會搶女人來生小孩。直白地說，科曼奇族就是一支印第安大雜燴——有很多白人血統和其他印第安人的血統，也有黑人血統等等的。所謂正統的科曼奇族不在其血統純正，而是他的生活方式。有鑑於他們經常會擄走白人加入他們的部落，我努力保持樂觀的心態。我好歹能這麼勸慰溫頓，因為他幾乎已變得像得了狂犬病的浣熊。這說法能緩解一下他的狂亂。」

三寸丁轉頭望著溫頓躺臥的方向。

「我知道事情朝另一種結果發展的機率也同樣高，他們可能心血來潮就做了完全相反的事。科曼奇族可能前一秒還把你當仇人，下一秒又給你食物和牛皮袍，不過他們不會輕易送人家馬。馬是他們生存的關鍵。他們是優秀的騎士。

「阿帕契族喜歡徒步行動，他們把馬匹視為工具。他們會騎馬騎到馬累了，然後繼續騎。要是馬累癱了，他們就在馬旁邊生火逼牠站起來，直到牠實在站不起來，然後他們就把馬吃了。科曼奇族不是這樣。他們會跟馬說話。站在地上時，科曼奇族是有O型腿的醜八怪，但是一旦騎上馬背，他們便彷彿與馬合而為一，像是神話中的人馬。

「我離題了，應該要講溫頓怎麼會變成現在這副模樣的。他被憤怒和愛給沖昏了頭，我本來就對愛情存疑，從那天開始，我更加竭力避開它，因為它會讓人做出蠢事。

「我們追著他們而去，結果吃足苦頭。從行跡來看，溫頓判定我們已經拉近距離了。科曼奇人勢必也有同感，因為他們用了點手段拖慢我們的速度。我們近到能聽見遠處傳來幼兒的哭聲，那是一種悲傷的號啕聲，隨著我們前進而愈來愈響亮，不久後便轉為尖銳的哭叫。」

三寸丁說到這裡，遲疑了一下。夜幕似乎在我們周圍收攏，彷彿我們被浸入一只袋子裡。我覺得有點暈眩。我剛才一直憋著氣。

三寸丁吁出他的那口氣，好像那是他生命中最後的氣息，火光下，他嚴厲的表情變得柔和。

「我們來到某片有灌木叢的區域，有些灌木上長著棘刺，很粗大的刺，像釘子一樣。我們看到有一片樹叢上曾有東西拖曳的痕跡，然後我們發現寶寶的衣服被樹叢刮破留下的碎片，又看到陽光下有某種會反光的東西，白得像雪，夾雜著溼潤的黏土。那既不是雪也不是黏土。他們削尖了樹叢的一根樹枝，然後把寶寶插在那根尖銳的樹枝上。他們用樹枝刺穿她的肚子，而那當然就是造成駭人尖叫聲的原因。他們在刺穿她之前，還用繩子綁著她從棘刺上拖過去，然後將那可憐的寶貝捅得牢牢地，讓她不能自行扭動掙脫。就算她掙脫也沒用，那傷口已經太嚴重，她絕對活不成了。」

「真是一群怪物。」我說。

「他們是人類，」三寸丁說，「所以你說得很正確。」

「人類？」我說，「這種行為毫無人性可言。」

「我知道有些男人會抱著『印第安人不太算是人』的方便思維，去強暴和殺害印第安人。我相信尤斯塔斯能詳細告訴你黑人受到白人如何對待的不愉快故事，所以我就不為白人、印第安人或黑人任何一方的本性辯護了。我一視同仁地討厭他們全部，包括我自己在內。對人類抱持超出他們能力的期望是徒勞無功的。我想我不該恨全人類吧，那就像討厭水是溼的、討厭土是乾的一樣。但我仍然恨全人類，有時候還以此為傲呢。」

三寸丁停頓了一下，把自己拉回原本的故事。

「顯而易見的是，那孩子拖慢了我們的速度。我們把她從削尖的樹枝上弄下來。到那時候寶寶已經沒有哭聲了，不過還活著。我們將一條馬毯罩在樹叢上製造遮蔭，然後將寶寶擱在蔭影下。我們盡可能幫助她，基本上也就是什麼都不能做。那孩子在接近天黑時斷氣，她始終沒有真正醒過來，雖然我們用樹葉和手帕堵住傷口，她仍失血過多，感覺就像妄想拿一罐棉球吸乾墨西哥灣的水一樣。我們在馬毯下徒手挖了個坑，將孩子放進去。我們將馬毯披回馬背上，然後騎馬去找他們。當時已經入夜，我試著勸溫頓等天亮，但他聽不進去。我們在倉促趕路時，我的馬踩到路面坑洞，把一條腿跌斷了，我不得不割斷牠的喉嚨，盡可能保持安靜。

「溫頓不讓我跟他共騎一馬，擔心拖慢他的速度，所以他就自己先走了。那個地方不像這裡有很多樹，大致上是整片開闊的空地，偶爾會有些矮樹叢。溫頓愚蠢地一個人先走，我則扛著步槍、佩著手槍跟在後面。當然我很快就看不到他的背影了。我沒怎麼休息。我偶爾停一下腳步，抓點機會小睡幾分鐘，但我差不多就是一直走一直走，直到腳痛得要命，腳跟都冒出水煮蛋那麼大的水泡。

「最後終於天亮，我能清楚看見溫頓的馬蹄踩在科曼奇族幾匹小馬留下的足跡之間的印記。溫頓應該要察覺他被誘入了陷阱才對，但他被憤怒遮蔽了雙眼。他們刻意讓我們易於追蹤，不久後，我看到他們又進一步激怒溫頓。他的鞋印通往一條向下傾斜的溪床，底下有一條流動的小溪，水量極小而微弱，更像是流鼻水而不是真正的溪流。溪床倒是有些遮蔭，我下到溪床裡，靠在涼爽的壁面上躲避愈來愈熱的白晝，讓疲憊的自己休息一下。我脫掉靴子，將腳跟泡在淺淺的水裡，待了大概一個小時。我是用太陽位置判斷的。然後我拎著靴子，沿著小溪赤腳往下走，讓我的腳跟涼快一下，也讓我的腳從靴子裡解放一番。我來到溪床一側的一個凹洞處，在那裡看到一雙赤腳，以及躺在陰影裡的那人的其餘部位。我再仔細一瞧，那是溫頓的老婆，或該說剩下的她。我知道她是被強暴而死的，因為她兩腿岔開，陰部血淋淋的。她的鼻子和嘴唇都被割掉了，嘴裡塞滿泥土。他們強暴她又凌虐她，再拿泥土塞滿她嘴巴和喉嚨讓她無法呼吸。他們往她嘴裡塞土時勢必按住了她的腳，而我四下看看，看到馬蹄、印第安人的腳印，以及溫頓的靴印，就知道他也發現她了。他覺得自己離她的加害者已經夠近了，所以沒有埋葬她，他認為可以晚點再回來處理屍體。我能理解在這情況下他是怎麼想的，而這想法並不聰明。他想救的人都已死去，最好的做法應該是將屍體在凹洞裡擺好，然後把上方的泥土弄塌，就地掩埋。至少暫時先這麼將就，他再回去找輛貨車來接母女二人。但他被憤怒征服，使他像科曼奇人一樣盲目和野蠻。

「我穿上靴子吃力地往前走，雖然我心裡很清楚自己不該過去，但我對溫頓的友情讓我堅持下來，即使我知道他玩牌時會出老千，而且當年也用欺瞞的手法害我錯失幾筆賞金，還騙過我好幾回，甚至在喝醉酒後對我出言不遜。可除此之外，他是個好相處的同伴，至少從來不用擔心他會假惺惺。我沿著小溪走，直到它愈來愈細，然後漫成一片，最後整個乾了。這其實是最近一場我沒碰上的大雨所造成的積流，所以水量才這麼少。要是我有在思考的話，應該會早點想到才對。然而為了讓自己體力充足一點，我喝了小溪的水，還找到一隻蜥蜴，咬掉牠的頭，再吸食牠的內臟，忍住沒吐出來，這樣我才沒像原本那麼虛弱。有鑑於我即將發現什麼狀況，這算是好事。

「我想那些科曼奇人以為只有溫頓一個人在追蹤他們，不知道我也跟在後頭。他們刻意放慢腳步引他上勾，結果發揮作用了。到了中午時分，天氣熱到能讓希拉毒蜥流汗流到死，我光是扛著夏普斯走路就精疲力盡。我看到前方的平原上有個黑色形體，它附近還有其他幾個黑色形體。四周有各種野牛骨頭，散落得到處都是。在那個中心位置曾有許多野牛遭到屠殺，堆著一座骨頭山。我趴到地上開始匍匐前進。我爬到一座骨頭山旁邊，其中有兩個很大的野牛頭骨。我趴在一個頭骨後頭，緩緩從頭骨上方偷瞄，看到大草原上豎了一根杆子；然後我發現那並不是杆子，那是一棵老灌木，孤零零地長在什麼也沒有的空地中央，彷彿它存在的唯一目的就是擔任溫頓的火刑柱。他被綁在樹上，他們用乾掉的糞便和樹枝，或是科曼奇族慣用的那些東西生了一團火。他們以超越所有人的能力，在匱乏中找出資源來滿足需求，例如利用木頭來剔牙。現場有六個科曼奇人，我當下就判定他們是戰鬥小隊的主力，因為人數符合馬的足跡。他們的馬在附近，被綁住腳而無法亂跑，所有科曼奇人都在凌虐可憐的溫頓，到了這時候他已開始慘叫。他們從火堆裡抽出著火的樹枝往他臉上送，還拿刀割他，鋸掉他一隻耳朵。他們正在鋸他耳朵時，我將今天帶的這把夏普斯，也就是昨晚溫頓自己用過的那把，架在野牛頭骨上開了一槍。我的本意是殺了溫頓，好解除他的折磨，然後我是要試著殺光那些科曼奇人，或是為了保命而溜之大吉，就看我自己的選擇了。但是當我用步槍瞄準時，覺得溫頓還有救，所以我射的是一個科曼奇人，他在那一刻正用一根燃燒的樹枝緩緩靠近溫頓的眼睛。我瞄準那個人，雖然這一槍完全比不上比利．迪克森當年放倒科曼奇人的那一槍，仍然很不錯。當然，他們沒想到還有別的追兵，且歡快地投入於眼前的事務，也讓我花了比正常情況下更少的工夫，就來到相當近的距離。

「我通常瞄準軀幹，因為那是較大較保險的目標，但我射中這印第安人的頭——夏普斯子彈讓它像成熟的南瓜一樣爆開。嗯，我不確定是我的記憶錯亂了，還是事實真的如此，但那個科曼奇人的頭似乎整個掉下來，缺了頭的身體則自己轉朝我的方向，然後倒下。到了那時候，我已經看也沒看、想也沒想地又往步槍裡塞進一發子彈並瞄準。在其他人還丈二金剛摸不著頭腦時，我又射中另一個科曼奇人；射中他背部。所以還剩四個，由於科曼奇人天性務實，他們立刻衝向馬匹準備逃命，大概覺得剛才連續兩發快速的子彈表示他們被人數更多的民兵團追擊了。在用力眨兩下眼的時間內，他們剩下的人已經騎上馬背，準備開溜。他們也遵循科曼奇傳統，試圖帶走多餘的馬，包括他們搶走的以及死去族人的。這讓我有了再開一槍的機會，於是我發射了。我不確定是否打中其中一人，但是殿後的科曼奇人丟下搶來馬匹身上的引導繩，迅速逃離。我來不及重新裝彈，他們就已鎮靜下來，揚長而去。

「等我確定他們走遠，而非只是想騙我後，我便上前割斷溫頓的縛繩，讓他躺在矮樹邊，雖然它沒提供任何樹蔭。接著我去追到兩匹馬。你應該能想見，溫頓的狀況不太好，因此我從其中一個死掉的科曼奇人身上取下一個小袋子，找出一堆亂七八糟的種子等等，餵溫頓吃下，讓他補充體力。我撕破那印第安人身上的衣物，做成繃帶包紮溫頓頭上的傷，在他的燒傷處敷上泥土稍微止痛。我告訴你，被割掉一隻耳朵，鮮血直流，還被當烤肉，你應該以為這時候的溫頓會像隻鬥敗的公雞吧。但他不是。短暫休息後，他便站起來，我們爬上馬背，他堅持要去追殺他們，雖然他已經失去步槍，只剩我們從一個死掉的科曼奇人身上拿來的刀子。

「我們仍繼續前進，不久後我們看到一具科曼奇人屍體，他們放在地上並用毛毯蓋住，因為他們很務實。我那一槍畢竟射得很準。溫頓像屠夫一樣拿那具屍體洩憤，我還得離開現場圖個清靜，讓他去切割屍體，從頭到尾大叫大罵，好像它還聽得見似的。

「等他的屠宰完成後，我們繼續追擊。兩天之後我們不得不放棄。到了這時候，他們已拿出印第安人的看家本領來隱身，或許都躲進帕羅杜洛峽谷去了。重點是，我們再也沒見過他們，連一點蛛絲馬跡都沒有。於是我們開始折返，到了這時候，我們兩人都很虛弱。除了我用夏普斯射到的一隻兔子，子彈還稍微毀掉一些肉，在返家的兩天中我們什麼東西都沒吃到。我們的馬則有什麼草就吃什麼草，偶爾喝到一點積水，勉強撐了下來。我們回到溫頓的農場後，整整休息了兩天，才出去找到他妻女的屍體，帶回來埋在一棵大橡樹下，附近只有溫頓的土地有大量綠色植物和水源。我們又待了一天，準備一些補給品，溫頓去墓前探視後，我們便依他的意願燒掉小屋，騎馬離開。這就是溫頓那些傷疤的由來。」

16

天亮後，我們再次上路。沿途尤斯塔斯在尋找印記，我則偷瞄溫頓的傷疤，想著三寸丁告訴我的故事。我也想起溫頓對我說過關於殺人的事。有鑑於他的遭遇，他會和我抱持不同觀點應該也很合理。我也開始懂得他為何想參與這趟追捕行動。不光是為了錢，這也是一個救人的機會，彌補他過去救援失敗的缺憾。這一點在我看來就像天空中的太陽一樣清楚明白。

我思考三寸丁所說人類本性大同小異的言論。我無法忘卻這句話，也無法援用上帝的恩典來解套。

我也在想一些更實際的念頭，例如我們身處的環境遠不及當初三寸丁和溫頓追逐印第安人之地那麼開闊。在這裡比較容易躲藏，而肥仔自有其危險之處，程度不亞於任何科曼奇人。他有一副蛇蠍心腸，做事完全只因為他高興；與他為伍的那些人全都一樣，於是我不禁疑惑人怎麼會變成這般。我沒想出任何答案。

我們現在經過的地方是長滿樹木的丘陵地，沒有一條明確完整的路可以走。我很擔心某匹馬會不慎踏進坑洞，或是被蛇咬，或發生類似意外。不過追蹤的部分似乎很順利，尤斯塔斯以迅捷的速度帶我們前進。我們沒聽到三寸丁針對尤斯塔斯追蹤技巧不佳發表半句意見，但這可能是因為尤斯塔斯已經開不起這個玩笑了。

我們經過時驚動了一些鳥和鹿，每次有鳥急飛或是鹿跳走，我都嚇到差點挫屎，以為是端著步槍的肥仔。每次有鳥飛起，大豬都會衝進樹叢追逐，好像牠能長出翅膀飛上去咬牠們。

我們沿著一條蜿蜒的窄道前進，其實它只能說是一條鹿徑，所以多數時候我們都呈一路縱隊。姬米蘇在我前面，她回頭說：「肥仔好像沒有很小心的樣子，也許他不知道我們還在追他。尤斯塔斯似乎很輕鬆就能跟著他。」

騎在她前面的三寸丁頭也不回地說：「也可能他是帶我們去他想好的地方。」

這時我想到科曼奇族如何引誘溫頓中了埋伏；我對肥仔端著步槍的恐懼捲土重來，不過接著又稍微安心，因為三寸丁說：「我們的優勢在於，我認為肥仔是想逃走的，也許找個地方療傷，他應該傷得不輕。但沒人敢說他是個軟腳蝦。他被手槍痛扁一頓，又被射了好幾個洞，鮮血灑滿整個東德州，還一路殺人，把一輛汽車開到沒油，現在仍然領先。」

尤斯塔斯說他覺得肥仔比我們超前很多，但我們最好還是吃我們帶的食物，別考慮開槍打獵。我們判斷生一小團火來加熱食物無傷大雅，反正此處樹木茂密，而且肥仔離得夠遠，不致於打草驚蛇。我們也特別留意沒用乾樹葉或溼木頭來燒火，它們會產生太多煙霧。

尤斯塔斯認為我們隔天可能會遇上肥仔，而他已摔下馬，失血過多而死。我喜歡這說法，希望真的發生。那讓我覺得是上帝的旨意，而不是由我們某把槍的子彈或是尤斯塔斯那支火砲的彈雨來決定的。

當天晚上，我和姬米蘇沒再做前一天晚上那檔事，不過這次我正大光明地和她躺在一起，即使我只是很不安穩地睡覺，偶爾摸她一下確認她還在。我覺得蓋著毛毯的她體溫有點太高，不過有她在身旁還是令人安慰，所以我安之若素。

尤斯塔斯輪第一哨，然後是三寸丁，再來是溫頓。之後應該輪到我，接著是阿斑。姬米蘇因為是女人而不用輪，不過我覺得她頭腦清楚、意志堅強，其實足可勝任。她先前在商棧射中肥仔，可以證明她不是省油的燈。不過其他人還是不贊成這麼做。

但結果是前三個人自己扛下了輪哨工作，始終沒來叫醒我和阿斑。我不知道這是因為他們太客氣，還是他們擔心我做不好，而阿斑可能趁三更半夜私自決定先打道回府。

隔天早上我醒來時，發現其他人都在備馬。大豬端正地坐著，好像某種監督員一樣旁觀。姬米蘇已經起床了，阿斑也是。我是睡到最晚的一個。我本來想辯解一番，不過事實上，雖然我很想找到妹妹，但我開始感到強烈的疲憊，好像我骨子裡有種重量，將我深深地拽入地底，而我沒有動力爬上來。我感覺比實際年齡多添了好幾歲，而且懷著我不樂見的惡意。

我們來到一片地形崎嶇到未必總能騎馬的區域，偶爾必須牽著馬穿過森林，按照尤斯塔斯追蹤的結果，跟著肥仔的路徑走。我偷偷斜睨姬米蘇好幾次，愈看愈覺得她好漂亮。她現在可以說是處於原始狀態，原本所有類似化妝品的東西早就脫落。她的頭髮用一條黑色緞帶紮在腦後，束起來的髮尾在背後微微彈動，莫名地令我興奮。我不確定為什麼會這樣。它只是頭髮，但總之就是如此；它讓我渴望再與她共處，抱著她——還有，當然，我已體會到爺爺以前稱為肉體伴侶的愉悅。

當我心中浮現那個念頭時，感覺它沉重得像用磚塊砌成的災難。想到我與爺爺還有警長共用過姬米蘇，並不令人愉快，我對她的愛戀很快就可謂跛了一條腿。但即使腦中懷有這種預設立場，我還是很快就將它撇開，開始想說她可是跟我走，而不是別人，這必定有其意義。這仍然不是務實的思維，而我到現在從女人身上學到的一個教訓是，她們常常會害人不講邏輯。我自圓其說的理由是，她大可以隨時拋下我自己走，結果卻選擇堅持留在這艱困的路上面對可能的危險。

我開始琢磨她是否會一直待在我身邊，我能否在她身上寄託一線希望，抑或她的老本行會吸引她重操舊業。起初我無法想像她有任何理由會想回去過那種生活，可是當我想到媽媽，還有我依稀記得的奶奶，幾乎都是她們在洗滌、打掃、餵飽男人並照料他們的記憶，姬米蘇現在則以她自己的方式在做同樣的事，不過卻能由她掌控條件，還能收取酬勞。這讓我五味雜陳。我不知道該支持這困境的哪一方才好。一個女人願意自食其力以及勇於表達想法，其實頗為吸引人，而她絕對緊緊勾住我的心，就像一條魚的魚鰓深處埋著魚鉤。

大約正午時分，這些胡思亂想都戛然而止，因為我們看到了肥仔搶走的黑馬。牠側躺在一座小山丘上的松針叢間，還活著，但一條腿骨折了，呼吸很吃力，已經奄奄一息。

我們遇上垂死黑馬的時候，正好讓我們的馬喘口氣。尤斯塔斯把他的韁繩遞給我，走過去察看那匹馬的狀況。即使從我和姬米蘇並肩而立的位置，我也看得到馬鞍上有乾掉的血跡。肥仔沒把馬鞍帶走，鞍袋倒已經不在了。我猜他在鞍袋裡裝了食物或武器，所以才要留著，然而拖著馬鞍走並不是明智之舉，即使那是上好的馬鞍。

尤斯塔斯蹲下來溫柔地撫摸馬的頭，說了些安撫的話。大豬湊近去看熱鬧，但尤斯塔斯好聲好氣地要牠退開。大豬用那種耍脾氣的態度跑進樹叢去了，牠三不五時就會像這樣使性子。

三寸丁拿著刀走過去割開馬的喉嚨，就像他告訴過我追蹤科曼奇人那次一樣。這匹可憐的馬很快就不再甩頭，失血過多而死。事態已經演變成每次我一轉頭就會看到有生命受傷或死去，就算沒親眼看見，也會聽說這樣的事。

「牠就踩到這邊的坑洞，」尤斯塔斯說，「而那個混蛋連送這動物上路的格調都沒有。現在我絕對不喜歡他了。他已經騎死兩匹馬了。」

「他可能擔心開槍會被我們發現。」溫頓說。

「他大可以割開牠喉嚨。」尤斯塔斯說，「他可以那麼做。」

「他凡事都只想到自己。」姬米蘇說，「一向如此。他來妓院的時候，你以為他會知道自己跟一坨馬糞一樣醜，但他總是表現得好像從紐約市來的塗了髮油的大帥哥。簡直像是他照鏡子的時候看到另一張臉。」

「嗯，」阿斑說，「他那面鏡子可不得了。」

尤斯塔斯挪開了一段距離，蹲下來研究馬鞍上乾掉的血。他說：「這裡的血表示這馬應該倒下來好幾個鐘頭了。那是肥仔的血，因為已經乾了。天氣這麼熱，血乾得快，所以雖然他超前我們，但沒有超前太多。」

尤斯塔斯站起來，往四周瞧一瞧，找到他感興趣的東西。他說：「他往西邊，也就是那個方向跑了。他走路一跛一跛的，但他真見鬼的還能走路。」

「他流血流成那樣，一定已經快沒血了吧。」阿斑說。

尤斯塔斯搖頭。「我不覺得他一直都在流血。我想他本來都拿東西堵住傷口了，只是馬跌倒時，他才又開始流血。不過他能這樣一直撐下去，還是滿有種的。」

尤斯塔斯消失在一簇濃密的樹林裡，不過他沒去多久。回來後他說：「我覺得應該由我去找他，看能不能追上。如果我們全都去，我們就得擔心全部人。我可以用走的，也許能發現他。或許我能放倒他。」

「你應該帶我的長槍去。」三寸丁說。

「不了，」尤斯塔斯說，「我要拿霰彈槍接近他，而且絕對要讓他注意到我。」

「我跟你去，」溫頓說，「精簡人數是合理的，但你也該有後援。肥仔兄似乎比我想像中更有頭腦。他就像一隻受傷的山貓，可能出其不意地攻擊人——在某處靜靜地等你，引誘你走過去。我們至少兩個人一起行動會比較妥當。」

「那好吧。」尤斯塔斯說，「但我們快點吧。」

他們在鞍袋裡裝好一些補給品，溫頓將鞍袋掛到肩上。他帶了一把從商棧拿的溫徹斯特步槍，而尤斯塔斯當然扛著他的火砲，褲子右側前口袋塞了一把手槍。我曾看過那個口袋內襯是皮革材質。他另一邊褲子口袋裝滿霰彈。他仍穿著背心，帽子壓低，戴得很緊，他想認真做事時就會這樣戴帽子。

「照我看，」三寸丁說，「你們兩個就循著行跡盡快追上去，我們會試著跟在你們後頭，儘管我並不是追蹤者，也從來沒這麼自稱過。」

「但我是，對吧？」尤斯塔斯說。

「你迷路的可能性比較低，」三寸丁說，「我對你有這信心。」

尤斯塔斯微笑，伸手拍了拍三寸丁戴著帽子的頭，好像他是個小男孩。「要是我被殺了，你在路上發現任何我留下的廢物，都可以帶走。我希望你知道這件事。」

他們握了握手，然後尤斯塔斯朝我們其他人咧嘴一笑。溫頓揮揮手，他們就走了，留下在原地牽著馬的我們。

他們從視線消失後，三寸丁說：「我們得給他們一些拉開距離的時間，免得走在後頭的我們製造出牛群般的噪音。我們先讓他們出發兩小時，再牽著馬去找他們。等地形適合騎馬時，我們就坐上馬背繼續追趕。這樣我們既能迎頭趕上，他們也有時間偷襲肥仔。」

為了打發這兩小時，好讓尤斯塔斯和溫頓安靜先行，我們停下來生火，拿小鍋子煮了點白腰豆和鹹豬肉。我用玉米粉和水做了些簡易點心，用一點豬油固定。這不是真正適合做玉米麵包的方法——即使是煎式玉米麵包，在麵糊裡加蛋液才更理想。我在煎的時候，大豬冒出來旁觀。我撕破我們帶的一個紙袋鋪在地上，往上頭撒了些玉米粉給牠吃。牠把玉米粉吃了，牛皮紙袋也吃了。我還不如直接倒在泥土地上。

我們吃完以後，又煮了些咖啡，喝完後把火熄滅。三寸丁拿出懷錶看著。

他在看的時候，阿斑說：「我沒聽到槍聲耶。」

「我也沒有。」三寸丁說，「但他們不太可能已經追上他了，他也可能從他們眼皮下溜掉了。我突然想到，如果是後者的話，他可能會繞回來偷襲我們。」

我可沒想到這一點，可是現在我留意起周圍，一手擱在腰間的手槍上。我心想要是我得再度拔槍，我得確保視線不受阻礙。

「你覺得他知道我們在哪嗎？」姬米蘇問。

「不太可能，」三寸丁說，「我認為他悶著頭往前衝，正努力找一個避難所。如果他的傷勢夠重，這可能是他唯一的念頭。他打算去的避難所也許不是我們的目的地，不過跟著他仍是我們最大的希望。要是沒能找到他們，我們也知道大密林的萬惡淵藪在哪裡，我們會去那裡查探一番。天無絕人之路嘛。儘管如此，我建議我們還是別太掉以輕心，太過依賴尤斯塔斯的追蹤技巧。」

「你的嘴巴就是饒不了那個人對吧？」阿斑說。

「你可沒像我跟著他一起迷路過那麼多次。」三寸丁說。

你可能覺得奇怪，我才剛告訴你我很緊張肥仔會偷襲，現在卻又覺得疲倦而靠著樹坐下了，不過事實就是如此，前一秒我還精力充沛，下一秒我已像酒鬼的杯子一樣虛脫。

我將帽簷拉下來蓋住眼睛，醒醒睡睡，然後好像聽到清脆的啪啪兩聲，接著是第三聲，類似有人踩到細樹枝的聲音——一下、二下……然後三下。感覺不在近處，那是遠方傳來的聲音。我抬起頭推開帽子，看看別人有沒有注意到，但所有人似乎都很放鬆，沒察覺任何聲音。我思忖了一會兒，判定我是在打盹時夢到的。大豬睡在我旁邊，當我靠回樹上時，牠抬起頭擱在我膝蓋上。我一手放在牠硬邦邦的頭頂，閉起眼睛，又模模糊糊地睡著了。

三寸丁覺得我們等得夠久時，便叫醒大家，我們開始牽著馬往尤斯塔斯和溫頓離開的方向走。他們製造的行跡明顯到連我都能跟著走。我們穿過樹林走了一陣子，然後來到一條從森林中央劈出的伐木道路。到處都是木樁，但中間有一條很寬的路，所經之處的木樁都被炸掉了。就算可以看見一些近似於此地原本自然植物景觀的部分，也純粹是意外留下的。有些闊葉樹被堆起來燃燒，所有松樹都運走製成木材。就連鳥都不唱歌了。

我們沿著這條寬路走，最後看到一堆金屬牛奶罐、幾大籃翻倒的地瓜和一隻死狗。那是一隻黑色中型犬，躺在地瓜和牛奶罐之間，有些罐子的蓋子開了，牛奶灑出來與狗的血——牠看起來是被槍殺的——還有一堆乾癟地瓜混在一起。

這時候我們已改為騎馬，多的馬牽著，不過為了這插曲我們又下馬細瞧。阿斑指著路面，說：「我不是丹尼爾・布恩[18]，不過這些貨車車痕還滿新的。」

嗯，我自己是不太能分辨新轍痕跟上星期的轍痕有何不同，不過阿斑似乎胸有成竹，所以我決定相信他。三寸丁也是。他下了馬，彎腰看了看路面，又站直身環顧四周，然後點點頭。

於是我們都下馬，望向周圍尋找任何能解釋這狀況的線索。

三寸丁指著地面說：「那輛貨車不久前經過這裡，而你們可以看到這裡有人步行的鞋印。還有更多比較晚來的鞋印，因為它們看起來更新。其中一組是尤斯塔斯的，這表示另一組是溫頓。我認得出尤斯塔斯的鞋印，因為他靴子鞋跟兩側都磨損了。尤斯塔斯習慣讓雙腳側面承受體重，而其中一腳的鞋跟總是比另一腳磨損得更嚴重一點。」

「我以為你不是追蹤者。」我說。

「我不是，」三寸丁說，「但我好歹向尤斯塔斯學到一兩招。他好歹懂個一兩招。」

「他說得對，」阿斑說，「那些鞋印是後來的。我也不是真正的追蹤者，但我稍微懂得跟蹤鹿，我看得出這個。」

姬米蘇說：「是說，這牛奶也許還沒壞，我想來一點。我可以開一罐嗎？」

我們同意了，因為有幾罐的蓋子還蓋得很緊。我幫忙固定好一罐，她在阿斑的協助下扭開蓋子。牛奶聞起來還是好的，不過已經變得溫熱。我們從包包裡取出杯子去舀牛奶。我大概喝了三杯後，三寸丁表示大家都別再喝了，因為天氣熱的時候喝太多牛奶容易發生腸胃問題，尤其我們又在騎馬。

姬米蘇已經沒在喝了，她挑了幾個比較好的地瓜塞進她的鞍袋。差不多在那時候，正把一杯牛奶湊到嘴邊的阿斑說：「噢，見鬼。你們看那裡。」

他放下杯子指著。

我們望過去，有一條腿和沒穿鞋的腳從一根圓木上方伸了出來。我們走過去察看，發現那條腿上連著完整的人。他是個白人，我猜大概四十歲吧，他的帽子前拉，帽簷壓得極低，整張臉被帽子遮住。他跟那條狗一樣死透了。剛才大豬跑去樹林裡一陣子，不過現在牠鑽出來，湊近想瞧一瞧。三寸丁說：「不行，大豬，別動他。去吃那條狗吧。」

大豬沒碰男人，也沒去騷擾那條狗。我猜牠剛才在挖食橡實和樹根，已經飽得像壁蝨了。

「他頭部中彈，」三寸丁說，「這下我明白發生什麼事了。沒有馬的肥仔往這裡走來，結果命中注定，來了一人一狗駕著貨車載運牛奶和地瓜要去市場。肥仔突襲了男人和狗，大概因為那狗想咬他或對他叫，或者他覺得那狗有威脅性。然後他把他們車後的貨物都丟掉，讓車子能跑得快一點。丟完之後，他就沿著路逃命了。溫頓與我們的傳奇追蹤者尤斯塔斯隨後趕到，現在他和溫頓只靠兩條腿，苦苦追趕一輛由馬匹拉著迅速奔馳的貨車。」

這時我才醒悟到，我先前聽到的三聲啪啪聲原來是三聲槍響，其中兩槍打在這男人和他的

18 丹尼爾・布恩（Daniel Boone, 1734-1820）為美國拓荒者與探險家。

狗身上，另一槍大概是失手了。

我們騎上馬背，跟著他們的行跡。我沒提要埋葬的事，我只想追上那個殺人如麻的混帳。我從未見過這種人，他會為任何理由而開殺戒，而且對家畜和狗就像對人一樣殘虐，更別說他如何粗暴對待牛奶罐和整籃地瓜了。

17

我們騎馬用小跑步的速度前進，但沒有撒蹄狂奔。三寸丁很確定我們馬上就會遇上循跡追著肥仔的尤斯塔斯和溫頓。

姬米蘇和阿斑稍微落後一些，他們並排而騎，不知怎麼地，那些地瓜引發他們之間的爭執，他們在吵怎麼煮地瓜才最好吃。姬米蘇主張把地瓜剖開後加上奶油和糖再烤，阿斑則確定應該用叉子在地瓜上戳幾個洞，烤熟後切開，然後再加糖和奶油。他們也爭論在煎地瓜時是否應該先稍微浸一下牛奶之類的。然而儘管這個話題對他們而言就和解讀聖經一樣重要，對我而言不但無法跟上，更是毫無興趣，所以最後我騎在三寸丁旁邊。

過沒多久我們就不再驅策馬兒小跑，而是讓牠們用走的，以免牠們在大白天太快累壞。現在已經熱起來了，我們的胳肢窩很快就會黏得跟糖蜜一樣。

我說：「我不了解女人。我不了解姬米蘇。」

「你說這話是尋求我的建議？」三寸丁問。

「大概吧。」

「你也知道我不信愛情，或任何構成愛情的元素。雖然我承認我也不是能徹底超然於外。」

「這麼說你談過戀愛？」

「我曾經被色欲所惑。」他說，「年輕時我很難分辨愛情與色欲，因為這兩者都會牽涉到幹炮。不過照理說它們是不同的，而我想當時我是處於愛情中吧。現在我知道需要別人通常代表自身的軟弱。」

「你不可能真的這樣想。」我說。

「就是可能，傑克，我也真的這麼想。但世上偏偏有個雀莉·威爾森。她跟姬米蘇一樣是妓女，也像她一般甜美可人。我覺得她對我也很有感覺。問題出在社會觀感。當你跟一個男人牽著手走在街上，看起來卻像母親帶小孩出門，對她而言實在太難接受了。有一回我們辦事時用的是背後式，我得站在腳凳上才搆得著。我自己都不免覺得荒謬，她更是有這種感覺。這段關係打一開始就注定不會有結果。我想她是樂意與我長相廝守的。就個人層面而言，在昏暗的室內，我的身高不成問題，但我們的交往不涉及公開場合；街上有太多雙眼睛看我們了。我想她寧可別人看見她跟一個獨眼又瘸腿的知名殺人犯出雙入對，也不想跟侏儒在一起。

「我們分開了，之後我萎靡了一段時間。喝個爛醉，流連煙花之地。我必須羞愧地承認，我對那些妓女很惡劣。我像正常人一樣找了份工作，在德州中部開店。我向你保證那是個不毛之地，可以說是德州的屁眼。我的店開在一條我覺得算主要交通要道的旁邊，結果我估算錯誤，主要交通都選擇走另一條會經過火車站的路。就算我把一小桶麵粉綁在一頭免費奉送的驢子背上，也賣不掉那桶麵粉，簡直就像我開了一家牛糞專賣店似的。消費者人數根本不足以支撐我的生意，不過確實有幾個不買東西的常客喜歡坐在門廊聊政治，好像他們有誰真的投過票或甚至知道怎麼投票。他們也喜歡吵宗教話題，通常究其根本都是為了受洗時要用浸水式還是灑水式而爭論不休，在我看來這兩者的差別並不重要也沒有意義。還有很多人是特地來看我的，但他們並沒有想買東西。感覺彷彿我還在馬戲團。

「我已經受夠被當成展示品，於是在某個不堪回首的星期三，我向一個男人清楚表明這一點；他當時堅持要脫掉我的衣服，逼我穿上一件洋裝跳舞。那是他帶來的洋裝，大紅色的，還挺水噹噹，但我不喜歡。就算那洋裝再高級，還搭配一雙免費皮鞋，我也能斷然告訴你，我既不打算讓人扯下我的褲子，也不可能穿上連身裙。他誤以為我個子小就會任人宰割，結果我朝他蛋蛋開槍，把他給打死了。

「警方的看法偏向我反應過度，要是當初我讓他脫掉我褲子、給我套上洋裝，一切就簡單多了。我始終不贊同這說法。最後我得到一個由法院分派的酒鬼律師，他根本不在乎我是被吊死、被閹割，還是被迫穿著那套洋裝和皮鞋參加茶會。有一次他開玩笑地對我說，那種茶會聽起來很逗趣，他倒真想見識一下。他人對我實力的低估，往往導致我能來個大跳躍加上急轉彎，這種現象在我越獄時也發揮重要作用，因為我確實做了這樣的事，而之後好幾年我都以為我會被逮到。後來我才得知法院發生火災，我的逮捕紀錄全都燒光了。想逼我穿洋裝那個男人的親戚接管了我的店，他們似乎覺得這樣的補償就已足夠，因為即使在親族之間他的人緣也並不好，原來他們很多人都曾被強迫穿洋裝，而且在鄰里間眾所皆知（儘管我狀況外），蛋蛋被我消風的那男人自己就有變裝癖，特別偏好女性內衣，尤其是緊身衣。就算我的紀錄沒燒掉，到了這時候也明顯看出，他們願意放我一馬，而不是站在那個身穿紅色格紋妓女洋裝的大老粗那邊。所以我今天才會在這裡，既沒有真愛也沒有自己的店，但不必穿著洋裝和小皮鞋。」

我正在消化這一串時，我們看到尤斯塔斯和溫頓坐在前方的路邊，身旁還有個黑人少年。他看起來年約十三、四歲，不過等我們騎馬來到他面前，我發現他其實更大一些，但仍未成年，個子不高且體格單薄。他一手按著頭，齜牙咧嘴。

當我們靠近，尤斯塔斯抬起頭，舉起一手。我們騎到他們旁邊後便下了馬，走過去察看，只有姬米蘇還留在馬背上。大豬也湊過去，男孩一開始被牠嚇一跳，但尤斯塔斯安撫他。不久後，男孩便敢摸大豬了。

「這是肥仔幹的好事。」尤斯塔斯說，「我們從樹林出來後，發現一個死人和死狗，還有一些打翻的牛奶。地上有貨車痕跡，所以很容易猜想發生了什麼事。又是肥仔。我們繼續追他。但他把貨車上的東西都丟掉了，車體很輕，所以速度飛快。」

「我們都看到了。」我說。

「我們順著路來到這裡，就發現這男孩抱著頭坐在路邊。」溫頓說。

「他被雇來搬運牛奶和地瓜，原本正要去利文斯頓的市場。」尤斯塔斯說。

「讓他自己講。」三寸丁說。

「我已經講過了，」黑人男孩說，「我本來跟貨物一起待在貨車後頭。卓拉斯金先生和他的狗勇哥在前座駕騾子。我是指卓拉斯金先生，勇哥不會駕騾子。」

「真可惜。」姬米蘇說。

「是啊，」阿斑說，「要是狗會駕駛貨車該有多棒啊。」

「你們兩個閉嘴好嗎？」三寸丁說。

男孩繼續說故事。「那個白人胖子從樹林衝出來攻擊我們。他拿著步槍，看起來慘兮兮又臉很紅，好像已經煮熟，可以塗上奶油了。他馬上就開槍。他先射狗，再射卓拉斯金先生。我跳下貨車，像兔子一樣拚命跑。他朝我開槍，子彈擦過我的頭，就在這裡。」

他放下沾滿鮮血的手。他耳朵上方延伸到腦後有一道淺槽，像是開溝器犁過焦黃草地般通過他羊毛般的頭髮。

「我進到樹林躲起來，應該待了有一個鐘頭左右，才偷溜回去，發現如我所想的，卓拉斯金先生和他的狗都死了。所有牛奶和地瓜都被丟下車，貨車不見了。我想不透那男人都成那樣了，怎麼還有辦法撐下去。光看一眼就知道他傷得很重。但他搶走貨車，趕著騾子快跑。我跟在後頭——不是為了追他，而是我想他不會回頭往我這方向來，就算他真的調頭，我也會遠遠看到，可以再像兔子一樣逃跑。後來我覺得頭暈，才發現我被子彈擦傷了。我坐在路邊，然後這兩位老兄就出現了。我跟他們說了剛才說的事。這隻豬不會咬我吧？」

「別突然有大動作就好。」尤斯塔斯說。

「如果你想的話，我們有多的馬可以給你。」溫頓說。

「我絕對需要一匹馬。」黑人男孩說。

「這馬已經沒人要用了，」溫頓說，「你就拿去騎吧。牠沒有馬勒和馬鞍，但我想你可以拿繩子做個馬勒和韁繩。我們應該有些繩子。」

「那真是太感謝了。」黑人男孩說。

「利文斯頓有多遠？」三寸丁問。

「沿這條路再走不久就到了。」黑人男孩說。

「那好吧，」尤斯塔斯說，「我看我們就要去那個方向了，或許別太急著過去比較好。最好等肥仔已經跟其他人躲在一起時再抓他，這樣所有毒蛇都聚在一堆了。」

「是啊，」溫頓說，「不過一條毒蛇只要用鋤頭就能輕鬆幹掉，一下子遇上一窩的話可能比較難對付。」

「等我們到了利文斯頓，」三寸丁說，「姬米蘇應該找個地方待著，等我們解決他們，或是他們解決我們。」

「才不要。」她說。她始終沒下馬，仍高高在上地俯視著我們。「我都已經他媽的跟到這裡了，才不要這時候退出。」

「這不是妳的決戰。」我說。

「你和我在交往，不是嗎？」她說。

「大概吧。」我說。

「欸，你不能再大概來大概去，給我搞清楚一點。」此時，我有過的所有疑慮都長出翅膀從我腦袋中飛走，消失在我思緒的天空之外。能說出這句話的感覺真好：「我們是在交往沒錯。」

「所以就這麼說定了。」姬米蘇說，「我們全部一起去找那些惡霸。我還滿想看到他們中槍的樣子，也不介意負責射個幾槍。」

剛才飛走的疑慮之鳥，現在又有兩隻從天空外回到我腦中，我還覺得隱約聽到更多隻鳥拍著翅膀朝我而來的聲音。

「妳和我是朋友對吧？」溫頓問姬米蘇。我猜既然他也跟她發生過關係，他自然好奇自己被歸類成哪種角色。

「你是好朋友之一。」她說。

「我不太想聽下去。」我說。

「噢，省省吧。」姬米蘇說，「我已經為了你放棄所有人了，你得開始把我當成跟原本不一樣的人才行，如果你做得到的話。要是你做不到，你和我也不是非要硬湊在一起不可。你給我仔細想想囉，傑克，認真地想一想。我非常喜歡你，但這種感覺也是有可能走樣的。像我這樣的女孩並沒有太多本錢可以消耗。」

「阿斑，你呢？」三寸丁問，「你目前的立場如何？」

「我只是來確保能拿到我的五塊錢的。」他說，「我可沒想參加槍戰、互砍或是肉搏戰。所以我可能還得再想想，暫時沒有肯定的答案。」

「那好吧。」三寸丁說，「但你可能得在路上做出決定。」

我們給了黑人男孩一匹馬，始終沒問他叫什麼名字；他決定他還是不去利文斯頓了，騎馬返回他來時的方向。我們騎上馬背再度出發，大豬跟著我們小跑步，姬米蘇騎在我旁邊。我思考著她剛才說的話。

* * *

我們在跟的那輛貨車，其中一個車輪上有一道凹溝，所以會在紅泥路上留下明顯不同於其他轍痕的痕跡；可是當路面某些區塊變得較硬，這痕跡就會不時變淡消失。在大多數時候，馬路就像紅辣椒，在高溫下曬乾變綿，起風的時候還會颳起乾燥的紅土任它亂飄，吹進我們鼻孔和眼睛，讓我們全身都沾滿細細的紅霧。姬米蘇表示它跟我的髮色很配。

我們並未如預期中離利文斯頓那麼近，但是等到日落時分，我們終於到了。我們全都沾滿塵土、疲倦不已。那不是很大的城鎮，但比我們出發時的那座小鎮要大，也較有秩序。三寸丁說它屬於那種蓋了太多教堂，以致於所有樂趣都被吸光的地方。我在那裡感覺更為自在一點，不過我得承認，頹廢鎮讓我嚐到罪惡的滋味，而我發現我並不討厭它。就某種程度而言，我覺得罪惡有點像咖啡。我小時候第一次喝到咖啡時，覺得好苦好難喝，但後來我加入一些牛奶並試著欣賞它，我又學會愛上黑咖啡。罪惡就像那樣。你用謊言稍微美化它，然後漸漸演變，你便可以接受原貌了。我實在是不願意走到那步田地，我希望至少在裡面摻些牛奶。而且事實上，我愈來愈難把姬米蘇和我做的事情看成一種罪惡。

等我們騎進利文斯頓時，我已開始覺得自己被開膛剖肚、用鹽醃過，然後丟給狗吃了。我幾乎無法待在馬背上。我們在一座商用馬廄停下，溫頓進去跟馬廄老闆談了談，他回來時已經幫我們安排好待在後側的小棚屋，那裡地上鋪有乾草，也有大量馬糞。我們領到乾草叉和一把很大的角鏟，於是我們把地板清乾淨。我猜這是我們待在那裡要付的一部分代價吧。實際上耗費的時間比想像得短，因為我們都迫不及待要完成。等地板都清空後，溫頓用手推車從馬廄主屋運來一些乾草鋪在地上，然後換我再去拿一些來。我們輪流做這件事，跑了好幾趟——連姬米蘇都下來輪，因為她堅持——不久後潮溼的泥土地就鋪滿乾草，聞起來很清新，而且是乾爽的。

馬廄老闆已把我們的馬牽走，卸下馬鞍，餵飼秣和水，我們則在棚屋裡攤開鋪蓋躺下來睡覺。姬米蘇跟我躺在一起，我們輕輕摟著對方，我記得貼著她的臉，知道自己已經習慣了她的氣味，她很好聞，雖然從我們離開妓院後她就沒洗過澡。她有股天生的甜味，而她自然的體香與乾草的氣味完美融合。

但我的語氣愈來愈像發情的郊狼了，雖然我當時就是，所以還是言歸正傳吧。我們睡著了，睡得很熟很安穩。這是我們離開農場前往堪薩斯結果橫生變故以來，我睡得最好的一覺。

我睡醒時還是夜裡，其他人都還在睡，只有三寸丁醒著。棚屋的門開著，他坐在一只倒放的水桶上，就著月光抽雪茄。他膝上放著那本馬克・吐溫的書。我聞得到菸草燃燒的氣味，他轉頭看著我。他似乎總能察覺我或任何事物的動靜。我沒說話，也沒做什麼手勢。我只是再度貼緊姬米蘇，繼續睡我的覺。

我被熱醒了，我猜這是我和姬米蘇在夜裡睡一睡就分開的原因。她仰躺著，雙眼緊閉、嘴巴張開，我聽得到她在呼吸。其他人都已開始騷動。我沒看見阿斑。三寸丁仍在門口，不過他在水桶上的坐姿改變了。

我坐起身，由於我和姬米蘇是在棚屋的後側，我背靠著牆壁。我還沒問，正在穿靴子的溫頓就說：「阿斑去咖啡店幫我們弄些吃的來。我的鞍袋裡是還有一些比司吉，不過今天早上我試著咬咬看，實在咬不動。它們都變硬了。我本來想泡水，後來又想說我的錢夠讓大家吃早餐，不過接下來我們大概只能吃草了。現在我身上一個子兒都沒有了，這錢我本來是留著應急用的。」

尤斯塔斯也在穿靴子，他說：「如果你覺得到目前為止都還沒碰上緊急情況的話，我不確定你真的有分辨能力。」

溫頓笑嘻嘻地看著他。

稍晚之後，阿斑提著兩個金屬水桶回來，水桶頂端都蒙著白色薄毛巾。他進到棚屋後掀開毛巾，其中一個桶子裡有一堆香噴噴的比司吉，看起來如雲朵般蓬鬆，外皮又像頭皮屑一樣酥。它們底下有另一條毛巾，我們在毛巾下找到一疊臘腸。臘腸的香味實在太濃太讚了，我幾乎感覺自己浮上那小棚屋的天花板，不過我得補充說明，這垂直距離並沒多高。那裡真的很狹小。

最後大豬吃了一些我存下的舊玉米粉。我們開始吃早餐前，我先倒給牠吃。我本來想說給牠一個比司吉無傷大雅，但我們都太貪心了，捨不得分給一隻豬，而我又覺得餵牠吃臘腸好像有哪裡不對勁。我們都還沒分配完早餐，牠已經把玉米粉一掃而空。

另一個水桶裡有一壺咖啡和幾個又厚又硬的杯子。我們狼吞虎嚥地吃早餐喝咖啡，簡直像玉米田裡的豬一樣飢渴。吃完食物，咖啡也一滴不剩之後，溫頓便去備馬。

他回來時，每個人各剩一匹馬了。他賣了從商棧得來的多餘馬匹，用來付我們的住宿費，剩下的錢則裝進他口袋。

我們檢查補給品，發現我們彈藥充足，三寸丁還確保我們身上全都有刀，有些是我們原本就有的，有些是去雜貨店添購的，雖然溫頓掏錢出來的時候，就像銀行行員交出明知道不屬於他的錢時一樣勉強。

接下來我們就在街上等，溫頓和三寸丁要去一下酒館。結果我們等了不只一下，所以我們乾脆把馬綁在酒館門外的一根拴馬柱上，它上頭有好幾個大金屬環。我們坐在人行道木板上繼續等。姬米蘇坐我旁邊，勾著我的手臂，頭靠在我肩上，又睡了一會兒。我後來才發現這姑娘有一項特點，那就是她超愛睡覺，而且會用某些人對工作的熱愛那樣卯起來睡。

她在睡的時候，我看著一些騎著馬的人在街上來去，也看到好幾輛汽車。當有一輛汽車害一匹馬嚇得立起來而把主人甩下地時，雙方發生了爭執。開車的男人停車走出來。他和騎士對罵，為我上了一堂充實的髒話課。身為基督徒，我實在不願意承認，不過我偷偷記下幾句髒話以備不時之需。其中有一句實在太下流了，我對自己發誓只能罵在心裡。

在這過程中，大豬一直趴在我們腳邊打呼，或者應該說在噴氣。我得說牠真的很龐大。不斷有人特地走過來瞧個仔細，還有個男人說想買下牠，並願意付錢請我們幫忙拿大鍋燙牠去毛和宰割等等的，但我們拒絕了。大豬從頭到尾都紋風不動。牠和姬米蘇一樣睡得香甜，就算我們割了牠喉嚨把牠賣掉，牠也渾然不知。我對尤斯塔斯這麼說了。

「要是牠不信任我們，牠才不會睡得像死豬。」他說，「通常牠更有警覺心。我覺得牠真的很喜歡你和姬米蘇。」

過了約一小時左右，溫頓和三寸丁從酒館出來。溫頓走得歪歪倒倒，有如暴風雨中努力駕馭甲板的水手，還差點摔下人行道——要不是矮小的三寸丁一把抓住他，證明自己比一般人料想中要強壯得多，溫頓真的就摔下去了。

「我還以為你們決定搬進去住了。」尤斯塔斯說。

「我們是去蒐集情報的，」三寸丁說，「而溫頓覺得在過程中買幾杯酒比較有禮貌，他又喝掉了一些。」

「一些？」阿斑說，「他簡直像條想把海水喝光結果喝掛的魚。」

「對，」三寸丁說，「而這個海水的酒精濃度至少有五十。」

仍坐在人行道上的溫頓此時彎下腰吐在街上。

「高級早餐就這麼糟蹋了。」三寸丁說。我離三寸丁很近，他沒醉，但我聞得出他也喝了點海水。「我們問到我們要找的那群人可能在印第安保留區附近。再往外一點，不過離得不遠。他們在樹林深處有自己的營地，那裡很可能不只有割喉和黑鬼彼特，這在我們意料之中。不過總人數似乎還滿多的。事實上，我們查到的事不比原本就知道的事多到哪去。」

「那我們要怎麼辦？」我問。

「首先我們要確認有幾個人會堅持下去。我知道尤斯塔斯、溫頓和我要去，我也假設傑克你會去，畢竟這是你發起的行動。姬米蘇已經表示她打算跟著我們，所以應該就剩阿斑了。阿斑，現在你得決定你要離我們多近，還有那五塊錢到底值多少。」

「我有可能中槍嗎？」阿斑問。他剛才坐在人行道上拿刀子削樹枝，他一直隨身帶著這根樹枝，正是為了這種時候打發時間用的。他剛好有一把從雜貨店買來的新刀子可以試用，剛才他就在做這件事。他提問時沒有抬頭。

「情況確實可能急轉直下。」三寸丁說。

「意思是我可能害自己中槍。」阿斑說。

「沒錯。」三寸丁說。

「我不想中槍，但我也不想回去拖地板還有倒便盆。我覺得我只想拿到我通報消息該得的錢，然後就去我想去的地方。我覺得我沒道理弄丟小命，我已經遇上過好幾次危險狀況了，但我根本不想。」

「你什麼屁都拿不到。」溫頓說。他把早餐吐掉之後恢復了不少，現在扶著頭。

「你說會付錢給我。」阿斑說。

「我不是真心的。」溫頓說。

「他會付你錢啦。」三寸丁說，「但說真的，在任務完成之前，我們需要留著手頭所有錢，因為我們也許會需要更多食物和彈藥。你可以在這裡等我們回來，看我們有沒有弄到一些賞金。可能要花點時間，但這位警長會付錢的。整個東德州都對他們發出懸賞令了呢。」

阿斑仔細想了想這個建議。「我看我最好還是跟你們去吧。我在這裡等，你們搞不好被殺了，然後我都不確定你們死了沒，結果我只好在這裡另外找一個便盆來倒，弄不好我還會餓死。」

「要是我們沒被殺，」三寸丁說，「你就拿到你的五塊錢了。」

「我敢說你們現在就能付我錢了。」阿斑說。

「我們能，」三寸丁說，「但我們不付。我不是說了，我們可能需要這些錢。」

「那好吧，」阿斑說，「我要去，但如果可以的話，我不加入戰局。或許我會在附近的樹林等之類的。」

「也行啊。」三寸丁說。

「我們在酒館裡遇見一個跛子，他說他對他們可能的位置有點概念。」溫頓說，「他晚點要來馬廄找我們談。他不想被人看見在酒館裡說太多話，因為不知道可能會被誰看見。他擔心風聲傳回割喉耳裡。他似乎怕他怕得要命。噢，該死，我感覺糟透了。」

「你酒還沒醒呢，」尤斯塔斯說，「真羨慕你。」

「那可不。」三寸丁說。

所謂的晚點結果都快到傍晚去了。來到馬廄的男人個子矮小，不過當然沒有三寸丁矮。他的臉像是裝滿重物的麻袋。他到我們的棚屋裡來找我們。他走起路來跛得很嚴重，還帶了個女人同行。她身材壯實，一身黑衣，戴著禮帽，帽子上附著一塊面紗，垂下來遮住她的臉。那並不是一般常見的那種面紗，其實應該說是一塊布。在她的眼睛部位開了細縫來看東西。

男人走進來後坐在地上。三寸丁拿了個水桶送過去給女人坐。我們其他人就圍坐在她附近，姬米蘇離她最近。尤斯塔斯好言勸大豬去待在角落裡。豬喜歡角落，牠們通常只在角落大小便，好像那是牠們的室外廁所，而豬圈其餘區域牠們會盡量保持乾淨。大豬沒有豬圈，但牠也在乾草的角落區拉屎，矮小男人和女人來之前，我才剛清掉大便並鋪上新鮮乾草。

男人說：「我覺得應該告訴你們，你們要對付的是什麼，以免你們以為只是要參加一場花園派對。」

「我們沒這樣想。」三寸丁說。

「好吧。」矮小男人說。

「我不記得你的名字了。」三寸丁說。

「我沒講過我的名字，不過我叫艾夫倫。」

「好喔，艾夫倫。」三寸丁說，「我了解你想讓我們知道割喉是位很壞心的男士，但我們想知道的是他現在躲在哪裡。」

還在茫的溫頓說：「我想知道她來幹嘛，還有她為何要蒙著那個面罩。」

艾夫倫點點頭。「在你們行動之前，讓我先告訴你們這個吧。我講不出他的確切位置，只能為你們指出大略方向。」

「這項資訊我們已經有了。」我說。

「比你們知道的範圍再小一點。」艾夫倫說，「至少我這麼認為。但是沒先跟你們講割喉比爾的事之前，我是萬萬不能幫你們指路的。我們在大概三公里外有一座農場，兩年前左右的某一天，我們看見那些人往我們家過來。他們有三個人，騎馬到農場來問能不能讓他們的馬喝點水，他們自己也想喝點井水。我們並不反對，所以他們餵馬喝水，自己也喝水，而這位，也就是我妹妹愛拉，還說要幫他們煮些吃的。我想她是對其中一人有點好感，那是個長得還不錯的年輕人。愛拉，妳說是這樣嗎？」

愛拉點頭。

「所以他們留下來吃飯，飽餐一頓，然後他們說要喝酒，但我們沒有酒。他們說我們應該有，至少是當作醫療用途的，但我們真的沒有。我們滴酒不沾。嗯，結果其中一人，很胖的那個，他們喊他叫肥仔，他起身到外頭，拿了個小瓶子回來。他們有帶一些酒，卻想喝我們的威士忌，偏偏我們沒有。他們一直很有禮貌，但事情的發展讓我愈來愈緊張。他們喝了愈多酒，講話就愈大聲，態度也愈粗魯，後來年輕的那個說他有些卡片想給大家看。他從上衣口袋拿出卡片，那上頭全是裸女的圖畫。我看到之後就說：『你還是收起來吧，我妹妹在這裡呢。』嗯，這話惹得那年輕人哈哈大笑，到這時候愛拉對他已經沒什麼好感了。他說她也許想瞧瞧卡片什麼的，我說我不想讓她看。他突然間就站起身，抄起我擱在壁爐邊用來攪動柴火的斧頭，往我的腳砍下來。所以我才會跛腳。他砍斷我五根腳趾，徹底砍斷。我跌倒在地，而且我承認，我就這麼昏過去了。當我醒來時，他們已經脫掉愛拉的衣服……不要緊的，愛拉。」

愛拉頭撇向一旁，避免直視我們。

「我們得告訴這些人，讓他們知道他們要惹上什麼麻煩。他們脫掉她衣服……然後對她為所欲為，而那個年輕人在其他人逞欲時，還一直說他應該第一個上，他應該當那個……嗯，給她破處的人。」

「我們懂意思。」尤斯塔斯說。

「我並不喜歡講這些事，尤其還當著黑人的面講。」艾夫倫說。

「我可以去外面。」尤斯塔斯說。

「不，」三寸丁說，「他不能。白人耳朵能聽的事，黑人耳朵也能聽。膚色與聽力無關。」

艾夫倫點點頭。「也對。嗯，我想去拿我掛在壁爐架上方的步槍，但因為腳受傷，我行動不便，所以他們抓住我，而已經蹂躪過愛拉的割喉走過來，把我的腳拖進壁爐裡。我們先前在壁爐生了火來煮豆子，他把我的腳放進火裡，幾乎把它整個燒斷，他在燒的時候那個胖子就用屁股壓住我的頭。這回我倒是沒昏過去，但我真希望有。事實上，在這之後好一段時間，我整個人都縮了，什麼也不能做，也不敢做。那個年輕人一直抱怨沒當第一個，割喉跟他說他沒辦法把櫻桃放回她身體裡，所以他只能將就著用裝櫻桃的盒子了。抱歉，愛拉，我只是複述他的話。」

「你可以別再說了。」三寸丁說。

「若是可以，我也會打住，」艾夫倫說，「但愛拉希望我告訴你們。我想她是希望卸下重擔。」

「那你就繼續說吧。」我說。

姬米蘇挪到愛拉旁邊，坐在水桶旁的乾草上，默默握住愛拉的手。愛拉讓她握著。

「年輕人把愛拉拽進裡面的房間，其他人則坐在壁爐旁，喝光瓶子裡的酒。那天我們剛見面時只自稱比爾的割喉比爾說，他小時候母親曾告訴他，她根本就不想生他，後來決定除掉他。另外那個胖子說：『我以為是你爸說的。』割喉說：『看我是哪天說這故事。』我猜這是個大致真實的故事，而他剛起了頭，我就知道他是誰了。他名聲響亮，我本來沒對他脖子上那道疤想太多，以為只是意外造成的，不願揣測會有別的緣故。我聽說那是他兒時一個強盜對他下的手。我在廉價小說裡讀過他的事，這資訊應該就來自那裡。但他說他的喉嚨是被慢慢割開，他們都以為他會死，結果他沒死。他說那痛得要命。當時，我的腳很痛，我又躺在那裡動彈不得、說不出話，所以我有點能體會他的意思。他說：『你知道嗎，那種感覺很奇怪，因為一開始完全不痛。』他說在罪行發生後感覺有點刺痛，之後他就因失血而變虛弱，但他活了下來，因為他把傷口包紮起來，而且他母親沒用那把直式剃刀割得夠深。接著他說：『你知道嗎，不是我媽幹的，是魔鬼。一個想拿到我靈魂的魔鬼。你知道怎樣嗎？它拿到了。』

「就在這時，他突然不講話了，從口袋掏出一把剃刀，快步走過來，抓起我被砍過又燒焦的腳，就這樣開始削掉一塊塊的肉。我已經很虛弱了，事情又發生得太快，我完全無能為力。在我搞清楚狀況之前，事情已經結束了，但我告訴你們，片刻之後我非常確定那真的發生了，因為腳上傳來的痛楚太可怕了。我又昏了過去。我不知道他為什麼沒殺我，但在事發當時，在我昏過去前一秒，他起身走進臥室。之後我就不省人事，不過我醒來時他們已經走了。前門開著，屋裡亂七八糟。我的步槍不見了，一些小東西也沒了，後來我發現我們存在牛奶罐裡並放在床底下的錢，以及另一些藏在屋椽上的錢，都被拿走了。我醒過來但不能走路。我爬到斧頭所在的位置，拿起它爬向裡面的房間。嗯，我不知道發生什麼事，也不知道來龍去脈，總之那個年輕人在房間，趴在床上，臉轉向側面朝著我，眼睛睜開，血把床單都浸溼了。他的褲子脫到腳踝。我沒瞧見愛拉。我仍趴在地上，所以我抬起手把他拖下床，他跌成仰躺姿勢，我才看到他的喉嚨被割開了；事實上，他整個頭幾乎被切斷了。比爾不知為何對他生氣，撲上去割了他的喉嚨。我在那裡看著他時，聽到一點聲音，所以往床底下看……而愛拉在那裡。她張開嘴，我馬上看出她的舌頭被割掉了。」

「天啊。」溫頓說。

「愛拉？」艾夫倫說。

愛拉捏住面罩底部往上掀。我看得出她以前頗有幾分姿色，但現在她的嘴巴兩側都被割開，兩邊嘴角各有一道粗疤延伸到耳朵底下。她張開嘴，她的舌頭只剩一小截；它像小小的魚尾巴一般扭動著。這時我想到三寸丁說過人類都半斤八兩——印第安人、白人……隨便什麼人。我不是有意的，但忍不住望向溫頓，看看他承受的遭遇，又再望向她。我真希望我不是人類，而是老鷹，是有某種正當理由才會殺戮的生物，為了食物或生存，而不是為了娛樂或復仇或是滿足內心某種腐敗。

愛拉閉上嘴，迅速放下面罩。我鬆了一口氣。

「他不只是拿著槍和剃刀的壞人，」艾夫倫說，「他是邪惡的化身。我不知道他被割喉的故事到底哪個版本才是真的，搞不好他自己也不知道，但我能告訴你們：他是個惹不起的魔物。你們不應該去打擾他。我在跟你們說這些時，心裡是期待你們當耳邊風的。我期待你們會去找他，收拾掉他，讓他付出你們希望他付出的代價，因為那也是為我們討回公道。但我不能就這樣送你們上路，卻不告訴你們他是怎樣的人，還有事情可能會變成怎樣，最後可能對你們不利。」

「有了這樣的認知，」三寸丁說，「我們現在真正下定決心，無論如何都要找到他了。」

「他在哪裡？」尤斯塔斯問。

「我能告訴你們的是他在西南方的大密林裡。」艾夫倫說，「他在離一座鋸木廠不到幾公里外有個住所。你們沿著出鎮的大路走，遇到那座鋸木廠之後，就幾乎抵達了。再多我也幫不了你們了，我只從別人那裡聽來這些而已。」

「那你其實根本知道得不多嘛。」溫頓說，「我看你打一開始就希望我們去找他算帳，你想用那個故事點燃我們的怒火。你給我們的方向指引根本幫不上半點忙，你告訴我們的線索我們他媽的早就知道了。」

「好吧，」艾夫倫說，「被你說中了。他們毀了我們的生活。我根本不能工作，只能種一小片菜田、養幾隻雞。而我們愛拉永遠都不能嫁人了。她和我除了活著等死之外，沒剩下任何指望。沒錯，我們希望你們逮到他。」

「你不需要特地說服我，」我說，「他抓走我妹妹了。」

「噢，天啊。」艾夫倫說。

「別說出來，」我說，「我得相信她安然無恙。」

「我想那也有可能，」艾夫倫說，「割喉這個人是沒有規律可言的。我想他自己都不知道下一秒他打算做什麼。人類的法律對他來說毫無意義，他也不怕法律。」

「我必須信任上帝，相信她沒事。」我說。

「你以為割喉來我們家那天晚上，我沒禱告過嗎？你以為在他砍了我的腳又把它塞到火裡，還當它是烤肉般削掉肉片之後，我沒禱告過？你以為我沒做過嗎？你以為愛拉跟他們在房間裡時我沒禱告嗎？你覺得有可能嗎？」

「我猜是會吧。」我說。

「用不著猜，」艾夫倫說，「我有禱告。或許可以感謝上帝讓愛拉活命吧。但我又不禁想問了，當初祂對我們是有什麼不滿？我們家教很嚴，只要教會大門開放，我們就會報到。但我告訴你，孩子，出事之後我再也沒去過，我們都沒去過，我永遠都不打算去了。」

我想不出任何話來回應他。

「希望你妹妹平安無事。」艾夫倫說，「真的。她可能沒事。如我所說，割喉這個人完全沒個準。你根本猜不透他會怎麼做。那個年輕人惹到他了，他可能考慮了一下，就決定把他給做了。然後他又對愛拉做了那件事。為什麼？我不知道。他做的任何事，我都不懂為什麼。」

然後我們全都默默地呆坐了一會兒。

當沉默變得太有壓迫感時，艾夫倫站起身，說：「我想我確實是用了不光明的手段逼你們聽我的故事。我不知道該怎麼指點你們找到他們，只是想讓你們知道我們的遭遇。你們想找到他們，我也希望你們成功。我自己完全使不上力，就算可以，我也不確定我做得到。他們實在把我嚇壞了，就算有隻鳥的影子落在我身上，我都會害怕得要命。」

「這沒什麼丟臉的，」溫頓說，「天黑以後，我自己偶爾也會怕東怕西。而且我對鏡子有障礙，不止一種障礙。」

艾夫倫伸手拉妹妹從水桶站起來，但姬米蘇已經搶先起身幫她了。她勾著愛拉的手臂走出棚屋，還陪她繼續走上街道。

我們目送艾夫倫和愛拉離去，看著姬米蘇回來，溫頓說：「我好想逮到那個王八蛋割喉。真的很想。」

尤斯塔斯的聲音好低沉，像是用水桶從井裡把他的嗓音汲上來的。他說：「我也是。」

三寸丁矮矮地、默默地站著，默默的部分很不像平常的他。

我們騎馬出城，在一塊空地附近停下來。三寸丁要我們下馬，然後在一張馬毯上幫我們擺出一些槍。我們已經有武器了，但他把我們原本的武器收走，連同彈藥與其他槍枝一起排列出來，讓我們一目瞭然。唯一沒被收去重新分配的武器是尤斯塔斯的霰彈槍。除了他以外，誰也沒辦法輕鬆發射，還不被槍托撞掉一顆牙。我不確定三寸丁這麼做用意何在，但我沒吭聲。我早就放棄嘗試參透三寸丁的心思了。

三寸丁拿回他的夏普斯、一把大型柯爾特手槍和一把小手槍，他把小手槍塞在靴子裡。尤斯塔斯分到一把小型左輪手槍來搭配他的火砲。溫頓拿到一把我們從商棧得來的自動手槍。

我分到一把附子彈的老式點三六海軍型左輪手槍，子彈和槍都是從商棧拿來的。姬米蘇領到一把溫徹斯特步槍。他們給了阿斑一把以防萬一用的槍，是把可以從中間掰開、看起來不太可靠的槍。若是我沒記錯的話，它能裝五發子彈。我一向對槍沒多大興趣，不像某些人那麼熱中，所以未必能記得所有細節。槍是一種工具，但我始終沒對它培養出像對耙子或鋤頭那樣的感情。

我們再度啟程後，我向三寸丁表達上述觀點，當時他和阿斑騎在離我最近的位置。我跟他說我很慶幸握有一把槍，它發揮著安撫抱枕的作用，但我沒把握自己的槍法有好到能打頭陣。

「我很願意站在那裡，」我說，「只是說真到了必須發揮最大實力的關鍵時刻，我不知道自己能派上什麼用場。」

「可否容我提醒你，你已經用過槍了，而且表現得還挺好？」

「那主要算是瞎貓碰上死耗子。我失手好幾次，直到終於射中。」

「那你開槍時最好靠近一點。聽我說，你已經證明你很勇敢，不亞於跟我共同出生入死過的任何男人。你做了你該做的事，沒像兔子一樣逃跑。」

「我不喜歡槍，也不喜歡殺人。」我說。

「槍讓我感覺變高了。隨著男人年歲漸長，槍的機械裝置會漸漸變得比肉體的構造肌理更重要。你可以修理或汰換一把舊槍，但老人是修不好的。儘管如此，最好還是別學會愛上槍，因為它們他媽的絕對不會愛你。」

「有一次我朝一隻啄我房子的烏鴉開槍，」阿斑說，「牠把我吵醒了，害我很生氣。」

他插話時我有點嚇到，我都忘了阿斑也騎在我們旁邊。我在馬鞍上轉過頭，說：「什麼？」

「我射中那傢伙，」阿斑說，「然後我看到附近有另一隻烏鴉。我本來也想射牠，但是看到牠在不同樹枝間飛來飛去，很難過的樣子，有一回還飛下去靠近那隻死烏鴉瞧一瞧，又再飛上去。我猜牠是被我殺死的烏鴉的伴侶吧。我考慮了一下，然後還是射死另外那隻了，因為我不希望牠那麼孤單。」

18

我一直沒仔細著墨於我們如何設法追蹤肥仔這件事。現在就連那個特殊的貨車車輪痕跡，都已消失在路面的眾多印記當中了。艾夫倫給我們的算是口耳相傳的指引，再加上一些臆測和不確定。他跟我們說的唯一一條確切線索，就是聽說他們待在樹林裡一座鋸木廠後方。但是大密林本身就是一大堆樹林，而且因為如此，在這片地區也有一大堆鋸木廠，就像鑽在棉花裡囓咬的老鼠一樣。

我們很快就遇上一座鋸木廠，便在附近勒住馬，看著一些黑人工人拿斧頭砍掉圓木上的小樹枝，再用靠汽油發動的鋸子鋸掉大樹枝，這種鋸子像被限制行動的幼兒一樣嚶嚶叫。

鋸木廠老闆是個矮小的白人，他站在馬路旁一座小屋外。即使隔著一段距離，我們也能看出他是典型的老鋸木工。他缺了幾根手指，左手缺兩根，右手食指和小指剩半截，末端發黃。他神情緊張，像是在等待來自遠方的重要消息。

我和三寸丁過去找他，讓其他人留在馬路另一側。他本來站在小屋旁監督一些黑人將木材拖進鋸木廠營地，當我們走近時，他轉頭看我們。

他看著三寸丁大笑一聲，說：「我還以為我眼花了，因為一小時前我喝了一點酒。我本來以為你是個醜小孩，而這男孩是你爹，但現在我發現他年紀太小了，而你年紀又老到不是什麼小孩。」

「觀察入微。」三寸丁說。

「等我一下。」男人說。他鑽進小屋，拿了瓶威士忌出來。他打開瓶蓋喝一大口，又蓋回去，塞進後口袋。我猜這可能是他缺了幾根手指的部分原因。

我告訴男人貨車與肥仔的事，但沒詳細解釋我們為什麼要找他。我說我們聽說有些人在鋸木廠附近的樹林裡建了個營地居住，而肥仔可能跟他們在一起。

男人撓撓頭，說：「我不知道什麼營地，不過我很確定有看到你說的人。」他看著三寸丁咧嘴一笑。「你會不會翻？」

「你說什麼？」三寸丁說，

「就是翻跟斗嘛。」

「見鬼了，我幹嘛要翻跟斗？」

「我以為侏儒都會翻跟斗之類的。我在馬戲團看過一個侏儒騎著狗跑。」

三寸丁的臉開始漲紅。我說：「他不翻跟斗。但你看到的駕貨車的胖男人，我們現在想追上他。」

「為啥？」男人問，「你都沒說原因。我要洩他的密耶，這我總該知道吧。」他稍微偏著頭，彷彿準備要躲開不實的說詞，但結果證明，他是那種善於熱切擁抱謊言的人——而且謊言愈是誇張，他愈是願意買帳。

我之所以歸納出這個結論，是因為我說：「那個胖子是這侏儒的主管，他私吞公款逃跑了，那是三寸丁要給他的侏儒老婆治腳病的薪水。」

「腳病？」男人問，「她的腳怎麼了？」

「醫生也不確定，」我說，「但她的腳骨得先弄斷再復位一段時間，不過就算弄好了，還是得穿某種特殊的鞋子才能走路。」

男人低頭看著三寸丁。「他偷了你買小鞋子的錢啊？」

三寸丁點點頭。「是的，先生，全都偷走了。」

「他還拿走三寸丁的幾件衣服，」我說，「我想他是打算給他的猴子穿。」

「他有養猴子？」男人問。

「兩隻。」

「那不是很小嗎？」

「你說我的衣服？」三寸丁說，「還是猴子？」

「猴子。」男人說。

「噢，對啊，通常是。」三寸丁也來勁了，「但牠們是來自巴西叢林的大猴子，幾乎跟我一樣大，聽說是肉食性動物呢。」

「什麼？」男人問。

「就是牠們吃肉。」三寸丁說，「牠們可以輕易穿上我的衣褲，甚至是我的小靴子，再把人給吃了。」

「他這樣做真太可惡了，拿走你的衣服，給吃人猴子穿。」男人說。

「我也這麼覺得。」三寸丁說。他垂下眼皮，讓嘴唇往下撇並微顫，彷彿他是全世界最悲傷的侏儒。

「嗯，他有從這裡經過。他路過時我正好在這裡，如果那是你們在講的男人的話。但我沒看到什麼猴子啊。」

「牠們沒跟他在一起。」我說。

「確實，先生。」三寸丁說，「牠們被收在別的地方，他正要把衣服拿去給牠們。一旦他把牠們打扮好，應該就會帶牠們上路了。是這樣，他們安排了一齣小小的表演。我本來也參與了節目，但我們為我那嬌小的老婆而鬧翻了，上帝祝福她。其中一隻猴子咬掉她左手小指。」

男人舉起自己的左手，又看看右手。「幸好只咬掉一根。你老婆在哪？」他開始左顧右盼，好像我們可以突然把她變出來似的。

「還在馬戲團，」三寸丁說，「她不適合旅行，因為她那隻小腳的關係。我老婆和我已經存了一陣子的錢要治那隻腳並走人，但現在我們既沒有動手術的錢，也沒有做鞋子的錢了。」

鋸木廠老闆點點頭，喝一口威士忌。我似乎看到他眼中閃現淚光。「嗯，這傢伙可夠肥的，看起來慘兮兮。臉色很白，身子稍微往前傾，好像肚子痛。」

「聽起來是他沒錯。」我說。

「他經過的速度滿快的，把拉車的那兩頭老騾子操得夠嗆，我覺得不管對騾子或黑鬼都不該這樣。我不會把我的黑鬼操得太過分，我努力讓他們和騾子保持同樣的工作量。穩定但不致於虐待。」

「你真是個大白人。」三寸丁說。

「我看到你們那裡有個黑鬼，」男人說，「如果他想找工作，我這裡有空缺。工資大約是白人的一半，這附近只有我會給黑鬼這麼好的待遇喔。」

「其實不用了，」三寸丁說，「他替我們工作。他是馬戲團的人。」

「他要翻跟斗的話個子未免太大了吧？」男人說。

「對，」三寸丁說，「他是太大了。他是清潔工，也兼作馴獅員。」

「我想最懂獅子的大概也只有黑鬼了吧，而且萬一他們被吃掉，隨時都找得到新的應徵者。」

「他們很容易取代的。」三寸丁說。

「那頭大豬也是從馬戲團來的？」

「牠會走鋼絲。」三寸丁說。

「那隻豬？」

「牠身手靈活得很呢。」三寸丁說。

「如果我在兩棵樹之間綁一根繩子，牠可以走在上頭嗎？」

「不行。」三寸丁說，「牠需要繃得非常緊的鐵絲，而且底下沒有網子牠可是不上工的。」

「為啥？」

「因為牠不想腳滑的時候摔在地上。」

「噢，對，我能理解。要我也想要有網子。當然啦，我是絕對不肯爬到比腳凳更高的地方去的。」

「話說這胖賊啊，」我說，「我們真的很想把錢拿回來，買那個鞋子。」

「衣服留給猴子沒關係。」三寸丁說。

搞了半天，這位老兄知道的事也跟其他人一樣。樹林裡某處有一群流氓，其中或許有個叫割喉的傢伙。我們自然是裝作肥仔要拿我們的錢去加入他們，而他們全都打算藉著三寸丁老婆做那隻小鞋子的錢，進軍馬戲團業界。

「我跟你們說，」男人說，「我聽說過割喉。我也許在他經過時曾經見過，只是我不確定那就是他。有一個黑鬼說是他沒錯。不管他是誰，我說的那人身邊總是跟著一群人，十到十二個。如果他在那裡，而我聽說關於他的事有一半是真的，你們最好跟那位女侏儒說，她這輩子注定要當個殘廢了。不然你們就得趕緊重新存買鞋子的錢。」

「我們會記得你的建議的。」我說。

他不知道他們聚集的確切地點，但他知道是在西南邊。他提供的助益差不多就像我們在地上轉一個空瓶子，然後看瓶口指向哪裡就朝哪裡去。不過至少他有見到我們的目標肥仔。

我們剛轉身要回到隊伍中，鋸木廠老闆喊道：「小傢伙，希望那個侏儒姑娘的腳能治好，你也付得出鞋子的錢。我很想贊助你一點，但我得付錢給那些黑鬼。」

我們邊思索此話的邏輯何在，邊走回隊伍中。

一直從遠處盯著看的尤斯塔斯說：「怎麼樣？為何提到鞋子啊？」

「我們跟他說你是馴獅員。」三寸丁說。

「什麼？」尤斯塔斯說。

「你明明聽到了。」三寸丁說，「還有一堆關於吃人猴子和幫殘廢女侏儒做鞋子的故事。」

「什麼鬼？」姬米蘇說。

「是妳的白馬王子先開始的。」三寸丁對姬米蘇說，「老實說，他還滿有一套的。當然啦，那傢伙本來就有五分醉加上九分蠢，也是幫上不少忙。儘管如此，我們的收穫只有肥仔曾經過這裡，然後有被人看到。講完了。」

我注意到阿斑突然面露深思的表情。過了一會兒，他問：「世上真有會吃人的猴子嗎？」

「當然啊。」三寸丁說。

等白晝的熱氣已燒盡，一點涼爽的黑夜悄悄溜入，我們已沿著路走了很遠；在陰影中，路和樹似乎融為一體，鳥兒停止歌唱，改為在黑暗中低聲呢喃。

19

騎了好一段距離後，我們發現有一條窄道切入樹林中，便決定沿著它進去，找個隱密的地點紮營。起初我們無法很清楚地看見那條小徑，但是在較為濃密的樹林間走了一陣子後，我們的視力適應了一些，後來樹林又變得開闊，因為那裡有更多樹木被砍斷和鋸斷，很可能就是我們在幾公里前經過的那座鋸木廠的黑人工人所為。

我們騎馬繼續穿過空地，直到樹林再度轉為蠻荒，於是我們在松樹與闊葉樹間尋求掩蔽。我們認為自己在那裡夠安全了，因此不久之後，我們就餵馬吃飼秣、喝水，並綑腳固定。我們累到不想吃東西，算是直接倒下。我和姬米蘇就直接躺在鋪蓋上，大豬過來躺在我們旁邊。

我快睡著時，姬米蘇手臂橫過我胸前，嘴巴湊到我耳邊。「我的心願是長大成為公主，結果卻成了妓女。怎麼會這樣？」

「妳大概是轉錯了彎。」

「那可不。」

「我想當農夫，現在卻成了殺人犯。」

「我們都錯過該轉彎的地方，對不對？」

我手臂伸到她脖子底下，將她攬向我。「姬米蘇，不論妳轉了什麼彎，妳對我來說就是公主。先前在路上時，妳問我想要什麼，或類似的意思。我有答案了。我想要妳。」

「今晚還是永遠？」

「其實我今晚並不想要妳。」我說，「我累到連褲子都沒辦法脫了。」

「這確實意義重大。」

「怎麼說？」

「即使你穿著褲子，還是說你想要我。」

「是啊，應該吧。」我說。就算接下來姬米蘇還有說什麼，我也沒聽到，因為我已經睡著了。

半夜時我渴得受不了而醒過來，發現阿斑沒睡，他坐在濃密的松樹林外圍的地上，在一根參差不齊的樹樁和一塊焦黑的地面之間。那塊焦黑的地面原本可能有一根樹樁。那邊有些樹是被炸掉的。

我朝四周看了一下，發現除了尤斯塔斯之外，所有人都仍蜷在鋪蓋裡，馬匹也很安靜，沒人突襲來割我們喉嚨。我聽得到大豬在姬米蘇旁邊打呼。牠在戰鬥現場或許勇猛又危險，但牠實在不是優秀的看門犬。

嗯，如我所說，我先前真的累到不行，不過醒來後我感覺精神抖擻，而且有點欲念。我對姬米蘇充滿粉紅泡泡。我看她睡覺看了幾分鐘。她睡著時表情很安詳，看起來比平常更年輕、更水嫩、更漂亮。她在睡夢中就是她想成為的公主。

我的夢幻心情只維持了一下子，然後我想起露拉。我想起她身穿舊粗布上衣、男人的連身服，還有笨重的靴子，趴在地上看著一片草葉上的露珠。當我去喊她做雜務或是進屋吃早餐時，她會繼續盯著那片綴滿露珠的草葉，說：「傑克，這草上竟然有這麼多小水珠。要是你夠小，要是你是一條超小超小的魚，那滴水對你來說就跟整片海一樣。」我既不夠小也不是魚，所以無法理解露拉想表達什麼。當下我只能想到她本人，想她現在人在哪，別人正在對她做什麼，或是已經對她做了什麼，我感到體內有股沸騰的噁心，只能拚命忍著不尖叫。

我從悶熱的鋪蓋下悄悄鑽出來，沒吵醒姬米蘇；我拿起手槍塞到腰帶裡，然後走到阿斑那裡，坐在他旁邊。他生了一小團火，煮了些咖啡。他把自己分配到的槍放在一旁。

「你會用那個嗎？」我問他。我說話聲音很輕，不想吵醒其他人。

「我猜你說的不是咖啡壺，而是槍吧。」他說。

「都是。」我說，「這一趟下來我已經受夠爛咖啡了。」

「我不是真的很會用槍，也沒打算用。至於咖啡嘛，三寸丁的口味太濃，尤斯塔斯的口味太淡，姬米蘇沒多愛喝可以略過不算，至於警長根本就無所謂，給什麼喝什麼。所以我一定要弄成我喜歡的口味才行。」

「那我呢？」我問。

「我沒多考慮你。」他說。

「真是謝了。」我說。

「我是說我抓不到你的喜好。我摸不透你。」

「你這話是什麼意思啊？」

「我是說我知道你妹妹被抓走了，但我很好奇你覺得你會找回什麼。」

「我妹妹啊。」我說。

「是一個看起來像你妹妹的人。」他說。

「你又不知道。我已經聽膩大家說這種話了。誰能肯定這種事啊？」

「大概吧，」他說，「但我的威登阿公告訴我，在蓄奴的年代他被主人賣掉，所以跟父母分開。其實他們更早就已經先賣掉他爸了，他那時還很小，後來隔幾年他也被賣掉。他覺得他當時是十歲左右，但不確定。他沒賣到多高的價錢，買他的男人也不是真的需要他，只是為了『把小豬和母豬分開』，可以這麼說吧。威登阿公說他覺得那是正常的，也是買賣的目的，因為他在農場裡見到那傢伙很喜歡從母豬身邊把小豬帶走，特別愛聽小豬尖叫然後母豬也跟著尖叫的聲音。他愛聽到特地找來一塊木板拍打老母豬，然後把小豬拋過豬圈的橫木讓牠落在泥巴裡，他覺得這很好笑。我的威登阿公說他覺得自己在那人眼裡就像那樣，像一頭廉價買來、從母豬身邊帶走的小豬，他只想讓牠斷奶，永遠別去想自己是從哪裡來的。」

「如果你想要說我妹妹現在是被斷奶了，我相信她會記得她是從哪裡來的，還有以前的生活是怎麼樣。」

「那就是我想說的問題所在啊。她是會記得沒錯，威登阿公也記得，但有些地方回不去就是回不去了，記得反而還更糟。」

咖啡滾了。我去鞍袋拿出我的錫杯，再回到原位。阿斑已備好他的杯子，他幫我們各倒了一杯他的咖啡。這咖啡香醇濃郁，不會太苦也不會太淡。它喝起來和聞起來差不多，很多咖啡並不是這樣。

我回頭看看，發現尤斯塔斯一直沒回來。我說：「尤斯塔斯到哪去了？」

「我也不太清楚，但我看到他走進樹林裡。他好像帶著個酒瓶，我覺得他已經醉得滿厲害了，因為他走路感覺就像醉鬼，像是一腳站得比較高，另一腳受了傷似的。」

「他不應該喝酒的。」我說。

「你去跟他說。」阿斑說。

我搖頭。「我不要。」

「聽著，」阿斑說，「我要用鍋子熱一點豆子，你幫我看著，我去樹林裡方便一下。你只需要偶爾攪一攪就行，別讓它燒焦。」

「好。」我說。

他把豆子煮上，交給我一把大湯匙，就走進樹林。現在已將近清晨，所以沒那麼暗。光線正滲入樹木底部。有一個位置呈現金黃色，光線似乎在微微跳動。我正盯著看，而三寸丁走了過來。

「你的豆子有多嗎？」他問。

「沒有，」我說，「你得問阿斑，他馬上就回來。他在解決內急。」

「尤斯塔斯到哪去了？」三寸丁問。

「阿斑說他好像拿著酒瓶，他今天凌晨看到他走進那裡的樹林。」

「該死。我猜他是在鎮上弄到酒的，我昨天晚上就疑似聞到他的酒味。他大概偷喝了一口，夜裡醒來又喝了一口，然後跑去樹林把剩下的喝光。我的朋友，那可不是好事啊，不過我會處理他的……傑克，這話我只說一次喔。我上次說的關於真愛的事，或許我錯了。我看到你看姬米蘇的眼神，還有她看你的眼神，我得承認，這似乎不只是色欲而已。」

「我們應該會結婚。」我說。

「這可能想得有點太遠了，不過我祝你們幸福美滿。雖說等這事結束以後，尤斯塔斯和我會接收你所有土地。」

三寸丁咧嘴一笑，伸出手，我們握手。「祝你好運，傑克。」他說。

「謝謝，」我說，「有鑑於你對愛情和婚姻的觀感，我想你這祝福必然是真心的。」

「現在是真心的，」他仍握著我的手說道，「明天再問我一次同樣問題。」

他鬆開我的手。我說：「我不想破壞氣氛，但我想尿尿。可以幫忙顧一下豆子嗎？」

「你這人雖在熱戀中，仍然很實際。」三寸丁說。

我把湯匙給他。

我像飛蛾般朝陽光最強的地方走去。我一直走到樹林深處，因為我想做的不只是尿尿而已。我設法脫下褲子而不把槍弄掉在地上，靠著一棵樹，在那裡上大號。上完我用樹葉擦屁股，特別留意沒拿到毒漆藤。

完事後我穿好褲子，轉頭望向愈來愈亮的太陽。我先前看見的光芒仍在那裡，它似乎懸吊在樹木之間，雖然陽光已漸漸變強。我朝它走去，同時嗅著空氣，因為現在我聞到煙味。我也聽到某種叫聲。我拔出手槍，悄聲前進，循著一條鹿徑走，設法讓自己更安靜。我先前看見的光變得更亮，還微微跳動。煙味變濃了，空氣裡有細蛇般的煙霧在飄浮。這時我知道我看見的並不是朝陽的光芒，而是一團旺盛的火。叫聲仍在持續。我持槍的手在顫抖。我能聽見一些說話聲，笑聲，還有某種噴氣聲。

我蹲低身體往前挪動，直到能比較清楚地聽見那些人聲，也能看見火光，雖然看不見燃燒的本體。它在一座山丘後方燃燒，火苗高度超出山丘頂端，那山丘長滿灌木。我悄悄爬上灌木叢，蹲下來躲在樹後，從樹木間偷看。

20

我下方一片空地上有人生了一大團火，圓木都已燒到躺平，火焰正舔舐著僅剩的木頭；大部分的柴薪已燒成餘火和灰燼。清澈的晨曦確切地破空而出，我能把底下的事物看得更為清楚。儘管因為火和朝陽的關係，整個場景都蒙上一層玫瑰色霧光，使得灌木上的露珠像小小的寶石閃爍著。

底下的樹林被清出一大片空地，空地上有一棟木屋。它比先前那座商棧更簡陋，屋頂是平的，沒有煙囪，但上方伸出一根金屬排煙管，從裡頭吐出來的煙很黑，看起來很油膩。我猜那來自烹飪的爐火，而屋前的營火是人們聚集的地方，也是主要光源。照這天氣看，昨晚他們應該熱壞了。

更詭異的是，有一隻黑熊在現場，牠一條後腿上拴著很粗的伐木繩，繩子另一端綁在樹上。我目測繩子長度大約六公尺，是那頭熊自由活動的範圍。熊的位置遠離火和木屋，牠就只是坐在原地，偶爾發出哼氣聲。

屋後有個用圓木搭成的簡陋獸欄，裡頭有一群馬。我數了數，總共十二匹。當然這不表示底下有十二個人，因為可能有多餘的馬，但也可能實情是不止十二個人，假設每匹馬都有一名騎乘者，有的甚至可能兩人共乘，而且院子裡還停著一輛沒有繫著騾子或馬的貨車。有一條窄窄的泥土路，由木屋側邊開始，沿著屋子邊緣一路延伸到空地。那是一條新闢建的伐木道路。我敢說一個月前它應該只是給家畜走的小徑，但現在它和貨車一樣寬，蜿蜒地通往一片像是用撒旦本人的鐮刀割過的土地。

但這一切都比不上另一件事更吸引我的注意力。割喉和黑鬼彼特將阿斑擄到底下的營火附近，就在那頭熊幾乎能碰到的距離。他們已脫光阿斑的衣物，並拿一根燃燒的樹枝伺候他的胸膛。事實上，那根樹枝仍握在割喉手裡。他嘴裡嚼著菸草，正對阿斑說著什麼我聽不清的話，並不時往阿斑身上吐一口菸草。阿斑無力反抗，因為割喉坐在他雙腿上，黑鬼彼特則抓著阿斑的雙臂，並讓阿斑的頭枕在他膝蓋上。

底下還有其他人，他們晃過去看一眼阿斑，又晃開了。他們彷彿是見到什麼新奇的玩意兒，例如被一罐蜂蜜黏住的蒼蠅，然後又覺得沒意思了。他們在那地方遊蕩，吐痰、拿大杯子喝東西、在房屋旁邊撒尿。有個沒穿上衣、只穿著一側肩帶沒扣的連身服的瘦皮猴，待在那頭熊附近。他的鼻子像是跟比他魁梧的人借來的，而他是我目前看到唯一沒帶槍的人。他在捏土塊，拿來丟那頭無能為力的熊。第一個土塊打中時，熊站起身揮爪子咆哮。男人哈哈笑，又丟了更多土塊。

就在這一刻，阿斑抬起頭，他張大嘴發出狂叫，我無法憑良心告訴你說我知道他一定是看見我了，但他確實望著我這個方向，而在那瞬間他的眼睛好像瞪大了，因為我想他在灌木的縫隙間看到我的臉，而他的表情暫時變得柔和，彷彿認為我是來救他的。他大可以叫我，但他沒有，我不知道是因為他其實沒看見我，只是我以為有，抑或是因為他很勇敢，不希望我也被抓，又或者他已經沒力氣發出聲音了。可是有一件事我能確定。就算他真的認為我是來救他的，他也想錯了。噢，我也想救他，但我不能。我實在做不到。

我只是個男孩，身上有一把其實不太會用的槍，而底下是所有妖魔鬼怪，或許我剛才敘述時修飾得太好，沒能充分傳達我有多害怕，但歸根究柢，我什麼也沒做是因為我嚇壞了。這不是什麼正當理由，可是我只有這一個藉口。

阿斑將臉轉向另一側，目光微瞥向旁邊，那態度彷彿在說這條命我不要了。算了吧。而就在這時，割喉已經玩夠了，他放下燃燒的樹枝，從身上那套死人的西裝裡拿出一把剃刀，打開，接著傾身向前，以理髮師修整棘手眉毛的功力與精確度，極其緩慢地在阿斑額頭上割了一道很深的口子。傷口並沒有噴血，剃刀只造成一條線，然後在現已超過樹頂的明亮陽光下，那道傷口變成紅色，割喉移開身子。黑鬼彼特彷彿早就練習過，將阿斑的頭往後一扳，於是血噴了出來，黑鬼彼特咯咯笑，像是剛下了一顆蛋的母雞。

割喉站起身，黑鬼彼特拎起阿斑的身體，讓他腳不沾地。阿斑把頭偏向一旁並閉上眼睛，雙臂垂在身側。黑鬼彼特將他舉得更高一點，湊向黑熊。黑熊似乎不感興趣。丟土塊的男人還在那裡，現在他察覺要上演什麼戲碼，因而竊笑不已，並忙著彎腰撿土、做土塊拿來丟熊，現在熊已被激怒而只用後腳站立。割喉來到阿斑面前，剃刀又動了，然後割喉站到一旁。這次刀子割的是阿斑的喉嚨，又出現同樣詭異的延遲反應，先是紅線，再噴血，大範圍地噴在熊的臉上，在牠毛上凝成血珠，陽光使它們狀似溼潤的紅寶石。

起初熊似乎不太情願，但血很溫熱，而熊又飢腸轆轆。熊往前走，彼特把阿斑推向熊，讓阿斑面朝下倒在熊的前方。我寧可相信當熊碰到阿斑時，他已經斷氣了。除了熊咬住阿斑後腦勺、把他像小地毯一樣甩來甩去再拋到旁邊時，他完全沒有任何動靜，能證明他曾受到折磨。

原本在院子裡遊手好閒和小便的兩個男人，此時走過來看熊吃人。其中一人用腳弄了一下阿斑，說：「這下又送一個小黑鬼上天堂了。」

在那一刻，我感覺彷彿脫離人生，飄浮在真實世界之外，置身於某個正常禮節和人類法規都只是笑話的瘋狂之境，好像那些東西就像驢子穿蕾絲內褲一樣荒唐。我眼中冒出淚水，肛門也失守了。我不知道自己該移動或是裝死，也不確定自己能成功執行任何一項。這時有隻手按在我肩上。

「保持安靜。」三寸丁的嗓音說。

我回頭，看到三寸丁帶著他的夏普斯跪在我身後，正在後退。我跟著他緩緩退開，直到我們蹲在一棵大榆樹下，離原本的位置大約有六公尺遠。我們開口交談時，兩人的臉近到像情人，嗓音輕如飛蠔翅膀的拍動。

「割喉他……」我說。

「我看到了。」

「我什麼也沒做。」

「你什麼也做不了。我也什麼都做不了。阿斑看到我們兩個了，傑克。我當時就越過你的肩膀在看。」

「我都不知道你在。」我說，「我什麼也沒做。」

「你沒辦法做任何事。阿斑一個字都沒說，他死得很英勇。」

「這一點都沒給我安慰。」我說。

「我想他有得到安慰。」

三寸丁抓著我袖子把我拉走，往小徑更深處躲，遠離木屋的視線。然後我的腿就撐不住了，我直接癱坐在小徑上。整個世界模糊一片。

三寸丁蹲在我身旁。

「他也許是對我們放棄希望了，」我說，「我們只是還不知道。你不知道是不是這樣。」

我這麼說是因為我希望他對我們放棄希望，我不願想他就這麼望著我，而我回望他卻無所作為，結果他英勇而死，我則苟且偷生。

「我相信不是。他們看起來不像在擔心或甚至稍有顧忌附近還有別人在的樣子。我認為阿斑對他們編了個自己出現在那裡的謊言，而他們信了。」

「他只是去拉屎時不小心走太遠，就被他們抓去傷害然後餵熊。」我說，「前一秒他還煮豆子要吃，下一秒他就成了食物。」

「確實令人唏噓。」三寸丁說。

我感覺全身的骨頭都不見了，彷彿自己就要融解，從地洞流逝。

「我們該怎麼辦？」我說。

「把我們的人馬集合起來，殺他們個措手不及。說得精確一點，就是趁他們發現我們之前把他們射爆。不過尤斯塔斯可能是個問題。剛才我去找他，結果沒找著，他一喝酒就會這樣。他會亂走，會躲起來，直到被酒精控制。那時他就成了一頭野獸。我們應該把他弄清醒，我們需要他使用霰彈槍。你看到底下有幾個人？」

「四處閒晃的有六個，包括割喉和彼特在內，不過馬匹和木屋飄出的煙讓我判斷屋裡還有更多人。」

「你有看到你妹妹嗎？」

我搖頭。

「她可能在木屋裡。」三寸丁說。

我點頭。「我不敢相信他們對阿斑做了那種事。」

「接受現實吧，孩子。來，我們去找其他夥伴。」

我們沿著小徑才往回走一小段路，就遇到了尤斯塔斯。他醉得跟威士忌酒桶底部的河狸一樣，正踩出足以驚動割喉一幫人的沉重腳步聲。他一手提著霰彈槍，另一手握著酒瓶。

「嘿，」尤斯塔斯看到我們時說道，「我喝酒了。」

「看得出來。」三寸丁說，「尤斯塔斯，我需要你安靜一點，還有趕快酒醒，因為我們發現他們了。」

「誰呀？」

「那些殺人犯和綁架犯。」三寸丁說。

「噢，對喔，那些傢伙。」尤斯塔斯說。他打了個嗝，舉起很大的酒瓶，又喝了一大口。酒瓶已經快空了。他垂下手時，看看四周說道：「你有發現這裡有多少松果嗎？我看到連某棵橡樹下都有松果，怎麼回事啊？」

「風一吹它們就會跟著滾，」三寸丁說，「這是很容易破解的謎團。好了，聽我說，尤斯塔斯，拜託。我們需要擬個戰術。」

「什麼個什麼？」

「準備個計畫來處理掉那些綁架犯。」

「見鬼，我有個天殺的計畫啦。」尤斯塔斯說，「就過去把他們的老二都射掉。他們在哪裡？」

「他們殺了阿斑。」三寸丁說。

「阿斑？」

「他到外頭來解決生理需求，然後肯定是聽到他們的聲音，或是其中一人碰巧遇見他。總之，他們抓走他，然後用很惡劣的方式殺了他。」

尤斯塔斯望著我，彷彿需要有人確認這件事。我點頭。

「小阿斑？怎麼會。他沒對任何人做過任何事。他沒比圓木上的樹瘤大。他只是跟著我們而已，他沒參加這件事啊。」

「儘管如此，」三寸丁說，「他還是死在他們手上。」

尤斯塔斯哭了起來。三寸丁抓住他那隻仍握著酒瓶的手。

「來吧，尤斯塔斯，我們得回營地去找溫頓。」

尤斯塔斯不甩他，開始朝割喉大本營的方向走。

「狗娘養的。」尤斯塔斯說。

「不行，」三寸丁牢牢握住尤斯塔斯的手臂，「不行啦。」

尤斯塔斯想把手臂抽出來，但三寸丁巴得死緊。

「你是壁蝨不成？」尤斯塔斯說。

「我們需要溫頓和大豬，也許還有姬米蘇。」三寸丁說，「我們需要每一把槍。」

尤斯塔斯開始製造很大的噪音，雖然我們離割喉一幫人有一段距離，卻沒有遠到我能高枕無憂。

尤斯塔斯開始掄手臂，三寸丁整個人也跟著一起被掄，好像被綁著一樣。接著尤斯塔斯稍微拗了一下手臂，三寸丁就被迫鬆開並滾到一棵松樹下，帽子和步槍都飛掉了。

我衝上前抱住尤斯塔斯的雙腿，試著把他扳倒，但他紋風不動。三寸丁已經站起來了。他奔到尤斯塔斯身後，縱身一躍，揪住他的上衣後襟將他向後拽。在我們兩人合力之下，我們把他放倒了。他鬆開霰彈槍，但仍死守著那瓶威士忌。

這是短暫的勝利。尤斯塔斯深吸一口氣，坐起身，將我們兩人都拋飛。我被甩到一段距離外的小徑上，三寸丁則滾回同一棵松樹下。

「該死。」三寸丁罵道，撿起帽子按回頭上。

三寸丁抄了根粗樹枝，趁尤斯塔斯想爬起身的當兒衝到他背後，用盡全力往他的後腦勺打下去。挨這一下的時候，尤斯塔斯正單膝跪在地上。他連晃都沒晃，只是轉頭看著三寸丁。

「糟了。」三寸丁說。

尤斯塔斯站起身，像座山一般聳立在三寸丁面前。他的表情讓我認為他馬上要抓起三寸丁，把他像手風琴一樣壓扁。然後，毫無預警地，尤斯塔斯向後倒，不知怎地，威士忌酒瓶還是攥在拳頭裡。他動也不動地躺在地上。

我和三寸丁慢慢靠近他。尤斯塔斯仍雙眼緊閉。接著他突然睜開眼，害我嚇得跳起來。他說：「他們抓了阿斑？」

「對，」三寸丁說，「他們把他做掉了。」

尤斯塔斯坐起來。他將酒瓶湊到唇邊，開始咕嘟咕嘟地喝下僅剩的一點酒。片刻後他拋開空瓶並站起身。他走去撿起霰彈槍，不過試了第二遍才成功。

「你動作要慢點，」三寸丁說，「你現在醉得要命。」

尤斯塔斯說：「我要殺人。我口袋裡有很多霰彈，有些人我要殺兩次。」

我想說話，三寸丁說：「沒用的，他現在大腦還有部分功能，但沒剩多少理性可言。你自己回去通知溫頓和姬米蘇，我跟他下去那裡，看看我們能惹出什麼事來。」

「不，」我說，「我跟你們一起去。」

「我不想再爭辯了。」三寸丁說，「我不能丟下他不管，而我們也需要其他人支援。」

結果由不得我們自己決定。尤斯塔斯已經沿著小徑朝木屋搖搖晃晃地走去，三寸丁匆忙抓起夏普斯追上去，我則跟在他們兩個後頭。我心裡有一部分覺得我正直接走進死神嘴裡，但我想起商棧那些人，尤其是那個本來已經離開，卻又回來找同伴的人。他們也是想修正自己的一些事情。他們下場不是很好，不過現在我懂了。

然而有一點倒是運氣不錯。尤斯塔斯的酒並沒有醒，但三寸丁跟他說阿斑死了，好像讓他稍微清醒了一點，抑制住醉的程度。他不再歪歪倒倒，開始安靜而謹慎地行走，我們還沒接近俯瞰木屋的那個位置前，已經都轉為輕聲細語。

尤斯塔斯跟著我和三寸丁一起蹲低，我們設法挪到山坡上的灌木後，往下觀察狀況。天光已經變得更亮了。原本的那些人都還在，而且多了一個先前沒見過的矮胖男人，他額頭有一塊赤紅的傷口，看起來像曾經有人想剝下他的頭皮但半途而廢；他從木屋出來，伸個懶腰，往地上吐痰，望向天空看看今天天氣如何。他走過去，看著熊啃食阿斑剩餘的屍身。他對鼻子很大的那人說了句什麼。後者又回來欺負熊了，熊沒在意他，牠在專心吃阿斑。矮胖男緩緩前進，趁熊不注意時握住阿斑一隻腳，迅速將屍體往後一拖，讓熊搆不著。熊撲向他，但繩子拴住牠，害牠跌倒。矮胖男哈哈大笑，那是惡劣的孩童看到朋友絆倒時會發出的笑聲。熊用腳掌撈著屍體，但牠搆不著，只能扒到土。

我別開頭，望著尤斯塔斯。

「可憐的小傢伙。」尤斯塔斯說。他有留心壓低音量，但是蹲在灌木後的他，看起來隨時都可能倒下。他眼中盈滿淚水。

底下出現更多騷動，因此我又回頭看。先前拿土塊丟熊的大鼻子男人從火堆裡抽出一根長樹枝，拿著走過來。將阿斑從熊那裡拉走的那人則走過去，靠在一棵小樹上旁觀。他突然間面露疲態，好像在忍受宿醉的模樣。他說：「去戳牠吧，瘦皮猴。」

瘦皮猴拿的那根樹枝，末端燒得發紅。他開始用它戳那頭熊。發怒的熊衝到繩子末端，想用爪子攻擊瘦皮猴，但那瘦小的男人動作快如鼠輩，一溜煙地就向後躲開，笑著將樹枝一併收走。他三不五時會瞥向周圍的同夥，確認他們有在看，然後又會去弄那頭熊，用燒熱的樹枝戳牠。我在山坡上都能聞到熊毛燒焦的味道。可憐的老熊看起來快要累垮了，牠又瘦又虛弱，幾塊阿斑肉可能是牠好一陣子以來僅有的食物。

拿樹枝的男人說：「你還不算太遜嘛，是不是？你這蠢熊？」

就在此時，肥仔從木屋走出來。我簡直不敢相信。他還屹立不搖。他穿著有斑斑血跡的白色衛生衣，太小件的黑色長褲，褲頭沒扣，用皮帶束起。他沒穿鞋。他繫著槍帶配槍套，裡頭有一把左輪手槍，長褲皮帶裡還插著一把比較小的槍，抵著他的肚子。他看起來有點虛，不過想想他都經歷過什麼事，他的底子真是好到不可思議。

過了一會兒，又走出另一個男人；那木屋裡肯定塞得像裝在麻袋裡的成年肉豬一樣擠。這個男人我沒見過，他個子很高，膚色黝深，黑髮，頭頂的部位有點稀疏。他穿著紅色衛生褲，一臉凶神惡煞。他繫著槍帶，上頭掛著一把手槍。他穿著內褲卻還配著槍，看起來有點滑稽。

尤斯塔斯突然間從蹲姿改成坐姿，而且是有點響亮地一屁股坐下去，不過底下那男人在對熊叫囂，其他人又互相對話，並沒人聽見這一聲。尤斯塔斯閉著眼坐在地上，均勻地呼吸。

三寸丁湊到我耳邊說：「我會製造騷動，希望你好好利用它。在我製造騷動前，你別輕舉妄動。」

「那尤斯塔斯怎麼辦？」

「我給你信號時，你就輕輕戳一下尤斯塔斯，然後小心閃遠一點，因為他可能用拳頭回應。戳他時說：『下去打爆他們。』」

「這有用嗎？」

「我也不知道，但我會這樣試試看。」

這方案實在讓人提不起勁，但我沒有再囉嗦。我滿腦子只有他們對阿斑做了什麼，還有揣測露拉在不在木屋裡。我說：「等你製造完騷動，而我叫尤斯塔斯下去打爆他們之後，我要幹嘛？」

「你還想把他們送進監獄嗎？」

「不想了。」我說。

「那我們就把他們殺光光。」三寸丁說。「如果尤斯塔斯成功醒過來、跟你一起下去，我建議你躲開那把霰彈槍的射擊範圍。它射出來的東西可沒辦法分辨朋友和敵人。」

「你得留意露拉。」我說。

「我知道。我們要趕在屋外的人躲進去之前把他們殺個片甲不留，同時也別忘了屋裡可能還有持槍的傢伙。」

三寸丁瞥向底下那個在虐熊的男人。「我不能忍受虐待動物，」他說，「我也不喜歡我們死去的戰友沒穿褲子躺在那裡，腦袋還被啃得殘缺不全。時候到了。」

說到這裡，三寸丁就用匍匐前進的方式離開了，並把夏普斯拖著一起走。他伏低身體，悄悄從左側的山坡下去，目標是綁著熊的那棵大橡樹。拿樹枝的男人仍戳著那頭不幸的熊，發出嘻嘻哈哈的笑聲，彷彿這是全天下最有趣的事。

「你這毛茸茸的老傢伙，滋味如何呀？」瘦皮猴說，轉身對著熊搖屁股。「你一定想嚐嚐我的香臀吧？誰叫你殺了我的獵狗，你這可恨的王八蛋。」

尤斯塔斯微微睜開眼，嘴巴也是，然後又閉起來。我心想：真是好極了。他會像公豬的奶頭一樣廢。

雖然三寸丁爬行時我能清楚看見他，但因為角度關係，加上他前方有夠多灌木，底下那些人是看不到他的。他沿著山坡側面一點一點地往下，然後挪到橡樹旁。他在樹後站起身，將夏普斯靠著樹幹放好，抽出刀子割斷綁在樹上的繩子。熊沒有馬上發現自己已經自由了，瘦皮猴愈發大膽，還往前衝向熊，直到繩子繃到底的距離前才煞住腳步，然後拿已經不燙的樹枝戳牠，這次熊成功把樹枝從男人手中拍掉。瘦皮猴並未因此氣餒，他開始跨步躍向熊，又跨步跳回去，用這方式戲弄牠，還將雙手抬起，扠在腋下並鼓動手肘，模仿雞翅膀。一望即知他自以為很會耍寶，其他人也確實在笑，他們現在都被他吸引了注意力。

他再度跳著舞往前，熊向前撲，而當男人一邊模仿雞翅膀，一邊跳著舞退後時，他才驚覺那頭熊仍在靠近，繩子已經沒拴著牠了，而憤怒的黑熊在四肢並用時速度可是飛快的。

他醒悟時，說了聲「該死」，而這成了他的遺言，因為那頭熊同時做了三件事：用後腿站立、大吼一聲，以及伸出一掌狠狠拍去。牠拍中瘦皮猴頭部上端，讓他像特技演員一樣旋轉。他在地上滾了好一段距離，最後像個人偶般倒進火堆。他的頭髮著火，腦袋也是。

割喉倚在木屋前門附近的牆上，這下他高聲怪叫起來。黑鬼彼特離他不遠，跟其他人都哈哈大笑，包括肥仔在內，肥仔笑的時候不得不按著受傷的肚子。他們的同伴之死比木偶秀還要有趣，等那頭熊拖著繩子衝向他們，他們才真的笑不出來了。他們拔出槍開始發射，但是究竟有沒有射中半發，我就答不上來了。那頭熊正是三寸丁給我們製造的亂源。我伸手握住尤斯塔斯的膝蓋，說：「到山坡下去開槍吧。」

尤斯塔斯睜開布滿血絲的眼睛望著我，我可以告訴你，我在那眼中看見不管之前或之後都沒出現的東西，我也很慶幸只看過這麼一次。我指著下方的笑聲來源。

尤斯塔斯毫無一絲低調可言，霍地站起身，從灌木間直接破樹而出，就這麼衝下山坡，並且把那支四號霰彈槍當成亞瑟王的王者之劍般舉著。

熊的吼聲、笑聲和槍聲把木屋裡所有人都引出來了，包括兩個我們尚未見過的男人。兩人都是配著手槍的結實男孩，他們絕對是雙胞胎，而且是醜到家的雙胞胎。

尤斯塔斯衝到半山腰時開始發出嗚嗚聲，像是努力生下一顆大如西瓜的蛋的貓頭鷹。我也跑下山坡，不過繞了個彎到尤斯塔斯右側。我用眼角餘光瞄到三寸丁從樹後出來到了最左側，就是熊原本待的位置。

即使尤斯塔斯吵得要命，我們也毫無掩蔽，但那頭熊仍然是他們關注的焦點，因為牠現在似乎很迷惑地在院子裡繞著圈子亂跑。那些人仍白費力氣地在朝牠開槍。最後熊終於直接穿過大概能稱為前院的區域中央，接著繞過木屋邊緣，再用不輸任何一匹馬的速度順著大路狂奔而去，還拖著那條繩子，看起來像有條蛇在追牠。

等到這時候，我們已經近在他們眼前。我們能離得那麼近是件好事，因為尤斯塔斯使的是霰彈槍，所以需要近距離攻擊；而如我所說，我的槍法爛到還不如試著逮住落單的惡徒，然後拿槍把對方活活揍死。三寸丁用他的夏普斯應該不成問題，不過跟他帶的手槍相比，步槍填彈的速度比較慢。

正當那頭熊華麗退場，而我們準備接手攻擊時，露拉從前門走了出來。她穿著自己原本那身衣服，不過已變得破破爛爛。她火紅的頭髮紮起，頭髮裡插了根尖尖的樹枝，充當髮簪。她看起來瘦弱憔悴，比我記憶中要成熟許多。不過我並沒有仔細研究她外表的餘裕，因為舞會已正式開始。

21

大約在我看見露拉的同時，她也看見我們了。她似乎沒認出我，但她發現我拿著槍，因此馬上躲回木屋裡。肥仔跟著她衝回屋內。

雙胞胎先前跑去木屋側邊目送熊跑走，因此這才剛意識到我們的存在。他們轉身開始朝我開槍，而我也同時朝他們開槍。子彈朝四面八方亂飛，但他們開了六槍、我開了四槍後，雙方都沒人受傷，雖然我是感覺有兩顆子彈跟我的關係近到可以稱兄道弟的程度。

嗯，我無法完整描述在我努力射中雙胞胎時，尤斯塔斯都做了什麼事，不過我聽到他的手槍砰砰響，當我偷空瞥他一眼，看到霰彈槍還握在他左手，他拿著手槍在射割喉。他開的槍我只看到兩槍，因為接著我就倒下了，不知是割喉還是黑鬼彼特的一發流彈飛得太低，把我右腳靴子的鞋跟整個射掉。我一屁股跌坐在地，可說是因禍得福，因為要不是鞋跟被射掉，黑鬼彼特對我開的下一槍就會讓我腦袋開花；順便補個細節，他跟割喉的射擊路徑是交叉的。

那對醜到天理不容的雙胞胎，趁我倒在地上射出僅剩的兩發子彈結果都失手時，朝我衝了過來。尤斯塔斯在這當兒丟下手槍，將霰彈槍扭過來對準他們，這時割喉的一發子彈正打中他的肩膀。我聽到夏普斯的槍聲，於是黑鬼彼特向後撞在木屋的外牆上，同時發出一聲悶哼。感覺三寸丁似乎拖了很久才開這一槍，但你要明白，這一切都發生在電光石火之間，而且老實說，我現在敘述的內容有一部分是事後才拼湊出來，或是才醒悟過來的，但你應該能想像，當時我並未把心思放在記錄過程上頭。

尤斯塔斯的霰彈槍開火了，當那一發毒辣的鹿彈穿透雙胞胎的身體，他們在原地小小地舞動手腳。離我較近的那人轉過身，我看到他的肚子不見了，他身上出現一個跟嬰兒的頭一樣大的洞。另外那個雙胞胎則是臉部受到部分霰彈波及，他慘叫著捂住下巴。

我聽到身後有聲音，像是吆喝聲，轉頭便看到騎著馬的溫頓從灌木間一躍而出，然後跑下山坡，兩手各持一把左輪。他看起來有如天神下凡。我不確定是黑鬼彼特還是割喉，總之其中一人一槍把他從馬背上射下來，我想多半是誤打誤撞射中的，然後又把馬也射死，馬先是倒下來從溫頓身上壓過去，接著繼續往下滾。

我已經打完了槍裡的子彈，而目前我的成績是削掉木屋粗糙建材的一些樹皮，還沒讓任何人流血。我聽到三寸丁的夏普斯啪啪響，黑鬼彼特在朝他叫嚷什麼，但除此之外仍然躺在地上的我，一心只是掙扎著要把槍帶上的子彈裝進手槍。

我裝好子彈了，但被射掉部分下巴的醜雙胞胎還沒倒下，而且也裝好子彈了。他邊跑向我邊開槍，子彈像雨點落在我腦袋周圍。他來到不過四、五十公尺的距離外，卻仍然射不中，不光是因為他就和除了三寸丁之外的所有人一樣槍法奇差，也是因為兄弟被炸爛讓他氣昏頭了。到這時候他已經近在我眼前。我知道這下我只能等著領到一對翅膀、乖乖練習彈豎琴了，結果我聽到尤斯塔斯將霰彈槍上長得像騾耳朵的擊鎚往後扳，再度放了一槍。這個雙胞胎化作一陣血霧消失，因為這一根槍管裡的霰彈比上一顆的威力稍強一點，而且這次開槍的距離又更近。我的腦袋嗡嗡作響，好像有人誤把它當成鐘來敲。

有個我先前沒看過的矮小男人拿著手槍從門口跳出來開火。這一槍打掉了尤斯塔斯的帽子，第二槍又打中尤斯塔斯，但他表現得像被圖釘扎了一下。我認為他之所以會被射中，純粹是因為他比我們其他人面積都要大；雖然同樣的理論也可以套用在那匹馬身上，但是熊的事又難以解釋了。總之，在那個跳跳男開完第二槍後，他又跳回屋子裡了。

到這時候，我的手槍已裝好子彈，割喉則跑進木屋，還差點把那矮小的跳跳男撞倒。尤斯塔斯正努力從口袋掏出霰彈裝到槍裡。突然間，他坐下去然後躺平了；倒不是他中的那兩槍對他造成多大的傷害，而是酒精的效力發作了。

我瞥向黑鬼彼特，他受了傷，背靠著木屋的牆蹲在地上。他在對三寸丁開槍，但一發都沒射中。三寸丁已經給夏普斯重新填彈，開槍，射中黑鬼彼特的胸部，這一槍連野牛都打得死，但黑鬼彼特還是撐著。

「你這小雜種。」黑鬼彼特說，接著站直身，朝三寸丁奔去。三寸丁棄夏普斯不用，改拔出手槍連射了三槍。三槍都射中黑鬼彼特，因為我看見他衣服上的塵土被打得散射。這沒讓他倒下，不過使他轉而逃向木屋側面，速度快到跟那頭熊有得拚。三寸丁追上去，我聽見他邊跑邊發射左輪手槍。

我坐起身，對門邊那個跳跳男開槍，以我最快的速度連續射擊。我一而再地失手，然後他又鑽回屋內不見了。這時，有個全身上下就只穿了一雙靴子的高大男人，握著一把鮑伊刀[19]就從木屋內衝向我。我猜沒人跟他說這是槍戰，而且我真心懷疑平常遇到衝突場面時，他一貫都是用這身打扮亮相，但總之仍坐在地上的我朝他開槍時，竟發現我已經沒子彈了。

我起身改成蹲姿，打算試著用手槍本體擊退他，這時姬米蘇有如一頭白色美洲豹，從一旁冒了出來。她攀在那個裸男的脖子上，大叫：「別惹我的男人！」

裸男一聳肩就把她從背上甩開，然後朝我過來。這時大豬像支箭一樣從山坡上衝下，直直跳向裸男，看起來好像會飛。大豬重重撞在他胸口，讓他整個人跌在地上。男人想爬起來，但大豬咬住他的腿，開始把他甩來甩去。大豬終於不小心鬆開口，在牠還沒來得及再咬住他之前，裸男朝大豬刺出一刀，扎扎實實地刺到牠脖子後頭。大豬尖叫一聲退開，裸男馬上又撲向我。我把槍當作棒子來反擊。在我揮出手槍的同時，他也拿刀砍我。不過我的動作比他稍快了那麼一點，於是我狠狠敲在他頭骨中央。不過他的刀還是劃過我的肚子。

我抱著肚子踉蹌後退。大豬再次攻擊，像顆砲彈撞上他的小腿。裸男被撞飛，還沒緩過來，大豬已把他拖進樹林看不見的地方，一路發出硬是穿過樹叢的刮擦聲，裸男叫得好像有人把一隻鼬鼠塞進他屁眼。

等我鼓足勇氣時，我低頭察看傷口。大出我意料之外，其實傷得並不重。我缺了一邊鞋跟，所以像一腳陷在土溝裡的人，跛著走向姬米蘇。她哭得唏哩嘩啦。她馬上撩起我的上衣，以為我已肚破腸流，但刀子只是劃開我的衣服並讓我稍微破皮。雖然滲出不少血，實際上根本沒割到肉。

「來吧。」姬米蘇說，開始拖著我走。

「我做不到。」我說。

「來吧，來吧，來吧。」她說，拉我到溫頓那匹死馬旁邊，然後拽著我跟她一起蹲在馬屍後頭。我在那裡能看見溫頓躺在什麼地方，也看得出馬壓過他時把他的頭和臉都明顯地壓扁了。我心裡對他已經死透這件事毫不懷疑。

我將手槍交給姬米蘇，因為她沒槍。事後我才得知，當她聽到槍聲時，她一時慌亂，急著跑過來，在路上不小心弄丟了武器。大豬跟著她跑來。總之，我把槍和槍帶都給她，從死馬的鞍鞘裡抽出溫徹斯特步槍，將槍管架在馬屍上，對準木屋的門。我心想也許換成長槍我就能射中目標了吧，不過這是一廂情願的想法。

我能聽見木屋後方有交火的聲音。我能聽見黑鬼彼特在罵三寸丁髒話，而三寸丁也罵回去。我在原地趴了一會兒，對姬米蘇說：「妳就待在這，逃走更好，但我得去找露拉。」

19 鮑伊刀（bowie knife）是一種刀尖上翹的格鬥武器，十九世紀初由發明家瑞辛・鮑伊（Rezin Bowie, 1793-1841）設計給弟弟詹姆斯・鮑伊（James Bowie, 1796-1836）使用，後來該形式廣為流行，最著名的可屬藍波刀。

「你如果進到那棟屋子，他們會把你打成蜂窩的。」她說。

「我總得試一試，妳知道我總得試一試。」

「先去找三寸丁一起，」她說，「尤斯塔斯好像死了。」

「沒有啦，」我說，「他是喝醉了。不過他對我沒用處，跟死了沒兩樣。」

她把我拉過去親吻，我把溫徹斯特步槍也交給她。我說：「妳用溫徹斯特幫我盯住那扇門。」然後我拔出刀，並且比我預期中更輕鬆地鋸掉了另一邊靴子的鞋跟，這樣才能平穩地走路。我跳起身，奔向木屋最左側，但中途停下來撿起尤斯塔斯的霰彈槍，並從他口袋撈了一把霰彈。

我聽到在木屋後頭某處，黑鬼彼特很清晰地說：「我被一個天殺的侏儒射中了。」他的言下之意彷彿才剛醒悟到對方用的是真正的子彈，然後我聽到又一聲槍響。我繼續跑，來到能看見屋後的木屋側邊，我看到黑鬼彼特坐在一根圓木上，被打得很慘。他身上冒出來的血，就像有很多洞的木桶裡滿出來的雨水。三寸丁站在三公尺外，扣著已沒子彈的手槍扳機。黑鬼彼特手裡有槍，但他舉不起來。「去你的，你這上帝的屎。」黑鬼彼特說。

三寸丁丟下手槍，從靴子裡抽出他的小槍，開始朝黑鬼彼特走去。黑鬼彼特終於舉起槍來，但這時三寸丁朝他腦袋開槍，讓他從圓木上往後栽。

我深吸一口氣，扳開霰彈槍，將兩大枚霰彈推進去，然後察看屋子這一側是否有窗戶之類的構造。並沒有。我開始貼著木屋側牆往前蹭，將霰彈槍舉在身前，突然意識到這支巨砲猛獸不只會消滅屋內所有惡徒，也可能誤殺露拉。我並沒有太多時間思考此事，因為我剛挪到牆的中段時，跳跳男就握著手槍從門內跳出來，說聲「啊哈」，然後姬米蘇就用溫徹斯特射中了他的太陽穴。他窩成一團倒下去，開始血流成河。

「啊哈。」姬米蘇叫道。

我往她那裡瞄去。她從死馬後面冒出一個頭。我朝她點頭致意，她嫣然一笑，又縮下去躲好。

我努力不喘氣，但說起來容易做起來難。我相信自己的呼吸聲聽起來就像個努力生火的風箱，心跳聲則像在打鼓，但某種力量促使我繼續朝門口移動。我看到跳跳男弄掉他的手槍，就落在靠我這一側的門邊。我決定把它撿起來，這樣也許可以換個射擊工具，不致於連同我妹妹在內將滿屋子的人玉石俱焚。然而這方案有個缺點，就是我準頭太差。不過我還是選擇使用手槍。

槍林彈雨讓我頭昏腦脹，槍聲害我的耳膜痛到搞不好都快流血了，燃燒虐熊者屍體的惡臭濃郁地瀰漫在空氣中，讓我胃裡的咖啡不斷翻騰，我口腔裡有一股像是餿掉的酪乳混雜銅的味道。

我將心思拉回眼前的正事上，正當我來到門邊，彎腰去撿死人的左輪手槍時，我聽到木屋後方傳來三寸丁對黑鬼彼特的叫聲：「你還沒死啊？」然後又是一槍。

我猜這對我而言是個好時機，因為三寸丁的嗓音和槍聲也許能暫時引開屋內那些人的注意力。我跨進門，右手拿手槍，左手握著霰彈槍。

22

我猜他們在等我出現，但我竟然像惡魔一樣囂張地走大門進去，可能有點出乎他們意料。頭皮被剝過的那個矮胖傢伙就站在我面前，卻沒能及時反應。他好像踩到蛇一般瞪大眼睛，或許他心中閃過舉起武器的念頭，不過他的思考過程差不多就到此為止了。我將槍口捅到他胸前，射出一發子彈。它讓他死得乾脆俐落。

割喉抓住露拉的手臂，拽著她從敞開的後門出去。我不能朝他開槍，生怕射到妹妹。我希望他在三寸丁的射程內，可惜沒有。

我暫時分心了，腦中的齒輪挫折地轉動著，我正打算追出後門，肥仔從某堆東西後頭站起來，對我開了一槍。我不知道剛才我站在那裡時，他是在蓄積膽量還是力量，但我幾乎完全忘了還有他這個死傢伙。他的爛槍法沒有令人失望，子彈打進敞開的前門上方的屋板。我蹲下來盲開了兩槍。我的運氣比他好，肥仔悶哼一聲，倒在泥土地板上。屋裡相當昏暗，我只能勉強看出他的輪廓，現在我慢慢靠近他，眼睛適應了黑暗，看出他正伸手去搆剛才弄掉的手槍。有一點你不得不佩服肥仔：他絕不輕言放棄。

我將手槍往旁邊一扔，迅速就地趴下，伸直身體並將霰彈槍平放在泥地上，槍托緊緊抵住我肩膀。肥仔剛搆到他的槍時，我把霰彈槍上兩只騾耳都向後扳開。他把手槍轉過來並抬頭看我，我則扣下兩根槍管的扳機。世界先是變成紅色，再轉為黑色，繼而成為白色，有好多小點點在四處遊移，然後三寸丁在搖我。我醒過來，下巴很疼，一眼痛得要命。

「你沒事吧？」三寸丁問。

「肥仔？」我說。

「他已經稱不上肥了。」三寸丁說。

我看了一下。那裡還真是搞得一團亂。我痛得不得了，那是因為我根本就扛不住這把霰彈槍。它壓傷我的肩膀，然後槍托又彈上來打到我下巴，再繼續往上掃到我眼睛。我那隻眼睛正迅速腫起來，不過還是能看東西。

「割喉帶走露拉了。」我說。

「他已經牽了兩匹有馬勒的馬，跟她一起騎馬離開，兩人都沒用馬鞍。他出來時我待的位置不對，等我看見時，他們已經揚長而去了。」

三寸丁伸手拉我起身。以個子這麼小的人而言，他力氣真的很大。疼痛有如地獄之火燒遍我全身。「我要去追他。」我說。

姬米蘇走進前門，她將溫徹斯特往旁邊一丟，奔到我面前，捧著我的臉左看右看。「你中槍了？」

「被霰彈槍踹了。」我說，「我腰上有個小洞，不過沒流多少血。我得去找露拉。」

我跌跌撞撞地往外走，目標是獸欄。姬米蘇和三寸丁跟過來。獸欄開著，因為割喉先前從裡頭帶走兩匹馬。其他印第安種小馬有幾匹已經跑走了，不過有一匹在旁邊遊蕩，敞開的獸欄裡也還剩下兩匹。我感到一陣乏力，靠在獸欄的一根柱子上喘口氣。等我恢復三分力氣時，姬米蘇和三寸丁已經逮住兩匹馬並為牠們繫上馬勒，但沒費事去找馬鞍。

約在這時，我看到大豬從樹林裡出來，牠因為解決掉裸男而把長鼻子染成了鮮紅。牠看起來是隻快樂的豬。當牠來到姬米蘇身旁，她彎下腰摸摸牠。牠脖子上被刺了一刀的部位有些血跡，口鼻部也因埋頭大吃而染血，但除此之外牠看來安然無恙。

「大豬，你跟姬米蘇待在這，」三寸丁說，「明白嗎？」

我猜大豬明白，因為牠在她身旁坐下。

我的肩膀痛成這樣，要做這動作著實困難，但我仍設法將自己拉上那匹花馬，我們兩人都騎著沒有馬鞍的馬，朝著割喉離開的方向追去。我們前方是長達數公里被清空的林地，而割喉和露拉卻已不在視線範圍內。

我們並排沿著寬敞的貨車路奔馳，伏低身體貼著馬脖子，牠們的鼻涕被風吹到後方掃在我們臉上。隨著一路前進，自然景觀漸漸轉變。現在不但能看到樹樁，還能看到樹樁被點火燃燒的痕跡，有些則是用炸藥炸掉，而留下小小的坑洞。我甚至看到三寸丁釋放的那頭熊。牠在我們右側，回到有樹林的地方。牠拖著那條繩子，從空地往大密林的方向走去。

在這條路很遠很遠的彼端，有看起來像蟋蟀的兩個黑點，太陽高掛在他們前方，將他們的影子長長地投射在後頭。太陽害我不得不瞇眼，瞇眼時感覺那兩隻蟋蟀好像跳了一下，當我再睜大眼時，才意識到眼前是騎著馬的割喉和露拉，而我與其說是真正看見了，不如說是隱約有個感覺，好像割喉的位置比較前面，他牽著露拉的馬。他們並未全速奔跑，但移動得挺快，我們也是。我推測他們超前我們將近有一點六公里，而且馬比我們好。割喉顯然挑走了最優良的兩匹馬。

我對三寸丁叫道：「三寸丁，你得射出那一槍了。」

他瞥了我一眼，我不確定他有沒有聽到，但我能肯定一件事：我們是追不上他們的。至少今天用這兩匹馬是追不上的。

我勒住馬，滑下馬背。三寸丁急轉彎，騎回我旁邊。他在馬背上傾向前看我。「你在幹嘛啊？」

「你得射出那一槍了。」我說。

「哪一槍？」

「你知道我說的是哪一槍。」我說，「這裡的視野夠清晰了。」

「他們至少有一點六公里遠耶。」

這時他突然想起自己說過的話。他帶著步槍翻身下馬，落地時滾了一圈。他的馬驚跳了一下，但已累到沒辦法逃走，只是晃到路邊開始在樹椿間找草吃。

三寸丁撿起剛才脫手而出的夏普斯，往前跑到一根樹樁邊。他一腳踩在樹樁上，看著兩名騎士。

他說：「實在太遠了，而且陽光正對著我眼睛。」

「放屁。」我說，「比利．迪克森就做到了。」

「說是這麼說，」三寸丁說，「但他當時又沒有逆光。」

「你可以做到。」

「我也不是很確定比利．迪克森真的有做到。」

他一邊說話，一邊整個人趴在地上，將夏普斯擱在樹樁上。

他用夏普斯的瞄準器看了看，說：「我覺得他們已經在不止一點六公里之外了。」

確實，現在已經看不太到他們了；他們是遠方兩粒塵埃般的小點，朝著一片綠色而去。若是讓他們到了樹林，就會有很多地方可躲藏，連開槍的機會都沒有了。

三寸丁用一根手指沾點口水然後舉起來，測試風向。他說：「別發出任何聲音。」

他將夏普斯槍托緊緊抵住肩膀，呼出肺裡的氣，再慢慢吸一口氣，然後持續瞄準。這步驟感覺維持了很長的時間。接著他扳開擊鎚，清了一下喉嚨。他調整姿勢，並將步槍往上抬。感覺他像是要射天空而不是他們。我看到他吸一口氣時身體撐高，然後又將那口氣緩緩吐掉，而在此同時他突然就扣下扳機，快得我忍不住驚跳起來。這隻金屬鴿子從發射到鎖定目標，感覺隔了很長的時間，但它絕對是找到了它的鳥巢。即使離得這麼遠，我仍看得出割喉像是讚美耶穌般高舉雙手，與此同時，馬的腳也一軟。馬匹倒下，割喉滾下馬，動也不動。馬也沒動。露拉擺脫了割喉對她那匹馬的箝制，頭也不回地繼續騎。

「比利・迪克森算什麼東西。」我說。

露拉毫不猶豫地繼續往前騎，已經不見人影。我們小心翼翼地騎到割喉和他的馬旁邊，以防他只是裝死，而三寸丁剛才射中的是馬。

我下了馬，抱三寸丁下來，我看得出這讓他很反感。檢視割喉之後，我們發現那一發子彈打進他的背，穿透他脊椎，位置約在屁股上方十五公分。子彈穿透他之後繼續往前，射進馬脖子後側並進到牠的大腦底部，讓牠與割喉共赴黃泉。

「真恨又誤殺一匹馬。」三寸丁說。他望著我說：「我必須承認，我瞄準的是割喉的腦袋。這子彈的落點比我預期中來得低。要是我開槍時他的位置再往前多個兩公尺左右，我就打不中了。」

「但你打中了。」我說。

「話是沒錯啦。」三寸丁說，坐到附近的樹樁上，沒忘記握緊韁繩。

「你去找你妹妹吧，我要在這裡休息休息。我的馬好像比你的馬更累一點。」

於是我就騎馬出發去找她了。我騎了一段路，過了一陣子才看到她的馬。牠曲著腿坐在地上，張開嘴喘氣。牠已經累壞了，所以拒絕再跑而躺下來休息。露拉不見人影。

我繼續往前，終於看到露拉在前方走路。她走得很快。我開始叫她，但她不知是沒聽到還是不想理。她愈走愈快，最後乾脆撒腿跑起來。跑著跑著她絆了一下，跪下去用手撐地。

我跳下馬，大叫：「露拉，妳沒事吧？別跑了，是我啊。」

我朝她奔去。她回過身，手裡握著一把掌心雷手槍。我猜她是在槍戰時撿的，然後就藏在衣服裡。她對我開槍。

23

「該死，露拉。」我說，「妳幹嘛開槍打妳哥？」這一槍扎扎實實打中我膝蓋，讓我站不穩，我向後跌坐在地，彎起膝蓋用雙手抱住。

這時她走過來，將那把雙發式掌心雷直直對準我的臉。她的眼睛看起來像著了火。她扳開第二道擊鎚。

「露拉，我是妳哥哥傑克啊。」

露拉繼續低頭怒瞪著我，就像頑童即將踩死一隻小蟲時的表情。接著，她臉上的肌肉軟化了，彷彿順著骨架滑動一般。她瞇起眼，舔了一下嘴唇，總算選定了表情。我猜因為我一眼腫起，臉也被撞過，又沾滿塵土，外表變得不太一樣吧。她丟開掌心雷，噗通一聲地跪下來，一把抓住我，捧起我的臉，在我額頭上印下無數個吻。我抱住她，親吻她淚流滿面的臉，然後我也哭了。我們就這樣相擁而泣了好一會兒，哭到我都忘了我的膝蓋有多痛。還記得我說過我們帕克家的人有什麼特質嗎？一旦我們發洩出來，就真的是一洩千里。因此我們打開閘門，又哭又號，親吻彼此的頭和臉頰，差不多可說是就地崩潰了。

露拉開始不斷地說「傑克，傑克，傑克，傑克」，好像才剛想起我的名字。

過了相當久之後我才站起來，而且露拉還得扶我一把。我的膝蓋痛得非常厲害。我抬頭一望，看到三寸丁正慢慢朝我們騎過來。他牽著露拉的馬，牠的體力恢復一些了。

露拉說：「那是個騎馬的孩子？」

「是侏儒，」我說，「但別叫他表演馬戲團的伎倆。」

我們看著他愈騎愈近時，露拉迴避著我的目光說道：「傑克，我已經不像原本那麼純潔了。」

「誰不是如此呢？」我說。

「那些男人，」她說，「他們——」

「我有東西要給妳。」

我從口袋掏出項鍊，舉起來讓她接過去。她看著它，正想伸手拿，又說：「我不能，傑克。你得先收著。我不能拿。它屬於另一個女孩。」

「妳在我眼裡還是一模一樣。」我說，並把項鍊掛到她頸上。她的表情有個微妙的變化，但我說不上來是怎麼回事。

三寸丁騎過來然後下馬。

「你沒有繩梯也沒人撐你一把，是怎麼上馬的？」我說。

「靠一個比較高的樹樁幫忙，再加上強大的決心。所以這位就是露拉了。」

「是三寸丁開那一槍射死割喉的。」我說。

「以及很不幸地，也射死他的馬。」三寸丁說。接著他對她說：「露拉小姐，妳真是一位佳人。」

露拉對他無力地笑了一下。「我打理乾淨時看起來會好得多。」她說。

「我覺得妳看起來好得很。」三寸丁說，「順便一提，打理乾淨後，我看起來還是一樣喔。」

露拉忍不住微笑。看起來像跟別人借來的笑容，與她的臉不是很搭。但那確實是笑容。不過它旋即像溫暖窗板上的霜一樣融解無蹤。

「我不小心開槍打了自己的哥哥。」她說。

姬米蘇看見我們時，衝出來迎接我。大豬也撒蹄狂奔。我一時忘了膝蓋的傷而急著下馬，結果倒在地上。我的膝蓋已經腫得像灌得太滿的臘腸。

大豬先趕到，像狗一樣用鼻子蹭我。姬米蘇拉我站起來。我擁她入懷，我們接吻。姬米蘇臉頰爬滿淚痕。

「我還以為你掛了。」她說。

「沒有，」我說，「我沒事。」

露拉翻身下馬，走過來望著姬米蘇。

「這位，」我對露拉說，「是我的未婚妻姬米蘇……妳姓什麼啊？」

「那不重要啦，」姬米蘇說，「反正馬上就要跟你姓了。」

「那邊那頭醜八怪，」我說，「是大豬。」

姬米蘇對露拉微笑。她說：「過來，妹子。」

露拉順從地照辦，走路姿勢像兩條腿都是義肢。姬米蘇擁抱她。露拉再次崩潰痛哭，而姬米蘇也跟她一起悲泣。沒多久我就忍不住跟著吸鼻水，不得不趕緊走開，留下她們兩人，以免我又成了哭哭啼啼的傻蛋。

剩下的就沒什麼好說了。尤斯塔斯沒死，但他中了兩槍。那對他而言跟被蟲子咬差不多。他酒醒之後，與三寸丁將屍體都裝上貨車，除了虐熊者那燒焦的屍體之外。尤斯塔斯從木屋裡拿出一個水桶，用它舀了幾桶土倒在火上和虐熊者身上。這不算什麼完美的土葬，瘦皮猴的一條手臂和手還露在外頭，一隻燒焦的腳也是。尤斯塔斯幹完苦差事後，身上的幾處傷口開始流血了。有一顆子彈直接貫穿，可沒打中任何重要部位，另一顆則嵌得不太深，不至於造成嚴重傷害。他光是用拇指和食指就把子彈擠出來了。

阿斑和溫頓也被放上貨車，放在遠離那群烏合之眾的後側。三寸丁在木屋裡找了些毛毯蓋住他們，但尤斯塔斯先找了條褲子幫阿斑殘缺不全的屍體穿上。黑鬼彼特並不在三寸丁最後留下他的地方，他畢竟沒死透，而是爬進樹林好一段路才在那裡斷氣。他的屍體被放上貨車時，三寸丁說他是個十足的拉斯普丁[20]，天知道那是什麼意思。

他們在搬運屍體時，我坐在一根樹樁上。我幾乎連路都不能走。露拉把我一邊褲管割開到膝蓋處，檢視被她打傷的地方。對我來說不幸中的大幸是，掌心雷算不上什麼真正的槍，露拉燒熱一把刀消毒後就挖出了子彈。過程中我有兩度差點暈過去，不過挖出來之後我感覺好多了，傷口也馬上就開始消腫。

等姬米蘇從我們原本的營地帶著馬匹和我們留下的補給品返回，已經接近傍晚時分。我們選來拉貨車的馬是割喉那幫人的馬，顯然牠們已有經驗，拉得挺穩妥的。我和姬米蘇一同坐在貨車駕駛座，她負責駕車。其他人則騎馬隨行。大豬當然一如往常小跑步跟在附近，不時消失去做牠想做的事。

我們在離開時順便撿走割喉的屍體。

20　此處應是指俄羅斯神祕主義者格里高利．拉斯普丁（Grigori Rasputin, 1869-1916）。此人被後世稱為俄羅斯「妖僧」，深受俄羅斯帝國末代皇帝尼古拉二世家族信賴，然而一戰時因為拉斯普丁支持參戰的行徑引發不滿，而惹來接二連三的暗殺行動，包括毒殺、槍殺、溺水，最後才終於死在河裡，超乎想像的生命力也蔚為傳奇。

該說的都說了，該做的也做了，過了好些日子後，利文斯頓撥下一些賞金，頹廢鎮也撥下一些賞金——甚至辛吉蓋特也撥了一些賞金，不過並沒有任何重複給付的情事發生。政府可沒這麼傻，而且儘管這幾座小鎮承諾給我們錢，也不是給得那麼痛快，最後我們還得特地跑去縣治泰勒市辦手續，才能領到全額賞金。我們在那裡看到好多好多汽車，彷彿它們在一夕之間就像蒼蠅幼蟲繁衍，長大之後能按喇叭和靠汽油到處跑；我們去追獵歹徒和賞金的短短時間裡，世界似乎已風雲變色。

最後我們終究拿到了錢，而我、三寸丁、尤斯塔斯和姬米蘇把賞金給分了。我依照承諾將土地過戶給尤斯塔斯和三寸丁，但那件事朝我始料未及的方向發展。

不過解釋那部分之前，我要先說我們把溫頓安葬在頹廢鎮的公墓裡了。下葬的費用是我們付的，因為鎮民沒有一人願意捐錢。阿斑埋在爺爺的土地，在一棵枝繁葉茂的漂亮橡樹下。在溫頓和阿斑的長眠之地，我們都為他們立了墓碑，上頭刻著他們的名字，不過我們始終不知道阿斑姓什麼，因為我不確定他提到的威登阿公是他的外公還是爺爺。我只好在墓碑上刻「阿斑」而已。我們連他的生日都不知道；只能在他的出生日期處留白，然後填上他遇害的日期。

至於爺爺，他的屍體始終未尋獲，於是在我家的土地上，我們在爸媽的墓旁為他立了塊墓碑，作為他的代表。我常夢到他在薩賓河底，被一堆水草纏住，有鯰魚在啃他。儘管對此我很傷心，可我始終無法忘懷他曾是姬米蘇的恩客，而他生前卻一再對我強調他有多麼正直。我從未到他墳前獻花，但露拉有。不過話說回來，我和姬米蘇都絕口不提爺爺流連煙花之地的過去，這可是我第一次公開說起，要嘛我已厭倦再守著這個祕密，不然就是我已經不在乎了。老實說，我也不確定是哪個。

我剛才說我把土地過戶給尤斯塔斯和三寸丁，但我要補充說明，他們不肯接受全部，因為到最後我們全都發展出深切的交情，在以鮮血和火藥槍戰的那天締結出友誼。在他們的協調之下，我分到爸媽那塊地的地契，他們則平分爺爺的地，各自在那塊地找一個角落建造自己的家，而後來他們也確實這麼做了。我要補一句，他們的家都挺好的，只不過尤斯塔斯家的味道有點奇妙，因為大豬總是躺在裡面。三寸丁把他原本那一小塊土地和房子賣給一個來自奧克拉荷馬的人了。

我在爸媽的土地上蓋新房子時，並未選擇蓋在舊房子原本的位置，而是離得很遠的地方。在我心裡，父母安葬之處總讓我聯想到水痘，我可不想在那附近種任何東西，以免那種昔日的疾病又從地底冒出來找我，解決掉當初的漏網之魚。我們讓那一小塊地成為家族墓園，只不過在那個時間點，我們預期會埋在那裡的人也只剩我、我妹妹，以及成為我妻子的女人姬米蘇。

才不過一轉眼工夫，尤斯塔斯和三寸丁平分的那塊土地就發現了石油。發現石油的地點恰好位於兩人土地的分界處，這讓他們兩人委實大笑了一番，有鑑於那口油井帶來多少財富，我不難理解他們為何會覺得有趣。也許附近還有更多石油可採，但他們只容許鑽了這一口油井，因為兩人都認為他們更喜歡讓土地長滿樹木和農作物。很多人都難以理解。

在發現石油之前，還發生另一件怪事：三寸丁養成來我們新家探望露拉的習慣，結果兩三年後，他們就手牽手去辛吉蓋特鎮的法院，讓一位法官給他們證婚了；當然，到了這時候，辛吉蓋特鎮早就沒有水痘疫情了。三寸丁告訴我，他之所以跟她結婚，不光是因為她美麗可人，以及他們合得來又喜歡聊星星和露珠等等，也是因為不管他們走到哪裡，她都完全樂意牽著他的手。他當然是比她老了那麼一點，不過到了這時候她也已經成年，有自己的主張。我喜歡他們凝望對方的目光。

尤斯塔斯沒有成家；說他無法忍受任何必須二十四小時黏著他的人。這倒不妨礙他頻繁地跑來找我們，因此我們和他還有三寸丁與露拉共度了不少愉快的假日。

大豬後來自然老死了。尤斯塔斯則是從貨車摔下來，然後貨車又向後輾過他，弄斷他的脖子，而讓他喪命。有些人說他當時喝醉了，但我不相信。我認為他說他絕不再碰一滴酒是真心的。他是本縣最有錢的黑人。他把財產留給姬米蘇和我，包括土地和房子、油井的一半所有權，以及那支四號霰彈槍和一把霰彈。這讓我們一夕暴富，也將一件可怕的武器交到我們手中，不過在我用過那支霰彈槍後，我再也不想發射它了，至今也確實未再發射過。

三寸丁和露拉生了個孩子，取名為詹姆斯，他長大後身高很正常，但長相與他的爸爸如出一轍。我得說他是個英俊的小夥子，也是很優秀的外甥。我想他成年後一定不是泛泛之輩。至於三寸丁聊過的那些旅行，除了開著一輛嶄新汽車帶露拉和兒子去北邊參觀世界博覽會之外，三寸丁再也沒離開過東德州。他似乎一點都不在意。那些旅遊書都收起來了，我沒再看他讀過。他在自己土地的地勢最高處蓋了一座高塔，然後在塔頂放了一部單筒望遠鏡。不是舊的那部，是新買的，功能更強大。天氣不好的時候，他就用油布把它蓋起來。

大約十年之後，露拉就是在那個地方找到他的。他心臟衰竭了；他死得未免太早，雖然他年紀已經不小了。當時他坐在一張高背椅中，單筒望遠鏡在他面前。他正在看星星呢。我希望他逝去時眼睛是貼在鏡片上的，希望他看到的最後一幕是火星。

關於露拉和她兒子還有更多可說的，以及我和姬米蘇也生了孩子，一個叫路卡斯的兒子，和一個以我妹妹為名、叫作露拉的女兒。但現在不適合說。我也想聲明，我告訴你的一切或許不完全是事實，但那是我記憶中的事實。正如姬米蘇所說，你所記得的多半不是真正的過程，而是你以為的版本。

三寸丁死後不久，我開始回想我們共度的冒險，我們如何救回露拉，以及她的人生在遇到三寸丁之後，是如何柳暗花明。我想到他開的那不可思議的、偉大的一槍。那一槍不但將她從割喉手裡救出來，也牽起她和三寸丁的姻緣。有一天晚上，想到這一切，我決定開著我新買的福特汽車前往三寸丁的望遠鏡塔。

我在漆黑的深夜來到高塔，爬扶梯上去。到了塔頂，我坐進三寸丁特製的椅子，它就在單筒望遠鏡前面。我動也不動地坐了一會兒，然後我一邊留意不動到他設定好的東西，一邊將眼睛湊到望遠鏡鏡片，望向黑絲絨般的夜空，它綴滿星星；那幅畫面彷彿透過望遠鏡直接落入我的腦海。

我看了很久的星星，想著三寸丁曾告訴我他讀過一本書，寫到有個男人張開雙臂就到了火星，或至少一部分的他去了。我想若三寸丁是發生這樣的事，那也挺好的。他的靈魂去了火星。後來我想起那已經不是他的心願了，他很幸福。雖然他始終沒信上帝，但我想他終究是信了愛情。

我看著那些星星以及襯在其間的黑暗，心生一種奇妙的念頭。我覺得自己以前那些上帝與天堂、豎琴與天使的概念，對我眼前所見的這一切而言，格局都太小了，而外頭那片黑，那些點綴在上頭的群星，都屬於比上帝更宏大、更難解釋清楚的事物。我得告訴你，在那當下是我頭一回感覺自己身為某個超乎我想像、奇異又美妙無比的東西的一部分。

有這種想法的我，心中沒有絲毫的不安。

【Mystery World】MY0029

惡林

作　　者❖喬・蘭斯代爾 Joe R. Lansdale
譯　　者❖聞若婷
封面設計❖馮議徹
內頁排版❖HAMI
總 編 輯❖郭寶秀
編　　輯❖江品萱
行　　銷❖力宏勳

事業群總經理❖謝至平
發 行 人❖何飛鵬
出　　版❖馬可孛羅文化
台北市南港區昆陽街16號4樓
電話：(886)2-25000888
發　　行❖英屬蓋曼群島商家庭傳媒股份有限公司城邦分公司
台北市南港區昆陽街16號8樓
客服服務專線：(886)2-25007718；25007719
24小時傳眞專線：(886)2-25001990；25001991
服務時間：週一至週五9:00～12:00；13:00～17:00
劃撥帳號：19863813　戶名：書虫股份有限公司
讀者服務信箱：service@readingclub.com.tw
香港發行所城邦（香港）出版集團有限公司
香港九龍土瓜灣土瓜灣道86號順聯工業大廈6樓A室
電話：(852)25086231　傳眞：(852)25789337
E-mail：hkcite@biznetvigator.com
馬新發行所城邦（馬新）出版集團【Cite (M) Sdn. Bhd.(458372U)】
41, Jalan Radin Anum, Bandar Baru Seri Petaling,
57000 Kuala Lumpur, Malaysia
電話：(603)90563833　傳眞：(603)90576622
E-mail：services@cite.my
輸出印刷❖前進彩藝股份有限公司
初版一刷❖2024年07月
定　　價❖460元
定　　價❖322元（電子書）

國家圖書館出版品預行編目(CIP)資料

惡林／喬・蘭斯代爾（Joe R. Lansdale）著；聞若婷譯. -- 初版. -- 臺北市：馬可孛羅文化出版：英屬蓋曼群島商家庭傳媒股份有限公司城邦分公司發行, 2024.07
面；　公分. --（Mystery world；MY0029）
譯自：The Thicket.
ISBN 978-626-7520-04-8（平裝）

874.57　　113009690

ISBN：978-626-7520-04-8（平裝）
EISBN：978-626-7520-01-7 (EPUB)

城邦讀書花園
www.cite.com.tw